Les tourments des amants

Du même auteur
aux Éditions J'ai lu

Indécente
N° 10077

Les leçons d'une courtisane
N° 10083

LES CÉLIBATAIRES

1 – Lord Scandale
N° 10412

EMMA
WILDES

LES CÉLIBATAIRES – 2

Les tourments des amants

Traduit de l'anglais (États-Unis)
par Paul Benita

J'AI LU

AVENTURES
&PASSIONS

Vous souhaitez être informé en avant-première
de nos programmes, nos coups de cœur ou encore
de l'actualité de notre site *J'ai lu pour elle* ?

Abonnez-vous à notre *Newsletter* en vous connectant
sur **www.jailu.com**

Retrouvez-nous également sur Facebook
pour avoir des informations exclusives :
www.facebook/pages/aventures-et-passions
et sur le profil *J'ai lu pour elle*.

Titre original
OUR WICKED MISTAKE

Éditeur original
Signet Eclipse, published by New American Library,
a division of Penguin Group (USA) Inc.

1

Londres, 1816. L'Antre de Satan.

L'affaire allait donc se résoudre par un duel à l'ancienne mode, mais sans épée ni pistolet.

Et il en était le seul responsable, reconnut Luke Daudet, vicomte d'Altea, car ces derniers temps il se montrait plus imprudent que jamais aussi bien avec les cartes qu'avec les femmes. Bien évidemment, sa réputation l'avait précédé.

Et maintenant, il lui fallait payer.

— Sept mille, c'est une somme digne d'un gamin, pas d'un homme.

Le défi avait été lancé d'une voix feutrée, mais toutes les personnes présentes dans la salle l'entendirent.

L'homme face à lui sourit avant de poursuivre :

— Rendons cela plus intéressant, milord, voulez-vous ? Deux cartes à venir pour cette donne… et on augmente l'enjeu. Si vous en avez le cran, bien sûr. Nous jouons contre la maison, mais nous pourrions y ajouter une autre mise, juste entre nous deux. Qu'en dites-vous, Altea ?

Le feu qui flambait dans l'opulente cheminée de marbre n'était pas nécessaire dans une pièce aussi confinée. D'épaisses tapisseries de velours emprisonnaient les odeurs d'eau de Cologne, de tabac et de cognac. Le silence se répandit telle la brume dans un cimetière, uniquement brisé par le craquement des bûches dans l'âtre. Même les valets en livrée s'étaient immobilisés, interrompant leur ronde incessante pour fournir en boissons cette assemblée quelque peu dépravée.

Enfer et damnation. Il a fallu que je me fourre dans ce pétrin.

Existait-il un moyen diplomatique de se sortir de cette situation ? Il en doutait. Cet événement n'était que le résultat inévitable de sa récente plongée dans la débauche.

S'efforçant de ne pas montrer la moindre trace d'émotion, Luke sourit d'un air désinvolte.

— De quelle somme parlons-nous ?

— D'une somme beaucoup plus intéressante. Qu'en dites-vous, milord ?

Estefan, le croupier, attendait, les cartes suspendues au-dessus du tapis de jeu. Entièrement vêtu de noir, il n'était d'ordinaire qu'un observateur silencieux, aussi expressif qu'un cadavre et guère plus animé, mais une lueur d'intérêt venait de s'allumer dans ses yeux sombres. Il haussa un sourcil interrogateur.

Il n'y avait, bien sûr, aucune limite chez Satan. L'endroit était célèbre pour ses paris qui faisaient hésiter même les hommes les plus fortunés. Ici, l'aristocratie se mêlait à la classe marchande. Les titres et la gloire n'avaient aucun poids face à l'argent. Luke *était* riche mais il était loin d'être le seul dans ce bouge enfumé.

— Je serais curieux, monsieur, de savoir quelle somme serait, selon vous, *digne d'un homme*, répliqua-t-il avec un haussement d'épaules indolent.

Quelque part, quelqu'un éclata d'un rire nerveux.

Albert Cayne hocha brièvement la tête. D'âge mur et robuste au point d'être corpulent, il avait des yeux perçants enchâssés dans un visage charnu. Il demeura impassible même si son teint rougeaud se colora légèrement.

— Milord, vous êtes peut-être vicomte, mais se hisser à la force du poignet n'est pas sans mérite non plus. J'ai gagné moi-même toute ma fortune et je choisis d'en placer une bonne portion sur ce pari. Disons vingt mille ?

Vingt mille ? Sur un simple coup de dés ?

À défaut de bon sens, l'homme avait du culot. La partie de rouge-et-noir à la table voisine s'était interrompue depuis un moment. Toute la salle résonna soudain de murmures.

Pars d'ici.

Non. Reste. N'as-tu donc plus aucun courage ?

D'un infime signe de tête, il accepta le pari.

Et quand cela se saurait dans la bonne société londonienne, songea-t-il en indiquant d'un geste délibérément paresseux qu'il attendait sa première carte, la moitié des matrones pressées de caser leurs filles le rayeraient de leurs listes des bons partis encore célibataires.

Tant mieux. Il n'était pas sur le marché du mariage. Scandaleux, titré et riche formaient une combinaison attirante. Il suffisait de soustraire « riche » de l'équation pour que vous soyez tout à coup qualifié de débauché, pour ne pas dire de propre-à-rien. Il pouvait certes se permettre de perdre, mais il devait admettre que l'extravagance de la mise avait de quoi faire réfléchir – de même que ses motivations.

Ce n'était pas l'idée qu'un peu moins de jeunes filles n'agitent leur éventail dans sa direction qui le dérangeait, non... pour être franc, il s'inquiétait davantage de la réaction de sa mère et de ses sœurs. Un souci, se dit-il en regardant sa carte sans broncher, qu'il valait mieux éviter de confesser dans le cercle de jeu le plus infâme de toute l'Angleterre.

Cayne prit la sienne, déclenchant un assez formidable soupir collectif. Le sourire de l'homme demeura énigmatique, son regard calme.

Impassible, Luke fit signe au donneur. La première carte ne lui avait servi à rien et il n'avait d'autre choix que d'accepter celle que le sort allait lui accorder. Il lui jeta à peine un coup d'œil avant de la glisser dans son jeu.

Cayne secoua la tête, refusant la dernière donne.

Il avait, semblait-il, confiance en la bienveillance du hasard.

S'emparant de son verre, Luke fit tournoyer le liquide ambré avant de s'accorder une gorgée. Il fut assez impressionné de constater que ses mains ne tremblaient pas.

— Messieurs, annonça le croupier, montrez vos jeux, s'il vous plaît.

Une infime hésitation, puis :

— La mise est de vingt mille livres.

D'un geste vif du poignet, Luke retourna ses cartes. Cayne fit preuve de plus d'emphase, les révélant l'une après l'autre.

Pendant un moment, rien ne se passa.

— Par la barbe du diable ! marmonna quelqu'un derrière Luke.

Le croupier afficha une grotesque parodie de sourire avant d'annoncer :

— La main va au vicomte.

Ignorant les rugissements de félicitations, Luke se leva et s'inclina brièvement devant un Cayne au visage de marbre. Celui-ci se laissa aller contre le dossier de sa chaise.

— L'argent vous sera livré demain matin, si vous n'y voyez pas d'inconvénient.

— Je n'en vois pas.

Nonchalant, Luke s'approcha d'une table drapée de velours rouge sur laquelle étaient alignées des bouteilles. Contrairement aux apparences, il était encore extrêmement tendu.

Si cette réputation de débauché qu'il entretenait avec tant de soin devait lui valoir d'autres défis tels que celui-ci, il lui faudrait liquider davantage de fonds au cas où la chance ne lui sourirait pas. S'emparant d'une carafe, il se servit une généreuse dose de cognac.

— Milord ?

Un valet en livrée, dont le visage grêlé par la variole était soigneusement poudré, lui présentait un petit plateau.

— Oui ?

— Un message pour vous, déposé il y a une minute à peine. C'est urgent, m'a-t-on dit.

Luke accepta l'enveloppe, vérifia le sceau d'un coup d'œil.

— Merci.

Quelques minutes plus tard, il était dehors où un ciel noir crachait une bruine persistante. Son cocher, tassé sous sa cape, hocha la tête quand il lui donna l'adresse. Une fois dans sa voiture, Luke relut le mot, en proie à une agitation qu'il n'avait pas ressentie face à Cayne alors qu'une petite fortune était en jeu.

L'urgence devait être réelle, car celle qui le lui avait envoyé refusait de lui adresser la parole.

Pourquoi Madeline lui écrivait-elle et, plus étrange encore, pourquoi avait-elle besoin de le voir sur-le-champ ?

Elle était perdue.

Madeline May, lady Brewer, arpentait son salon, ignorant ce décor qui en temps normal lui procurait tant de plaisir. Le vase oriental sur la petite table près de la fenêtre – un cadeau de mariage –, le satin jaune pâle sur les murs, le portrait du grand-père de son mari au-dessus de la cheminée, son sourire éclatant et sa chevelure sombre si familiers…

Il faisait nuit et elle n'avait pas mangé de la journée. Avec cette nausée qui la taraudait, cela valait mieux. Le verre de porto qu'elle avait avalé d'un trait lui faisait un peu tourner la tête mais, au moins, ses mains ne tremblaient plus. Elle considéra la carafe avec envie, mais se ravisa : une dose supplémentaire ne serait pas une bonne idée. Elle se contenta donc d'écarter une fois encore le rideau de dentelle pour observer la rue. Elle était déserte, pas le moindre signe de vie, pas même celui d'un fiacre de louage.

Où diable était cet homme ?

Ne t'affole pas. Reste calme.

Elle perçut enfin le vacarme de roues sur les pavés, mais la voiture s'éloigna. Se mordant la lèvre, elle jeta un coup d'œil à l'horloge qui semblait la narguer avec son tic-tac solennel.

— À quoi dois-je l'honneur de votre royale convocation ?

La voix grave lui arracha un sursaut en même temps qu'une petite exclamation de surprise. Elle fit volte-face pour découvrir Luke Daudet sur le seuil du salon, une épaule appuyée au chambranle. Une pose nonchalante que démentait l'intensité de son regard gris. Comme toujours, lord d'Altea était presque trop séduisant en tenue de soirée noire à la coupe impeccable, sa cravate blanche ornée d'une épingle en diamants, ses cheveux blond foncé un peu plus longs que ne l'exigeait la mode. Son beau visage viril était en partie plongé dans l'ombre, Madeline n'ayant allumé qu'une seule lampe dans le salon.

— Comment êtes-vous entré ? demanda-t-elle. Je n'ai pas vu votre attelage arriver.

Il arqua un sourcil.

— Ma chère Madeline, le ton de votre mot m'a dissuadé de rouler jusque devant votre porte, surtout à une heure pareille. J'aime à croire que je suis suffisamment gentleman pour songer au moins à votre réputation. J'ai donc demandé à mon cocher de s'arrêter à un pâté de maisons d'ici, puis j'ai marché. L'entrée de service m'a paru une bonne idée et la serrure ne m'a guère posé de problème.

— Vous l'avez forcée ?

Il fit tinter quelque chose dans la poche de sa veste.

— Peut-être.

En d'autres circonstances, elle aurait été révoltée, mais ce soir c'était elle qui l'avait appelé à son secours. Elle s'occuperait de ces serrures qu'on crochetait si aisément un autre jour… si elle ne passait pas le restant de sa vie dans la prison de Newgate.

À sa propre stupeur, elle s'entendit proposer :

— Désirez-vous boire quelque chose, milord ?

Comme si l'heure était aux mondanités.

— Je doute que vous m'ayez convoqué pour partager un verre de vin. Vous êtes beaucoup trop pâle, pour ne pas dire livide. Je vous suggère donc de vous asseoir, de reprendre votre souffle et de m'expliquer pourquoi vous avez fait appel à moi. Je ne nous croyais pas en bons termes.

— Nous ne le sommes pas.

En public, elle parvenait à afficher une courtoisie glaciale, alors qu'elle détestait le vicomte d'Altea de tout son être. Pourtant, si humiliant que ce soit de l'admettre, c'était aussi le seul homme capable de l'aider.

— Ah… eh bien, voilà qui ne fait qu'aiguiser ma curiosité quant à la raison pour laquelle vous avez envoyé un domestique me chercher dans tout Londres au beau milieu de la nuit.

Il avait peut-être raison. La tête lui tournait un peu et s'asseoir était sans doute une bonne idée. Elle se laissa choir dans un fauteuil Louis XIV recouvert de soie en se disant qu'il n'était pas question de pleurer devant Luke Daudet.

Elle eut néanmoins les plus grandes peines du monde à garder son sang-froid tandis qu'il s'installait en face d'elle et la fixait d'un regard ouvertement interrogateur.

— Madge ?

— Je déteste ce surnom.

Alarmée, elle s'aperçut qu'elle reconnaissait à peine sa propre voix, et que ses yeux la picotaient.

Il sourit sans la moindre trace d'humour.

— Je sais. Pourquoi croyez-vous que je l'utilise ? Je n'ose imaginer comment vous m'appelez en mon absence. Ceci étant, je dois admettre que je suis de plus en plus inquiet. Vous êtes l'incarnation de l'aristocrate posée, or franchement, ma chère, vous semblez au bord de la crise de nerfs. Crise que je préférerais éviter. La plupart des hommes ne supportent pas les démonstrations d'émotion auxquelles se livrent parfois les femmes, et je ne fais pas exception. Il serait plus simple de me dire ce qui ne va pas et nous verrons alors ce qu'il est possible de faire.

Même si elle se rappelait chaque jour à quel point elle méprisait le formidablement séduisant, et tout aussi inconstant, vicomte d'Altea, son ton neutre l'aida à préserver un minimum de dignité. Ravalant un petit sanglot, elle se décida enfin à lui avouer l'atroce vérité.

— Ce soir, j'ai tué quelqu'un.

2

Cela ne lui arrivait pas souvent, mais Luke dut admettre, tandis qu'il contemplait la femme à laquelle il pensait bien trop souvent, qu'il ne savait que dire.

D'une pâleur de spectre, ses épaules minces tremblant visiblement, Madeline demeurait silencieuse, comme épuisée par son aveu. À vingt-six ans, elle n'était plus une ingénue, mais une veuve dotée d'un esprit acéré, d'un goût irréprochable et d'une solide fortune. Sa compagnie était très recherchée par les hôtesses les plus en vue de la haute société londonienne.

Et aussi par pas mal de gentlemen, dont lui-même. Pour autant qu'il sache, il était le seul à avoir jamais réussi à attirer la délectable veuve lady Brewer dans son lit – cette unique nuit étant gravée de façon indélébile dans sa mémoire.

Qu'elle soit à ce point bouleversée lui en disait davantage que des mots. En temps normal, cette femme n'était qu'assurance et distinction.

Sauf, lui rappela une petite voix dans sa tête, quand elle tremblait entre ses bras.

Il retrouva enfin l'usage de la parole.

— Sur ma vie, je vous sais incapable de malveillance délibérée, il vaudrait donc mieux que vous commenciez par le commencement et que vous m'expliquiez ce qui s'est passé. N'oubliez pas, s'il vous plaît, de me dire où cela s'est produit. Qui, pourquoi et comment seraient aussi utiles.

Des yeux d'un bleu de nuit où vacillaient des larmes le fixèrent.

— Je ne sais même pas pourquoi je vous ai envoyé ce mot.

— Au contraire, répliqua-t-il, vous savez parfaitement que, malgré nos différends, je vous aiderai. Je vous écoute.

— C'était lord Fitch.

De pire en pire. Fitch était une figure éminente de la politique britannique qui possédait fortune et influence ; pour ne rien arranger, il était comte. Luke n'avait jamais aimé ce butor vantard, mais là n'était pas la question. Le trépas de Sa Seigneurie ne risquait pas de passer inaperçu. Si l'homme était bien mort, il y aurait une enquête.

— Il m'a parfois agacé mais jamais au point de vouloir l'assassiner. Que s'est-il passé ?

— Je ne l'ai pas *assassiné*, rétorqua Madeline, et il fut heureux de voir ses épaules cesser de trembler et son visage retrouver quelques couleurs, même si c'était dû à l'indignation. Je l'ai tué accidentellement, ce qui est tout à fait différent, merci.

— Je reconnais mon erreur. Mais n'oubliez pas que vous devez encore me révéler comment c'est arrivé.

Les phalanges de Madeline blêmirent tandis qu'elle croisait les mains dans son giron.

— Cela faisait un certain temps qu'il se comportait de façon fort incorrecte avec moi, multipliant les suggestions déplacées. Cela allait bien au-delà de l'inconvenance pour devenir un véritable harcèlement. La simple vue de cet homme me répugnait.

La canaille. Luke regrettait que ce sinistre individu soit déjà mort. Il l'aurait volontiers étranglé de ses propres mains.

— Des suggestions de quelle nature ?

— De nature déplacée, Altea. Servez-vous de votre imagination considérable.

Le ton était caustique et il se fit l'effet d'un imbécile, mais le frisson qui secoua le corps voluptueux de Madeline lui donna aussitôt envie de se lever pour la prendre dans ses bras et la bercer en lui promettant que tout irait bien. Il savait qu'elle n'apprécierait pas, aussi, au prix d'un effort notable, demeura-t-il là où il était.

— Très bien. Fitch se comportait de manière inappropriée. Continuez.

— J'essayais de l'éviter, dit-elle, et sa lèvre inférieure se mit à trembler. À chaque événement, à chaque soirée… *partout.*

— Madge, j'en suis certain.

— Cela ne servait à rien. Il faisait toujours en sorte de croiser mon chemin.

Luke ne dit rien, attendant la suite.

— Il…

Elle s'interrompit. Soudain, elle paraissait perdue et… très jeune, avec ces mèches qui s'échappaient de son chignon pour venir frôler ses épaules.

— Il détient quelque chose qui appartient à Colin.

Feu son mari ? Lord Brewer était décédé depuis au moins cinq ans, six peut-être. Comment cela était-il possible ?

— Un objet que je tenais à récupérer et pour lequel j'ai même accepté de marchander avec Sa Seigneurie. Mais il y a un prix que je ne suis pas prête à payer.

Un prix ? Luke serra les mâchoires. Il était inutile qu'elle précise de quoi il s'agissait. Le porc.

— Il vous faisait chanter ?

— Non, répondit-elle, les yeux rivés sur le tapis. Pas précisément.

Pas précisément. Que diable cela voulait-il dire ?

— Je ne comprends pas. Il me semble qu'il n'y a pas d'alternative. Soit on vous fait chanter, soit on ne vous fait pas chanter.

Elle eut un petit geste impuissant.

— Il... il savait des choses. Et il lui arrivait de les mentionner aux moments les plus inopportuns. J'ai commencé à soupçonner...

Luke n'était naturellement pas patient, et quand elle s'interrompit de nouveau, il demanda d'un ton sec :

— Soupçonner quoi ? Par tous les diables, ma chère, je suis peut-être obtus, mais je n'en sais guère plus maintenant que lorsque j'ai franchi cette porte. Il est grand temps de tout m'expliquer afin que nous puissions décider de la marche à suivre.

— C'est mortifiant.

— Bonté divine, vous venez de me dire que vous avez tué un homme. Voilà qui est, certes, mortifiant mais finissons-en. Vu ma réputation, je suis mal placé pour vous juger.

Pendant un moment, elle se contenta de le fixer comme si elle le voyait pour la première fois. Puis elle hocha la tête – oh, à peine !

— Colin tenait un journal.

Elle prit une inspiration tremblante avant de poursuivre :

— Il était toujours en train d'écrire dedans. Apparemment, il notait tout, y compris des détails sur nos... notre vie conjugale. Même si je n'imagine pas comment cela a pu être possible, lord Fitch se l'est procuré. Après plusieurs commentaires déplacés mais exacts, j'ai commencé à comprendre que cet odieux individu devait détenir ce journal. Ils n'étaient pas amis et, de toute manière, Colin ne lui aurait jamais confié des secrets aussi intimes – je ne le vois du reste pas en parler à qui que ce soit. C'était donc la seule explication. *Moi-même,* je ne l'ai jamais lu, car il me semblait que cela aurait été une intrusion dans l'intimité de Colin, je l'avais donc enfermé. En le recherchant, je me suis aperçue qu'il avait, bien sûr, disparu.

Et, cela allait sans le dire, était une intrusion dans l'intimité de Madeline, aussi. Luke savait qu'elle avait aimé son mari avec toute l'intensité d'une première passion et que sa mort l'avait anéantie. Découvrir que son journal intime avait été lu par un étranger avait dû être abominable.

— J'ai failli l'enterrer avec lui, reprit-elle d'une voix étranglée. Mais j'ai pensé qu'un jour, peut-être, j'aurais envie de le lire pour y puiser du réconfort.

Et voilà que cette fripouille de Fitch avait violé les écrits de l'homme qu'elle aimait. Une fois de plus, Luke regretta que le comte soit mort : il aurait aimé étriper cette canaille lui-même.

— Il me semble que, quel qu'ait été le sort de Sa Seigneurie, il l'a bien mérité, déclara-t-il, s'efforçant de conserver un ton froid. Où est-il ?

— Dans le bureau de Colin.

Elle avait répondu d'une voix si basse qu'il l'entendit à peine. Elle fixait le mur sans le voir, et son expression inquiéta Luke.

— Ici ?

Elle hocha la tête.

— J'avais demandé à le rencontrer afin de parler du journal. Il me semblait prudent – et plus à mon avantage – de conduire cette affaire comme un homme l'aurait fait. Le bureau de Colin me paraissait donc l'endroit idéal. J'ai demandé qu'on y conduise lord Fitch quand il s'est présenté.

Luke se leva.

— Montrez-moi et nous réglerons cela.

Comme si on pouvait « régler » la mort d'un homme, mais il était prêt à faire de son mieux.

Pour elle. Car, même s'il ne souhaitait pas l'admettre, Luke éprouvait pour lady Brewer une admiration qui n'était pas seulement due à son incomparable passion et à son indéniable beauté. S'il évitait pour le moment de s'interroger plus avant à ce sujet, il était néanmoins bien conscient d'une chose : il était accouru dès qu'elle le lui avait demandé.

Voilà qui en disait long. Il n'avait d'ordinaire que dédain pour le rôle du chevalier servant.

Avec les gestes heurtés d'une personne qui vient de subir un grand choc, Madeline se leva et se dirigea vers la porte.

Son espoir que tout cela fût une sorte de rêve bizarre se brisa quand elle découvrit le corps de lord Fitch gisant toujours près de la cheminée dans une mare de sang. Ce qui était fort dommage, songea-t-elle, car elle avait toujours aimé ce tapis, même s'il était en partie déteint à l'endroit où le soleil inondait la pièce en fin d'après-midi. Depuis la mort de Colin, elle venait souvent s'asseoir à son bureau, l'odeur du tabac qui s'échappait de son pot à la fois familière et touchante, sa pipe toujours posée là où il l'avait laissée le soir où il avait commencé à se plaindre de maux de tête, très vite suivis de fièvre, de frissons et de douleurs. Il était mort en moins de deux jours. Cette pièce, avec ses boiseries et ses livres lus et relus, lui procurait un certain réconfort, du moins jusqu'à maintenant.

— J'imagine que c'est le tisonnier qui a expédié Sa Seigneurie en enfer, déclara Luke d'un ton calme. Un choix peu original, mais qui a fait ses preuves.

— Oui, souffla-t-elle.

Lord Fitch n'avait cessé de la provoquer... avec cynisme. Elle entendait encore sa voix onctueuse. *Alors, Lady Brewer, est-il vrai qu'un jour, à l'opéra, derrière un rideau, vous avez laissé votre mari soulever vos jupes et...*

Elle avait bien tenté de le raisonner, de faire appel à son sens de l'honneur, mais ce vieux bouc en était dépourvu.

— J'ai d'abord demandé qu'il me rende le journal. Il m'a ri au nez. Je lui ai ensuite proposé de l'argent. Il a ri de plus belle en disant que sa lecture était bien trop divertissante et qu'il ne comptait pas le vendre. Je lui ai fait remarquer que l'objet m'appartenait et qu'un vrai gentleman me l'aurait restitué. Il a refusé et a continué à proférer les suggestions les plus dégradantes et les plus insultantes qui se puissent imaginer.

— Comme vous l'avez vous-même fait remarquer, je possède une imagination considérable et j'aurais sûrement choisi un moyen bien plus douloureux pour me débarrasser de cette fripouille qui souille à présent un excellent tapis. Finissez l'histoire.

— Il a menacé de le publier.

Bon sang, une larme roulait à présent sur sa joue qu'elle essuya du dos de la main, comme une enfant.

— Vous lui avez donc fait son affaire avec le tisonnier. Excellente décision.

— J'étais effarée, oui, mais je ne lui ai pas « fait son affaire » uniquement pour cela, se défendit Madeline. Les hommes règlent leurs problèmes par la violence. Les femmes sont plus civilisées.

— Possible, mais ce n'est pas moi qui ai un mort sur mon tapis, souligna-t-il avec une logique aussi implacable qu'irritante

Ignorant son commentaire, elle expliqua d'une voix hachée :

— Je... je commençais à comprendre que discuter était inutile et je n'aimais pas sa façon de me regarder, je me suis donc levée pour appeler Hubert afin qu'il le raccompagne. Quand j'ai contourné le bureau, lord Fitch... il, eh bien, il m'a saisie et m'a chuchoté une suggestion extrêmement répugnante. De toute évidence, il avait bu, son haleine empestait l'alcool. Je me trouvais près de la cheminée et tandis que je me débattais pour lui échapper, j'ai dû m'emparer du tisonnier, car, avant de me rendre compte de quoi que ce soit, il gisait sur le sol.

— C'est un cas de légitime défense.

Fouillant dans la poche de sa veste, Luke en sortit un mouchoir immaculé brodé à ses initiales et le lui tendit.

— Merci.

Elle essuya une autre larme.

Luke s'agenouilla près du corps et souleva un bras mou.

— Il est encore chaud. J'en déduis que vous m'avez envoyé chercher aussitôt. Où est sa voiture ?

— C'est la seule bonne chose dans cette catastrophe. Il a dû venir à pied car il habite tout près.

— Qu'avez-vous dit à votre personnel ? Il semble que tout le monde soit couché.

— Que Sa Seigneurie s'était endormie parce qu'il avait trop bu et que j'ai fait appel à vous pour le raccompagner chez lui.

— Excellente initiative, dit-il avant de froncer les sourcils, son beau visage affichant, pour la première fois de la soirée, une expression ennuyée. Sauf que nous avons un énorme problème, ma chère.

Un seul ? Elle venait de tuer un comte dans le bureau de son mari. D'innombrables problèmes s'annonçaient pour autant qu'elle sache.

— Ce vaurien n'est pas mort.

— Quoi ? Malgré tout ce sang !

Incrédule, elle ne cessait de triturer le mouchoir.

— Il ne respirait plus, reprit-elle, je l'aurais juré. J'ai vérifié.

— Vous étiez bouleversée, ce qui se comprend, mais je sens un pouls. Je ne suis pas médecin, mais aussi agaçant que cela soit, il me paraît fort et régulier. Les blessures à la tête ont tendance à saigner abondamment. J'en ai vu plus que ma part pendant la guerre.

Elle éprouva un tel soulagement que ses genoux faillirent céder.

— Dieu soit loué ! Si je ne porte pas lord Fitch dans mon cœur, je ne souhaitais pas non plus être la cause de sa mort.

— Vous êtes meilleure que moi, dans ce cas. Un duel me remplirait de joie, et s'il survit, je m'offrirais peut-être ce plaisir. Je ne peux néanmoins supporter l'idée de tuer un homme inconscient, même s'il le mérite amplement. Je suppose donc que la priorité est de le ramener chez lui et d'appeler un médecin. Si vous voulez bien m'ouvrir la porte, nous partons.

Je m'offrirais peut-être ce plaisir ? Il avait prononcé ces mots avec une véhémence qui prit Madeline de court.

Fitch était robuste, mais Luke hissa son corps inanimé sur son épaule avec une aisance sidérante.

— Il saigne sur votre veste, murmura Madeline.

— J'en possède d'autres.

— Je…

Il haussa un sourcil sardonique, le postérieur rebondi de Fitch pointant vers le plafond.

— Aidez-moi simplement à le sortir d'ici. Ensuite, buvez un verre de vin et oubliez tout cela.

Comme cela semblait simple.

— Luke…

Elle l'avait certes appelé à l'aide, mais elle ne s'était pas attendue qu'il porte seul ce fardeau. Au propre comme au figuré.

— Ouvrez la porte. Je m'occupe de tout. N'y songez plus.

Sa voix avait perdu sa désinvolture habituelle. Il s'exprimait avec une calme certitude et elle ne s'y trompa pas : il lui faisait une promesse.

Elle se décida donc à obéir. Le précédant dans les couloirs de la maison silencieuse, elle lui ouvrit les portes et, quand il franchit l'entrée de service, elle le regarda s'éloigner puis disparaître dans la ruelle sombre. Peu après, elle entendit le raclement de roues sur les pavés.

Bien que le vicomte d'Altea ait forcé sa porte avec une facilité déconcertante, elle la verrouilla quand même derrière lui. Puis elle retourna d'un pas incertain dans le bureau de Colin. La tache sinistre sur le tapis n'était pas de celles dont on vient à bout, et elle songea qu'elle allait devoir se débarrasser du tapis.

Quant à l'expliquer...

Un saignement de nez, se dit-elle. Lord Fitch s'était soudain mis à saigner abondamment. La croirait-on ?

Peut-être. Jusqu'à ce que Sa Seigneurie révèle ce qui s'était réellement passé. Si son soulagement de ne pas l'avoir tué était sincère, elle n'était guère ravie de savoir qu'il pourrait continuer à la tourmenter. Elle n'osait imaginer la teneur des rumeurs qui se répandraient si Fitch laissait entendre qu'elle l'avait invité chez elle, sans en donner la raison. Il avait été assez intelligent pour ne pas la faire chanter, si bien qu'il n'avait commis aucun délit, se contentant de ces insinuations dégradantes.

Oui, comprit-elle soudain, s'il avait été méprisable et sournois jusqu'à présent, il risquait de l'être dix fois plus s'il se remettait de sa blessure.

Si.

Elle frémit et serra les poings. Luke avait dit qu'il s'en occuperait.

Ce qui était encore un problème, mais d'une tout autre nature.

De tous les gentlemen qui vivaient à Londres, il avait fallu qu'elle fasse appel au célèbre et scandaleux vicomte d'Altea, envoyant son valet le chercher à son club d'où, apparemment, on l'avait dirigé vers le cercle de jeux le plus sordide d'Angleterre.

Qu'est-ce qui était pire ? Devoir subir les brimades malveillantes de lord Fitch ou être redevable envers Luke ?

Elle n'aurait su dire, mais ce dont elle était sûre, c'était que cette soirée était l'une des pires de sa vie.

3

— Une idée ?

Michael Hepburn, marquis de Longhaven, contempla son ami installé en face de lui. Arquant les sourcils d'un air interrogateur, celui-ci étala du beurre sur son toast d'un air impassible dont Michael ne fut pas dupe.

— Eh bien, pour commencer, dit-il, chaque fois qu'on écrit, on prend le risque que ce genre de chose vous arrive. Je brûle toute ma correspondance privée.

— Je n'en doute pas, répliqua Luke avec flegme. Et je suis aussi d'accord sur le fait que relater par le menu ses ébats sexuels avec sa femme est une mauvaise idée, mais un journal intime est justement cela : intime. Je suis sûr que lord Brewer ne s'attendait pas à mourir si jeune, et il n'est pas non plus le premier à tenir la chronique de sa vie. Beaucoup de gens rédigent des journaux.

— Exact, admit Michael, néanmoins dans son cas, l'initiative se révèle pour le moins malheureuse.

À ses yeux, lord Brewer avait fait preuve d'un sentimentalisme ridicule, mais il se retint d'en faire la remarque. Luke ne s'ouvrait pas facilement, et s'il s'était présenté chez lui à une heure aussi matinale, c'est qu'il avait une bonne raison.

— C'était une erreur de jugement, se contenta-t-il d'ajouter, mais personne ne s'attend qu'une canaille dépourvue de tout sens moral vienne fouiner dans votre vie privée.

— Je ne saurais mieux dire, répondit Luke qui semblait très absorbé par la bouchée de saucisse qu'il était en train de mâcher. À ma place, que ferais-tu à présent ?

— Tu parles du dilemme de lady Brewer ?

« Ou, s'interrogea Michael à part soi, de la dame elle-même ? »

— Il faut faire quelque chose à propos de Fitch.

— Es-tu en train de me demander un avis ou désires-tu que j'intervienne ?

Michael s'empara de sa tasse de café et fixa sur son ami un regard qui en disait long.

— Je ne sais pas trop. Tu as bien plus l'habitude que moi de ce genre d'affaires.

— Celles qui mettent en scène des gentlemen inconscients et ensanglantés dans la demeure d'une de mes maîtresses ? Non, je dois avouer que cela ne fait pas partie de mon champ d'expérience.

— Elle n'est pas ma maîtresse, rétorqua Luke, cassant. Madeline est une connaissance, c'est tout.

La délicieuse lady Brewer avait fait appel à Luke dans un moment critique, et à en juger par son attitude ombrageuse vis-à-vis de la dame en question, Michael doutait que *connaissance* soit le terme approprié mais, cette fois encore, il s'abstint d'en faire la remarque. Ces derniers temps, Luke était particulièrement susceptible et cela avait peut-être un rapport avec cette femme. Il sortait très tard le soir, et ce matin, même s'il paraissait aussi mondain et détaché qu'à l'ordinaire, des rides de fatigue encadraient sa bouche.

— Tu l'as donc ramené chez lui en expliquant à son majordome que tu l'avais trouvé inconscient dans une ruelle derrière notre club ? reprit Michael.

— Cela me paraissait plausible. Il a fait appeler un médecin, qui a déclaré que la blessure était superficielle.

Selon lui, et à en juger par son haleine, Fitch était plus ivre qu'autre chose. Je peux confirmer que le bonhomme empestait l'alcool, et lorsque je l'ai chargé dans la voiture, une flasque vide est tombée de sa poche. Je doute que ses excès de la soirée se soient limités à cette seule bouteille.

— Il n'en demeure pas moins que le journal de lord Brewer se trouve toujours en sa possession. Exact ?

— Exact.

— Je crois pouvoir régler ce détail.

Pour la première fois depuis son arrivée, Luke sourit, et même si ce sourire n'avait pas sur lui le même effet que sur de nombreuses dames de la haute société, Michael fut heureux de voir l'insouciant vicomte d'Altea refaire surface, ne serait-ce qu'un instant.

— Je savais que tu pourrais m'aider, murmura-t-il.

— Toi, ou lady Brewer ?

Luke ignora la question.

— Que comptes-tu faire ? s'enquit-il.

— Fitch était déjà déplaisant avant l'incident de cette nuit, il est donc logique de penser que son humeur ne va pas s'améliorer, d'autant que doit s'y ajouter ce matin un colossal mal de crâne.

— Le médecin a prévenu qu'entre l'alcool et le coup sur la tête, il était possible qu'il ne se souvienne de rien.

— Ce qui vaudrait mieux pour tout le monde, mais en attendant d'en avoir la certitude, tu devrais songer à la protéger d'une manière ou d'une autre.

Luke haussa les épaules.

— Cette responsabilité n'est pas la mienne.

— Non ? rétorqua Michael. Pourtant, c'est bien toi qui viens de me demander mon aide.

Nullement démonté, Luke jeta sa serviette sur la table et se leva avec son habituelle nonchalance.

— À ce propos, fais-moi savoir quand le journal aura été récupéré pour que je le rende à sa propriétaire légitime. Je promettrais volontiers de t'en attribuer les mérites, mais je doute que Madeline apprécie d'apprendre que je t'ai mêlé à cela.

Michael acquiesça. Dans sa profession, ce genre de publicité n'était pas recommandée.

— Je te préviendrai.

— Merci pour le petit-déjeuner.

— Je t'en prie, dit Michael, qui fit une pause avant d'ajouter d'un ton neutre : As-tu vraiment parié vingt mille livres sur une seule donne hier soir ?

— Les ragots se répandent toujours aussi vite, à ce que je vois, répliqua Luke, sardonique.

— Dans notre milieu, certainement. Je l'ai su avant minuit.

— Je me demande encore pourquoi j'ai relevé le défi de Cayne.

— Tu veux mon avis ?

Ils avaient combattu ensemble en Espagne, et leurs démons respectifs n'étaient un secret ni pour l'un ni pour l'autre.

— Inutile. Je n'ai pas besoin d'un confesseur, Michael. Je tiens juste à récupérer ce journal.

Après le départ de son ami, Michael contempla la porte qu'il avait refermée derrière lui d'un air pensif. Il connaissait, bien sûr, la superbe lady Brewer. En plus d'avoir une chevelure d'un blond très pâle, des yeux bleu nuit et un corps dont tout homme en bonne santé ne pourrait que rêver, c'était une veuve si dévouée à son mari qu'elle s'était retirée de la société pendant une période que beaucoup avaient trouvée trop longue. La rumeur la prétendait immunisée contre tout type d'attachement, qu'il soit temporaire ou permanent.

La dame s'était néanmoins tournée vers Luke quand elle avait eu besoin d'aide. Michael ignorait jusque-là qu'ils se connaissaient : Luke ne l'avait jamais mentionnée en sa présence. La seule fois où il les avait vus échanger un mot, c'était lors du mariage d'un de leurs amis communs, Joshua, avec la cousine de lady

Brewer. En y repensant, Michael se souvenait maintenant de la froideur de Madeline May quand elle avait accueilli Luke. Chose assez inhabituelle : avec sa prestance, sa fortune et son charme, la plupart des femmes tombaient à ses pieds.

Ou dans son lit.

Mais Luke avait affirmé qu'elle n'était pas sa maîtresse et lady Brewer n'avait certes pas la réputation d'une femme qui s'autorisait des liaisons passagères. Luke ne croyant pas en des relations d'une autre sorte, c'était donc probablement la vérité. Tout bien considéré, une relation d'amitié entre eux ne semblait guère concevable, non plus.

Tout cela était très intéressant, mais sans rapport avec son problème immédiat. Achevant son café, Michael passa dans son bureau.

Il était temps d'envoyer un message. Antonia ou Lawrence sauraient régler cette affaire ennuyeuse avec diligence et discrétion.

Cette indécision était tout à fait nouvelle chez lui... et très irritante. Luke abaissa la main alors qu'il s'apprêtait à frapper. Il était tout à fait normal qu'il passe s'assurer de l'état de Madeline après les événements de la nuit passée, mais une petite voix lui soufflait que lady Brewer était dangereuse pour sa tranquillité d'esprit.

Il n'était pas *obligé* de la voir. Une courte lettre suffirait.

Si la porte ne s'était pas ouverte, il serait sans doute resté planté là, tel un adolescent nerveux, pendant Dieu sait combien de temps. Mais elle s'ouvrit et Madeline en personne apparut. Elle fut visiblement surprise de le découvrir.

— Oh. Lord Altea.

Oui. Il aurait dû envoyer une lettre.

Le soleil, la rue animée, les marches en brique, d'éventuels regards indiscrets... tout s'estompa. Ce matin, elle portait une robe jaune citron avec des manches courtes à froufrou, la dentelle froncée sur son corsage attirant le regard vers les courbes de son buste. Sa chevelure était attachée en chignon et elle avait un réticule à la main, ce qui était logique puisqu'elle était sur le point de sortir.

Aussi belle fût-elle, et même fascinante, ce furent les cernes sous ses yeux qui retinrent son attention, et l'émurent. Ils témoignaient de l'épreuve qu'elle avait endurée. Avait-elle pleuré ? Avait-elle pleuré seule toute la nuit en se demandant si elle allait subir l'humiliation de voir sa vie privée étalée en place publique ?

Voilà pourquoi une lettre n'aurait pas suffi.

— Bonjour, lady Brewer, la salua-t-il, d'un ton on ne peut plus formel, au cas où un domestique serait à portée de voix. Je pensais vous rendre visite, mais je vois que vous sortez. Puis-je vous escorter ou vous offrir mon attelage ?

Elle arbora un sourire poli, mais son regard était scrutateur.

— C'est très aimable à vous, milord. Le temps étant clément, je comptais marcher jusque chez ma belle-sœur, mais nous pourrions utiliser votre voiture, ainsi vous ne seriez pas obligé de faire le chemin du retour à pied.

— Je serais ravi de vous prendre avec moi.

Par tous les diables ! Depuis quand s'exprimait-il avec une telle maladresse ? Déjà son esprit, qui n'avait rien d'innocent, envisageait de la *prendre* de bien des façons… en commençant, par exemple, par de lents baisers brûlants tout en la déshabillant et, une fois qu'elle serait nue…

Une nuit. Ils avaient partagé une seule nuit près d'un an auparavant, et son corps, tout aussi traître que son esprit, s'en souvenait encore. Une bouffée de son parfum, un coup d'œil à son profil lors d'une soirée mondaine suffisaient à le mettre au supplice… Il ne cessait d'entendre son rire, ce rire qui avait été si délicieusement enroué cette nuit-là. Madeline était l'une de ces rares femmes qui se montrait raffinée et distinguée en public tout en faisant preuve d'une passion folle dans la chambre à coucher. Tout autant que son allure physique, il admirait son intelligence et son sens de l'humour, et cette combinaison était de celles qui l'emplissaient d'une profonde inquiétude.

Elle n'était pas de ces créatures avec qui l'on couche pour les oublier aussitôt. Que lord Brewer, un homme aux goûts littéraires prononcés, se soit extasié sur ses charmes et ait tenu à les célébrer par écrit n'avait rien de surprenant.

Ayant déjà aimé et perdu, Luke ne voulait plus connaître cette douleur-là, la plus atroce de toutes. Là-bas en Espagne, pendant la guerre et l'enfer qui l'accompagnait, il avait rencontré la femme de ses rêves, mais ce n'était resté que cela, un rêve, une illusion, qui continuait de le faire souffrir lorsqu'il se réveillait le matin, jour après jour. L'épreuve avait été trop terrible pour qu'il prenne le risque de la répéter. Par obligation envers son titre, il se marierait un jour, mais à trente ans, ce changement de vie ne lui paraissait pas urgent. Quand le moment viendrait, il avait bien l'intention de choisir son épouse avec le plus grand détachement qui soit. Et même pourquoi pas, Seigneur, laisser sa mère décider à sa place.

— Si l'on me voit monter ou descendre de votre voiture, murmura Madeline tandis qu'il l'aidait galamment à prendre place dans le véhicule, il y aura des ragots.

— Votre réputation vertueuse n'aura aucun mal à supporter quelques murmures, répliqua-t-il non sans cynisme. Et maintenant, dites-moi où habite votre belle-sœur afin que j'indique l'adresse au cocher.

— Brook Street.

— C'est en effet très proche. Je vais lui dire de rallonger quelque peu le trajet afin que nous ayons quelques minutes pour discuter.

Sans attendre son approbation, il donna ses instructions à Harold avant de s'installer face à elle.

— Selon le médecin, commença-t-il sans préambule, la blessure de Fitch n'était même pas sérieuse. Sa perte de connaissance a pu aussi bien être produite par le coup que par l'alcool qu'il avait ingurgité.

— J'en suis soulagée, certes, mais je crains qu'il ne se montre encore plus vindicatif désormais.

Ses lèvres tremblèrent juste assez pour attirer son attention et qu'il se souvienne un peu trop clairement de leur goût.

— Il est possible qu'il souffre d'une perte de mémoire et oublie tout de cet incident. Mais quand bien même il s'en souviendrait, il ne détiendra pas le journal très longtemps, déclara Luke avec un sourire dénué d'humour. Et s'il tente de vous approcher, en public ou en privé, c'est sa *vie* qu'il perdra. Ne vous inquiétez pas, ma chère. S'il décide de vous causer encore le moindre mal, faites-le-moi savoir et il comprendra très clairement que c'est à moi désormais qu'il lui faudra rendre des comptes.

— Pourquoi faites-vous cela ?

Ses mains étaient crispées sur son réticule.

— Quoi précisément ?

— Me venir en aide de façon aussi généreuse.

— Pourquoi, selon vous ?

Parce que je suis incapable de vous oublier. Non, voilà qui était impossible à dire.

Elle le fixa un long moment du regard sans mot dire, puis déclara d'une voix douce :

— Ne me le demandez pas, car je sais d'expérience que vous n'êtes pas toujours galant, ni digne de confiance... mais je savais aussi que vous pourriez m'aider.

Elle faisait bien sûr allusion à cette nuit mémorable où, après lui avoir fait l'amour encore et encore, il l'avait quittée, tout bonnement.

— J'avais mes raisons de ne pas être galant, dit-il froidement.

Elle lissa ses jupes d'une main paresseuse, mais il n'y avait rien de nonchalant dans l'expression poignante de son joli visage.

— En dehors de Colin, vous avez été mon unique amant.

Sa voix était à peine audible.

Il s'en doutait, et cette confirmation ne l'aidait en rien. Il ne s'était pas conduit honorablement, et parce qu'il n'était pas un saint, il ne se liait normalement pas à des femmes telles que Madeline. Elle n'avait rien à voir avec ces beautés du grand monde qui aimaient les intrigues et jouaient aux jeux de l'amour avec une aisance de courtisanes.

— Vous n'avez pas donné le moindre signe de vie par la suite, reprit-elle dans un souffle. En public, vous vous montriez très distant, et vous avez même refusé de répondre au mot que, renonçant à toute fierté, je vous avais envoyé. J'en ai conclu que je vous avais déçu d'une manière ou d'une autre. La passion dont je me souviens n'était-elle pas réciproque ?

Enfer et damnation, il avait voulu lui parler mais pas de *cela*.

— Loin de là, admit-il. Et je crois, malgré ce que vous dites, que vous le savez. Mon enthousiasme considérable pour vos charmes n'était pas le moins du monde feint.

— Dans ce cas… pourquoi ?

— Parce que vous n'êtes pas le genre de femme qui devient la maîtresse d'un homme et que je n'ai nulle intention de vous épouser. Dans ces circonstances, il valait mieux mettre rapidement un terme à cette liaison.

Madeline le fixa, sidérée, et il eut le sentiment qu'il venait peut-être de la blesser davantage maintenant que par son indifférence affichée pendant près d'un an.

Il se faisait l'effet d'un scélérat. D'un goujat. D'un débauché sans cœur. Et toutes ces épithètes étaient encore en dessous de la vérité.

— Si j'interprète correctement ce que vous venez de dire, vous appréciez mon corps mais ma compagnie vous est désagréable, c'est cela ?

— Pas du tout. Vous êtes intelligente, éduquée et charmante de toutes les façons possibles.

Il lui devait bien cette vérité.

— Et quand vous vous remarieriez, votre époux sera un homme extrêmement chanceux. J'espère que vous ferez un bon choix.

— Le problème est donc le mariage ?

— Je me marierai un jour. Mon titre exige un héritier.

Elle haussa le menton et ses joues se colorèrent, comme s'il venait de l'insulter.

— J'ai donné un fils à Colin.

— J'en suis conscient. Quel âge a-t-il à présent, six ans ?

— Trevor a sept ans, répondit-elle, visiblement déconcertée. Luke…

Il était en train de lui faire du mal alors que c'était bien la dernière chose qu'il désirait.

— Vous êtes belle, généreuse et délectable, coupa-t-il. Et je vous désire encore.

La voiture ralentissait et il était soulagé que cette conversation qu'il avait évitée avec zèle depuis un an arrive à son terme.

— Mais nous ne nous convenons pas, ma chère Madge, pour une raison importante et insurmontable.

— Éclairez-moi.

La voiture s'immobilisa et il en descendit immédiatement.

Refusant la main qu'il lui tendait, Madeline demeura obstinément assise, les lèvres pincées.

— Vous en avez trop dit, Altea. Quelle est cette raison insurmontable ?.

Dieu qu'elle était belle !

— Pouvez-vous me promettre de ne jamais mourir ?

Pour toute réponse, elle écarquilla les yeux et entrouvrit les lèvres.

— Non, reprit-il avec douceur, bien sûr que non. Bien, j'espère que votre visite chez votre belle-sœur sera agréable, et ne vous inquiétez plus à propos de Fitch. On s'occupe de lui.

4

La symphonie de murmures enflait, s'apaisait, puis enflait de nouveau à l'arrivée de chaque nouvel invité, et tout particulièrement, nota Elizabeth Daudet, lorsqu'on annonça son frère. Il s'était passé quelque chose – dont elle ignorait tout – qui avait délié les langues. Interroger sa mère était hors de question. Si cela concernait une femme, Elizabeth était censée feindre de ne pas savoir que les gentlemen comme Luke se divertissaient *ainsi.*

Fort heureusement, elle disposait d'une autre source d'informations.

Très élégant, en habit de soirée, Luke s'avança parmi la foule, sa haute taille lui permettant de passer les invités en revue. Il lui sourit quand il la repéra en train de siroter une coupe de champagne avec son groupe d'amies. Mais quand une splendide créature à la chevelure rousse et au décolleté téméraire glissa le bras sous le sien avec coquetterie, il ne lui accorda plus le moindre regard.

L'infâme lord d'Altea était le tuteur d'Elizabeth et cette situation amusait le Tout-Londres au plus haut point. Elle-même trouvait cela assez drôle, mais elle doutait que Luke appréciât ce rôle de chaperon qui lui était imposé. Non pas qu'il négligeât ses obligations en tant que vicomte et donc de chef de la famille, mais depuis son retour d'Espagne il était... distant.

Il avait beau ne jamais en parler, il était arrivé quelque chose qui l'avait changé. Peut-être était-ce le fait de la guerre elle-même, comment le savoir ? C'était une expérience qu'elle ne connaîtrait jamais et qu'elle ne pouvait donc pas comprendre, mais le changement était réel.

Et puis, comment un homme était-il censé se comporter après avoir passé la moitié d'une décennie loin de chez lui à affronter le danger, les bains de sang et toutes ces choses dont les soldats refusaient de parler quand ils se retrouvaient en société ?

Pour l'heure, il semblait furieux. Ce n'était sûrement pas l'intérêt évident de lady Hart qui le mettait dans une telle colère ; la dame en question le poursuivait, sans la moindre vergogne, de ses assiduités depuis des semaines maintenant. Qu'une femme flirte avec son séduisant frère aîné ne provoquerait pas le moindre scandale. La chose était bien trop fréquente.

— Excusez-moi, dit-elle en souriant à ses amies. J'ai promis cette danse à Sa Seigneurie.

Voilà qui était suffisamment vague. La référence pouvait s'appliquer à presque tous les hommes présents dans cette salle de bal. Elizabeth tendit sa coupe de champagne à un valet muni d'un plateau et balaya la foule comme elle se rapprochait de la piste de danse. *Là.* Sa cible valsait avec une jeune femme qu'elle reconnut comme la fille d'un des membres les plus influents du Parlement, ce qui expliquait peut-être que Miles l'ait choisie.

La musique s'acheva, et tandis que les échanges polis et l'exode depuis la piste commençaient, il la repéra enfin. Il haussa un sourcil d'un air interrogateur.

Elizabeth attendit qu'il se soit incliné sur la main de la demoiselle qui – selon elle – minaudait, avant de la rejoindre près d'une des portes ouvertes sur la terrasse.

— Quoi ? fit-il sans préambule. Et avant que tu ne m'expliques pourquoi tu rôdes ici, en me fusillant de ce regard pénétrant que je connais si bien, puis-je dire que ce ton de rose te va beaucoup mieux que la robe insipide que tu portais l'autre soir et qui te donnait à la fois le teint cireux et l'air d'avoir douze ans.

Son cousin avait le don de l'exaspérer et ce, depuis leur plus tendre enfance.

— Que voilà un agréable compliment, si joliment troussé. Je pourrais en défaillir de gratitude.

Le sarcasme ne troubla nullement Miles.

— J'aurais pu ajouter que tu n'as plus la poitrine aussi plate et que ces boutons disgracieux semblent désormais appartenir au passé. Le teint de porcelaine est très à la mode. Mes compliments.

— Dans le même esprit, puis-je signaler que la longueur de tes cheveux évite que l'on s'attarde sur celle de ton nez. Chose que je ne croyais plus possible.

— Mon nez n'est pas si long, eut-il le culot de protester, comme si ce n'était pas lui qui avait lancé l'offensive.

— Ma poitrine n'est pas plate.

— N'est-ce pas ce que je viens de dire ?

— Tu ne devrais même pas la regarder.

— Il se trouve que c'est ce que font les hommes quand ils atteignent un certain âge, répliqua-t-il sans le moindre repentir. Je dois aussi me raser assez souvent maintenant.

Depuis quand était-il aussi grand ? s'interrogea-t-elle non sans irritation, puisque désormais elle lui arrivait à peine au menton, alors qu'il n'y avait pas si longtemps elle pouvait le regarder droit dans les yeux. Ses épaules aussi s'étaient élargies, et ses traits, autrefois, si mignons d'une manière presque féminine, avaient eux aussi subi une inexplicable métamorphose pour se transformer en lignes droites et masculines que ses amies trouvaient séduisantes. Il leur arrivait même de murmurer à son sujet.

Vous imaginez cela : murmurer à propos de *Miles*.

En fait, son cousin commençait à se faire une réputation de débauché et elle en était la première surprise. Comment son éternel compagnon de jeux, le garçon maladroit qui n'avait cessé de l'agacer pendant toute son enfance était-il devenu si populaire dans le beau monde ?

Elle le prit fermement par le bras.

— Il faut que je te parle.

— On dirait, oui, observa-t-il avec flegme.

Mais il se laissa néanmoins entraîner à l'écart.

— Qu'y a-t-il de si urgent ?

— Que se passe-t-il avec Luke ? s'enquit-elle d'emblée. Je sens qu'il y a quelque chose, mais on refuse de m'en parler.

Son cousin la dévisagea avec sa nonchalance habituelle.

— Tu veux que je propage des ragots ?

— Absolument, s'ils concernent mon frère.

Miles s'adossa au mur et haussa les épaules.

— Il n'en serait pas ravi. Écoute, Elizabeth, il n'y a pas de quoi en faire une montagne, alors n'y pense plus. Il s'est peut-être montré un peu téméraire, mais il peut se le permettre.

— Permettre quoi ?

En vérité, elle s'inquiétait pour Luke. La joie de vivre qu'il affichait en société n'était en rien compatible avec les longues heures qu'il passait seul dans son bureau à broyer du noir. Même si elle n'en parlait jamais, leur mère n'approuvait pas ses absences nocturnes et ses distractions. Cela ne lui ressemblait pas.

— Luke m'arracherait la tête si je t'en parlais. Entre gentlemen, nous avons un code de conduite.

— Un code de conduite ? ricana-t-elle. Je me souviens d'un certain *gentleman* qui a glissé un crapaud dans mon lit.

— J'avais dix ans.

Mais il éclata de rire.

En fait, se rendit compte Elizabeth, quand il riait ainsi, il était assez séduisant. Ses cheveux châtain foncé et ses yeux noisette, si clairs qu'ils semblaient presque dorés, n'étaient pas aussi quelconques qu'elle l'avait cru autrefois. Ces ingénues qui gloussaient n'étaient peut-être pas si stupides que cela. Malgré cette tendance pénible à se montrer délibérément obtus et moqueur, il possédait un certain charisme. Et quand ils étaient enfants, son intelligence les avait souvent tirés d'affaire. Il avait plus d'une fois trouvé des explications parfaitement sensées à l'un de leurs méfaits, leur évitant ainsi à tous deux plus d'une punition.

— C'est *ma* tête que Luke arracherait s'il savait que je me mêle de ses affaires, mais je te le demande quand même. Alors, dis-moi, que pouvait-il se permettre et qu'il n'aurait pas dû ?

— Parier vingt mille livres sur une seule partie de cartes.

Elizabeth cligna des paupières.

— Vingt mille *livres* ?

C'était une somme énorme. Même si elle ne connaissait pas l'état des finances de son frère, ce montant était extravagant.

— Oui.

— Cela ne lui ressemble pas, déclara-t-elle au bout d'un moment. Il donne peut-être l'impression de ne pas agir de façon responsable et de ne pas se soucier de ses devoirs, mais je sais que c'est faux. Regarde comme il m'escorte partout alors que nous savons tous les deux qu'il préférerait de beaucoup se trouver ailleurs. Je ne comprends pas ce qu'il lui arrive.

— Moi non plus, avoua Miles à sa grande stupeur.

Pour une fois, il n'arborait pas son air supérieur. En général, il aimait se vanter d'en savoir plus qu'elle sur à peu près tous les sujets. Cela avait commencé quand elle avait cinq ans et lui huit. Pour l'heure, il fronçait les sourcils en se frottant la mâchoire.

— Quelque chose ne tourne pas rond. Il est maussade et distant.

Distant. Encore ce mot. Et dans la bouche de Miles.

— Tu l'as remarqué, toi aussi ?

Elle pouvait compter sur les doigts d'une main le nombre de fois où ils étaient tombés d'accord ces derniers mois.

— Contrairement à la piètre opinion que tu as de moi, fit-il, narquois, il m'arrive de m'intéresser à autre chose qu'à ma modeste personne. Donc oui, je l'ai remarqué. Il est préoccupé, même s'il fait de son mieux pour le dissimuler. À mon avis, il n'avait pas vraiment l'intention de relever ce pari. C'est arrivé uniquement parce que les personnes présentes s'imaginaient qu'un aristocrate aussi insouciant adorerait ce genre de pari.

Elizabeth était surprise : elle ne s'attendait pas que Miles fasse preuve d'autant de perspicacité.

— Tu y as réfléchi, semble-t-il. Et, maintenant que tu le dis, ça me paraît sensé.

— Ah, *voilà* qui est vraiment terrifiant, commenta son cousin avec un sourire en coin. La dernière fois que nous avons été d'accord sur quelque chose, c'est quand nous avons décidé d'emprunter le nouveau cabriolet de ton père pour aller faire un tour dans les bois. Si je me souviens bien, je n'ai pas pu m'asseoir pendant trois jours après qu'ils nous ont attrapés à notre retour.

Elle s'était toujours sentie un peu coupable qu'il ait dû subir une correction à coups de canne après cette petite mésaventure alors qu'elle-même avait juste été confinée dans sa chambre.

— Tu n'aurais pas dû prétendre que c'était ton idée. Nous étions aussi responsables l'un que l'autre.

— Je voulais me montrer chevaleresque, fit-il en haussant les épaules. Je suis plus vieux et plus sage à présent, comme on dit, et donc la réponse à ta question est un non ferme et définitif.

La musique avait repris. Une valse entraînante qui faisait fureur ces temps-ci.

— Je ne t'ai pas encore demandé quoi que ce soit.

— Tu étais sur le point de me suggérer d'enquêter pour savoir ce qui tracasse Luke.

Bon sang, c'était bien ce qu'elle avait en tête.

— Pas du tout, riposta-t-elle froidement.

— Menteuse, fit-il en lui adressant un sourire bref. Les femmes ne comprennent tout simplement pas les hommes.

— Pourquoi diable le voudrions-nous ? maugréa-t-elle. Mais pourrais-tu être plus précis quant à ce que nous ne comprenons pas, en l'occurrence ?

— Je ne vais pas me mêler de ses affaires, désolé, Elizabeth. S'il souhaitait en parler, il l'aurait déjà fait. Cela ne me regarde pas plus que toi.

— Pardonne-moi de me faire du souci pour mon frère.

Il connaissait cet air obstiné. Miles Hawthorne proféra un juron silencieux et résista à l'envie de l'entraîner sur la terrasse pour lui expliquer à quel point les hommes n'appréciaient guère de voir une femme tenter de régir leur vie.

Ou pour faire quelque chose de très différent. L'embrasser avec passion, par exemple. Une pensée qui lui venait un peu trop souvent à l'esprit quand elle était dans les parages.

S'ils étaient *vraiment* cousins, cela ne serait jamais arrivé, mais depuis qu'il était en âge de comprendre, il savait qu'ils n'étaient pas parents. Sa mère veuve avait épousé le cousin du père d'Elizabeth quelques années seulement après la naissance de Miles et ils s'étaient installés sur le domaine des Daudet. Elizabeth et lui ne partageaient donc pas la moindre goutte de sang. C'était une vérité qui mettait sa vie sens dessus dessous.

Elle le mettait sens dessus dessous.

Ce soir, elle était saisissante en tulle rose foncé qui dévoilait le renflement crémeux de ses seins, la profondeur de son décolleté soulignant son cou gracieux. Sa chevelure était ramassée en chignon et, en cet instant, ses yeux – de ce gris si particulier qui était la signature des Daudet – rivés sur lui affichaient le plus profond dédain. Ses pommettes hautes étaient roses d'indignation.

Elle n'était pas belle au sens classique du terme mais n'en était pas moins considérée comme une beauté. Celle-ci était difficile à définir, et il aurait bien passé sa vie à tenter de le faire. Elle avait des yeux lumineux frangés de longs cils, des traits délicats, un menton décidé et un nez délicieusement retroussé... Plus jeune, ce mélange associé à ses longs cheveux bouclés lui donnaient l'air d'un elfe ; à présent qu'elle était une femme, ils lui conféraient une distinction incomparable. La couleur de ses cheveux était, elle aussi, difficile à définir : des vagues châtaines qui, selon la lumière, pouvaient être caressées de reflets dorés ou parfois auburn.

Une partie de son charme, il le savait, résidait dans sa vitalité. Elizabeth faisait rarement les choses à moitié. Le malheureux qui deviendrait son époux ne goûterait jamais aux joies paisibles d'une vie sans remous.

Quel sacré veinard.

Pour l'heure, elle le fusillait du regard. Comme toujours.

— Luke a réussi à survivre à la guerre en Espagne, lui rappela-t-il en lui rendant son regard avec un calme imperturbable. Il a un titre, une fortune et près de trente ans. Il n'a pas besoin que tu t'inquiètes pour lui. J'oserais même dire qu'il n'apprécierait pas d'apprendre que nous avons cette conversation.

Elle croisa les bras.

— Eh bien, il ne saura même pas que nous l'avons eue, non ? Et je continue à penser que tu pourrais au moins lui parler. Pour une raison que j'ignore, il t'apprécie.

— Tu es au moins aussi douée que moi pour les compliments. Je pourrais te dresser la liste des raisons pour lesquelles il m'apprécie, la première et la plus importante étant que je n'ai pas tendance à me mêler de sa vie.

— Je te demande juste de…

— Non.

Il tendit l'oreille comme l'orchestre attaquait un morceau familier, puis ajouta :

— La discussion étant close, si nous allions danser ? À moins, bien sûr, que tu ne désires accorder cette valse à Potter qui se dirige droit sur nous.

La diversion fonctionna. Une expression affolée se peignit sur son beau visage.

— Ah non ! Je préfère encore danser avec toi. Vite.

— Je suis flatté, bien sûr. Potter étant un type si passionnant, s'esclaffa-t-il en l'entraînant vers la piste.

Elizabeth eut la bonne grâce de rire. Elle fut tout aussi gracieuse quand elle virevolta dans ses bras, même s'ils demeurèrent à distance convenable.

Ayant eu le même professeur de danse et ayant appris pour l'essentiel ensemble, ils avaient valsé d'innombrables fois. Il leur était donc naturel de se mouvoir en accord parfait avec la musique, Elizabeth multipliant les mouvements provocants.

Des mouvements inconscients, il le savait, tandis que ses jupes lui frôlaient les jambes. C'était *lui* qui les trouvait provocants. Ces leçons de danse avaient été parfois un enfer.

Bon sang.

Quand, au juste, était-il tombé amoureux d'elle ? Il ne s'en souvenait pas. Il n'y avait pas eu d'éclair, de coup de foudre, ni quoi que ce soit de ce genre. Les trompettes ne s'étaient pas mises à résonner et il n'avait pas vu Cupidon le viser de ses flèches. Alors qu'ils devenaient adultes, il en avait juste pris conscience, comme il aurait pu remarquer le bleu du ciel ou le vert des prairies.

Elle avait été si innocente, si inconsciemment délicieuse, alors qu'elle entamait sa mue de jeune fille en femme. Cela avait commencé il y a quelques années – elle avait dix-neuf ans, à présent –, mais il avait fait de son mieux pour garder ses distances, ce qui n'avait pas été trop difficile quand il était à Eton, puis à Cambridge. Ses études terminées, il était rentré dans le Berkshire. Et c'est alors qu'il avait été forcé d'admettre ce qu'il en était.

Elizabeth, quant à elle, ne le considérait pas du tout de cette façon.

Mais ce n'était pas là le seul obstacle à une cour éventuelle. Il n'était que le beau-fils d'un baronnet qui ne pouvait prétendre qu'à un modeste héritage. Pas de titre, pas de fortune, pas de nobles ancêtres en dehors de son grand-père, qui avait été comte. Mais son père, mort quand Miles avait deux ans, était le dernier de quatre fils et n'avait donc pas hérité du titre.

Elizabeth, elle, était la sœur d'un vicomte fortuné, elle pouvait compter sur une dot généreuse et était à la fois belle et intelligente. En résumé, elle pouvait trouver beaucoup mieux que lui.

Telle était la froide et désagréable réalité. Il conservait son rôle d'ami d'enfance, car c'était au moins *quelque chose*, et aussi parce que, en dépit de sa passion contrariée, elle était et serait toujours sa meilleure amie.

— Oncle Chas dit que tu l'as convaincu d'investir dans ta compagnie maritime, fit-elle tandis qu'ils tournoyaient. Luke y songe aussi si je comprends bien.

Cette société était son idée, et même si Miles était assez sûr de son initiative, il hésitait encore à le proclamer.

— Il y a de multiples investisseurs, dit-il, évasif. Ce n'est pas tout à fait *ma* compagnie.

— Hum.

— Ce qui signifie ?

Elle plissa les yeux.

— Cela signifie que quand tu affiches cette expression fermée, c'est que tu caches quelque chose. Je te connais.

Ah, si seulement, elle le connaissait ! Au sens biblique du terme. Il lui avait appris à nager, à monter son poney, à grimper aux arbres... Comme il aimerait l'initier aux plaisirs langoureux de la chair...

Il n'avait pas le droit de lui révéler que la famille royale avait elle aussi décidé de lui confier des fonds. Si cette aventure se révélait un succès, et il était certain qu'elle en avait le potentiel, un jour, peut-être, serait-il un homme riche.

Mais il serait peut-être déjà trop tard. Elizabeth était censée se marier cette année.

Pour changer de sujet et la taquiner, il annonça avec un sourire narquois :

— Lord Potter n'est pas loin et attend visiblement la fin de cette danse. Je doute que tu puisses lui échapper, cette fois.

Elle marmonna un juron indigne d'une dame tandis qu'il réprimait un éclat de rire.

Et il eut droit à une nouvelle valse.

5

Comme cela lui arrivait trop souvent, Luke se réveilla en nage, désorienté, avec la sensation d'être pris au piège. Il se redressa en position assise, frissonnant alors que la nuit était chaude, étouffante même, avala avec peine sa salive tant sa gorge était sèche, puis sortit de son lit.

— Bonté divine, cela cessera-t-il un jour ?

Nu, il gagna la fenêtre, l'ouvrit et, s'appuyant au rebord, respira à pleins poumons. Le regard braqué droit devant lui, il ne voyait pas les allées rectilignes ni les massifs de fleurs du jardin, mais une falaise abrupte et glaciale en cet hiver espagnol, les ruines d'un couvent se découpant contre le ciel trop bleu et les flammes qui dévoraient tout sans merci…

Dans ses cauchemars, il entendait des hurlements. En réalité, cette nuit infernale avait été totalement silencieuse en dehors des craquements démoniaques de l'incendie.

Elle était si belle ce jour-là avec la mantille de sa mère, ses cheveux noirs brillant lorsqu'elle s'était agenouillée devant l'autel et avait posé la main dans la sienne, les flammes des bougies dansant autour d'eux. Il se souvenait à peine de la cérémonie ; il avait répété des mots, et ç'avait été terminé.

Elle était sa femme.

Et ce même jour, il avait découvert que seuls les imbéciles tombent amoureux en temps de guerre…

Son visage était trempé, de transpiration et non de larmes, se dit-il, avant d'aller humidifier un linge dans la bassine pour rafraîchir sa peau moite. Sachant d'expérience qu'il ne retrouverait pas le sommeil, il s'habilla. Un pantalon boutonné à la hâte, une chemise, des bottes, pas de veste… il faisait trop chaud. Se contentant de se ratisser les cheveux, il descendit dans le noir l'escalier de la demeure de Mayfair.

Le trajet jusqu'à St. James Street fut effectué à une allure soutenue tandis qu'il s'efforçait d'effacer son rêve à travers cet exercice physique. Il gravit les marches de l'élégante maison de ville, sortit sa clé et pénétra dans un hall où flottait une infime odeur de lys. Autrefois – dans une autre vie –, il s'était acheté cette résidence. Lorsque son père était mort, et qu'il avait hérité de son titre, Luke se trouvait en Espagne. À son retour, il avait emménagé – à contrecœur et par devoir – dans les appartements dévolus au vicomte dans l'immense manoir familial.

Une lampe était encore allumée, mais il n'en était pas surpris. Regina avait des horaires très particuliers. À vrai dire, il avait compté sur cela. Elle conservait aussi une bouteille de son whisky préféré pour ses visites. Et il comptait là-dessus aussi.

Elle était dans la bibliothèque, en robe de chambre, observant d'un œil critique une série de croquis étalés sur le sol. Les étagères étaient couvertes de livres, le mobilier poussé sur le côté pour libérer l'espace.

Elle leva la tête et repoussa ses longs cheveux lorsqu'il entra.

— Il m'avait bien semblé entendre la porte, dit-elle. Quelle heure est-il ?

Luke esquissa un sourire narquois.

— Très tard. Ou très tôt, ça dépend.

Son indifférence devant l'intrusion d'un inconnu au beau milieu de la nuit était typique. Heureusement, elle avait à son service une gouvernante très compétente qui veillait à des choses aussi triviales que verrouiller les portes pour la nuit.

Regina se redressa avec grâce et lissa la soie indigo de sa robe de chambre.

— Tu sais bien que ma psyché n'enregistre guère les mouvements du soleil.

Elle ne plaisantait qu'à moitié. Sa demi-sœur était une artiste dotée d'une extraordinaire liberté d'esprit.

— Je l'avais remarqué. Un nouveau projet ? s'enquit-il en indiquant les croquis au fusain. D'habitude, tu utilises des couleurs.

— Je fais sans cesse de nouvelles expériences.

Elle s'approcha d'une petite table, s'empara d'une carafe en cristal et remplit un verre qu'elle lui apporta.

— Je n'ai pas dit que j'avais soif.

Il chercha du regard un endroit où s'asseoir. Chose plus compliquée qu'il n'y paraissait, les chaises étant pour la plupart occupées par des dessins.

— Ce n'était pas nécessaire.

Elle prit place sur un fauteuil de velours qui trônait parmi ses dessins, posant les jambes sur l'accoudoir pour ne pas les fouler.

— Je connais ce regard, reprit-elle. Celui que tu as quand tu ne parviens pas à trouver le sommeil.

Il avala une gorgée de whisky.

— Dormir, marmonna-t-il, fait partie du problème.

Bien qu'elles soient de mères différentes, Regina ressemblait de façon frappante à Elizabeth, mêmes grands yeux gris et mêmes traits fins. Néanmoins, leur sœur aînée possédait un corps sculptural alors qu'Elizabeth était plutôt mince. Elle avait aussi hérité de sa mère son dédain des conventions. À près de trente-cinq ans, elle n'était toujours pas mariée et ne semblait pas avoir envie de changer de statut. Si elle avait des amants, elle faisait preuve d'assez de discrétion pour que Luke n'en sache rien.

— Encore ces mauvais rêves ? demanda-t-elle en le regardant droit dans les yeux.

— *Un* mauvais rêve, au singulier. Il ne varie pas.

Il avait mal au crâne et l'alcool n'allait rien arranger mais il but une autre gorgée, appréciant la chaleur dans sa gorge.

— Un jour, tu me raconteras ?

— Non.

Sa voix était plus dure qu'il n'en avait eu l'intention, le souvenir du cauchemar étant encore trop vivace dans son esprit. Elle n'avait aucune idée de ce qu'elle lui demandait ; en outre, il ne voulait pas la mêler à cela. Mieux valait pour sa famille, avait-il décidé avant même de rentrer en Angleterre, qu'elle ne sache jamais rien.

— Cela pourrait t'aider, observa Regina, imperturbable.

— Cela pourrait *te* donner des cauchemars. J'en ai assez sur la conscience pour ne pas alourdir le fardeau.

— Tu pourrais sans doute te soucier un peu moins des autres et un peu plus de toi-même.

Il arqua un sourcil ironique.

— Je suis un Altea, tu te rappelles ? C'est mon devoir de me soucier de ma famille.

— Est-ce aussi ton devoir d'encourager de jeunes débauchés à risquer leur fortune sur un coup de dés ?

Luke se massa la tempe.

— Cette histoire est très exagérée.

— Vraiment ? répliqua Regina en s'étirant dans son fauteuil. Es-tu en train de me dire que tu n'as pas accepté cette mise et que toute cette affaire n'est que pur ragot ?

Il hésita avant de soupirer d'un air résigné.

— Pour commencer, je n'aurais sans doute pas dû me rendre dans ce bouge. J'étais agité ce soir-là, je suppose, et j'ai fini par me retrouver dans une situation intenable.

— Tu aurais pu refuser de parier une telle somme.

— Je croyais que tu comprenais mieux que cela les mâles de notre espèce, maugréa Luke en contemplant le contenu de son verre avant de soupirer de nouveau. J'ai beaucoup joué ces derniers temps, je présume donc que je n'ai eu que ce que je méritais. On peut changer de sujet ?

— Si tu veux. Et de quoi voudrais-tu que nous discutions à une heure pareille ?

— Parle-moi de tes dernières œuvres.

Ce n'était pas une manœuvre très originale, mais elle marchait toujours. L'enthousiasme de sa demi-sœur pour l'art frisait l'obsession.

Elle lui parla donc, et il l'écouta, admirant sa passion et la ferveur dans sa voix. Elle lui expliqua la qualité des études de Léonard de Vinci sur le corps humain et comment elle y avait trouvé une source d'inspiration lors de son récent voyage en Italie, au cours duquel elle avait non seulement visité des musées mais aussi plusieurs collections privées. Ces nouveaux croquis, l'informa-t-elle tandis qu'il sirotait son whisky et que les premières lueurs de l'aube coloraient le ciel derrière la fenêtre, étaient des natures mortes. Une fleur, un cyclamen dont les pétales commençaient à peine à se déployer. Une cascade qu'elle avait vue à Chypre, le rideau d'eau dissimulant les rochers. La façade du Panthéon de Rome par une belle journée d'été, magnifique et éternelle. Son talent était indéniable, et il était fier d'elle, tout comme il n'avait jamais nié leur lien de parenté, même si elle était la fille illégitime de l'ancienne maîtresse de son père. La liaison datait d'avant son mariage et Luke n'en avait jamais tenu rigueur à son père.

Lui-même avait commis une ou deux erreurs.

Et il n'avait pas été le seul.

L'expression accablée de Madeline l'autre jour n'était pas facile à chasser de son esprit. Peut-être même était-elle à l'origine de son rêve.

— J'ai toujours envié ta passion, dit-il à sa sœur comme elle lui montrait un dessin du pont des Soupirs à Venise la nuit.

Le croquis capturait parfaitement le reflet de la lune sur l'eau.

— Et j'envie ton détachement, répliqua-t-elle. Mais quand vas-tu te décider à l'abandonner ?

— À l'abandonner ?

— Luke, dit-elle doucement, tu fuis quelque chose.

Si seulement il le pouvait.

— Je fuis ? répéta-t-il, feignant de ne pas comprendre. Il me semble que je suis là, non ?

— Ne fais pas l'idiot, lui reprocha-t-elle gentiment. Je voulais dire d'une façon symbolique.

Malheureusement, il ne pouvait fuir ni ses obligations envers sa famille, ni les souvenirs qui le hantaient et qui le gardaient prisonnier du passé.

— C'est possible, concéda-t-il avec un sourire sans joie. Maintenant que tu m'as arraché cet aveu, dis-moi, que vas-tu dessiner maintenant ? Pourquoi pas Hailes Abbey à Stanway ? Ou Whitby ? Il y a aussi quelques splendeurs dans la campagne anglaise.

Sa sœur ne fut pas dupe, mais elle se laissa aller à évoquer quelques ruines et jardins tandis que l'horizon se teintait de rose.

— D'après ce qu'on m'a dit, déclara lady Hendricks, *sotto voce*, Sa Seigneurie a été attaquée en pleine rue par des gredins.

Tasse de thé à la main, Madeline parvint non sans mal à conserver une expression impassible.

— Cette histoire ne cesse de changer, commenta-t-elle. Je crois que tout cela est exagéré.

Et, Dieu merci, cet odieux personnage semble avoir tout oublié.

Luke avait pris la précaution de récupérer dans sa poche le mot qu'elle avait envoyé à lord Fitch, mais il avait encore le journal. Tant qu'elle ne l'aurait pas en sa possession, il pourrait continuer de la harceler et de lui faire des suggestions immondes.

Mais pourquoi donc n'avait-elle pas suivi sa première impulsion et enterré son journal avec Colin ? Bien sûr, elle n'imaginait pas qu'il s'était montré aussi *précis* dans ses écrits – et qui s'en serait douté ? Une part d'elle-même lui en voulait, mais elle savait aussi qu'il serait horrifié de lui avoir causé un tel embarras, et, pire encore, d'avoir attiré sur elle les attentions ignobles d'un homme qu'elle détestait alors qu'il n'était plus là pour la protéger.

Heureusement, elle avait pu faire appel à Luke. Heureusement ? Oui, car il l'avait aidée, mais elle aurait sans doute mieux fait de garder ses distances.

Le thé rituel du mardi après-midi dans l'élégant salon de sa mère était particulièrement éprouvant à la lumière des événements récents. D'ordinaire, Madeline se moquait d'être plus jeune – d'une bonne décennie au moins – que les autres invitées, car elle trouvait leurs bavardages amusants, mais en dépit du soleil qui entrait à flots par la fenêtre elle avait un peu froid.

Mme Pearce, une amie proche de sa grand-mère, dont les cheveux gris étaient attachés en un chignon très serré, semblait pensive.

— Pour être franche, Fitch ne m'inspire guère de sympathie. Je ne lui souhaite aucun mal, bien sûr, mais ses manières laissent à désirer. Il est bien trop effronté, si vous voulez mon avis.

— Je ne l'apprécie guère non plus, avoua Madeline, espérant ne rien trahir de ses émotions. Mais je ne lui veux... souhaite aucun mal, non plus. Peut-être s'agissait-il d'un simple accident.

— C'était courageux de la part d'Altea de mettre en fuite ces vauriens et de ramener Sa Seigneurie chez elle, commenta lady Hendricks en s'emparant d'un autre gâteau. Son héroïsme ne se limite pas à la guerre, apparemment.

C'était là une variante de l'histoire que Madeline n'avait pas encore entendue.

— Je croyais qu'il l'avait trouvé gisant dans une ruelle derrière leur club.

D'un geste négligent, des doigts boudinés balayèrent cette version beaucoup moins intéressante qu'une bande de ruffians sans pitié.

— Quoi qu'il en soit, pénétrer dans une ruelle sombre et déserte au cœur de la nuit ne doit pas être une expérience agréable.

Si le vicomte d'Altea émergeait de cette débâcle en héros, cela ne ferait que remuer le couteau dans la plaie. Luttant pour ne pas grincer des dents, Madeline dut cependant reconnaître que s'il parvenait à récupérer le journal, il serait bel et bien un héros.

Il était venu dès qu'elle avait fait appel à lui. Et il avait extirpé ce rustre de Fitch de chez elle tel un vulgaire paquet. Il lui était pénible de le reconnaître, mais elle avait une dette envers lui.

Comment pourrait-elle s'en acquitter ?

Sa mère, qui telle une reine présidait à cette assemblée, semblait sereine tandis qu'elle se servait une autre tasse de thé.

— Les Daudet ont toujours eu la réputation de foncer tête baissée dans toutes sortes d'intrigues, et le vicomte est plus que fidèle à la tradition familiale. Je me souviens de son père, un homme extrêmement séduisant. Les femmes l'adoraient.

Tout cela la concernant d'un peu trop près, Madeline tenta de changer de sujet.

— Il paraît que le bal des Baltimore a été avancé à la semaine prochaine.

— C'est exact, dit lady Hendricks. Je me souviens aussi du père du vicomte. Il était presque aussi beau que son fils, ajouta-t-elle avec un sourire gourmand. Presque.

Luke. Grand, un regard gris tellement intense…

Cette unique nuit était gravée si profondément dans son esprit que Madeline se rappelait le goût de ses baisers, la dureté de ses muscles sous ses doigts, sans parler de la délicieuse sensation tandis qu'il allait et venait entre ses cuisses…

C'était là un souvenir qu'il valait mieux bannir de son esprit, surtout quand il lui revenait dans une pièce remplie de matrones. Elle se cacha derrière sa tasse. Ces derniers temps, elle avait particulièrement pris conscience du vide de sa vie, et cette sordide affaire avec Fitch n'avait fait que ramener le passé à la surface. Pas seulement l'intimité qu'elle avait autrefois partagée avec Colin, mais aussi la passion effrénée qu'elle avait connue avec le cynique mais indéniablement séduisant lord d'Altea. L'étrange conclusion de leur conversation, l'autre jour dans sa voiture, ne cessait de lui revenir à l'esprit mais ce dont elle se souvenait surtout, c'était cet aveu qu'il avait consenti à lui faire.

Je vous désire encore.

Et aussi scandaleuse que soit cette idée, elle commençait à se dire qu'elle avait besoin d'un amant. D'un mari aussi peut-être, mais elle était veuve depuis un certain temps maintenant et aucun homme n'avait exercé sur elle une attirance suffisante pour qu'elle envisage de se lier à lui pour la vie. Était-il nécessaire de se remarier pour goûter à la passion ? Son fils était au centre de son existence et sa vie mondaine lui offrait beaucoup de distractions, mais elle commençait aussi à se rendre compte que plus le temps passait, plus elle perdait quelque chose d'essentiel. Elle était lady Brewer, elle était une mère, elle était une fille et une sœur, mais elle ne se sentait plus *femme*.

Au cours de son mariage, elle avait découvert qu'elle possédait une nature sensuelle. À la mort de Colin, elle avait renoncé à cette part d'elle-même, pensant qu'il était possible de l'ignorer à jamais. Ce qui était manifestement faux, sinon cette unique nuit avec Luke n'aurait jamais eu lieu. Maintenant qu'elle l'avait revu, qu'elle lui avait parlé, qu'elle avait de nouveau plongé le regard dans ces yeux gris fascinants, elle ne pouvait plus s'empêcher de penser à cette nuit d'abandon... de penser à *lui*.

— J'ai aussi entendu quelques rumeurs au sujet d'Altea, intervint Mme Pearson.

Lady Hendricks, qui s'apprêtait à prendre une autre pâtisserie, suspendit son geste.

— Racontez-nous.

— Il est, paraît-il, aussi téméraire dans un boudoir que dans une salle de jeux.

— Là où il y a un Daudet, il y a toujours des femmes, énonça Mme Pearce.

— Des femmes aux mœurs légères, sans nul doute. J'ai bien cru que lady Hart allait l'enlever l'autre soir à ce bal. Elle est prête à tout pour attirer son attention.

— Eh bien, j'ai entendu dire...

Oh non ! C'était bien la dernière chose dont Madeline avait envie. Écouter des dames âgées échanger des ragots à propos de Luke. Elle se leva abruptement.

— Je viens juste de voir l'heure. Je vous prie de m'excuser, mais j'avais oublié que j'ai un rendez-vous.

— Ma chérie... commença sa mère, visiblement surprise.

Il n'était pas question d'expliquer les raisons de ce départ précipité. Madeline sourit, murmura un adieu à la cantonade et quitta la maison en hâte.

Son cocher, qui attendait près de sa voiture, bavardait avec un grand jeune homme vêtu d'une veste quelconque et d'un chapeau élimé. Il arborait d'impressionnants favoris et une cicatrice assez intéressante lui traversait un sourcil. Il toucha poliment le rebord de son couvre-chef dès qu'il l'aperçut.

— Milady.

Il répondit d'un sourire à son regard inquisiteur, s'inclina et sortit un petit paquet d'une de ses poches.

— J'avais pour instruction de vous remettre ceci en mains propres, lady Brewer.

Le paquet était de forme rectangulaire et assez lourd. Elle éprouva un formidable soulagement en comprenant qu'il devait s'agir du journal de Colin. Luke avait tenu parole.

— Merci, dit-elle avec toute la dignité dont elle était capable.

Le regard de l'homme témoignait d'une vive intelligence qui contrastait avec sa tenue pour le moins négligée.

— De rien. C'est un plaisir de servir une aussi jolie dame.

Quelque peu ébahie, elle le suivit du regard tandis qu'il s'éloignait, puis monta dans la voiture avec l'aide de son cocher. Une fois assise, elle ouvrit le paquet en tremblant légèrement.

Le mot de Luke était bref.

Pour vous, comme promis.

Pour vous. Comme promis.

Madeline regarda par la fenêtre tandis que l'attelage s'ébranlait. Touchée, émue, soulagée… elle était tout cela, et plus encore.

Malheureusement, bien plus encore.

Mais que pouvait-elle y faire ? Telle était la question.

6

— Je ne peux pas.

— Pourquoi ?

— Parce que, répliqua Elizabeth, consternée et exaspérée. Miles ne va pas courtiser quelqu'un simplement parce que je le lui demande. Ce serait plutôt le contraire : il risque de nourrir un sentiment de dégoût à l'encontre de Mlle Meyer si je le pousse à s'y intéresser. Il n'aime rien tant que m'agacer. Nous ne cessons de nous quereller pour une raison ou pour une autre.

— Tu m'as dit qu'enfants vous étiez inséparables.

— Nous sommes adultes à présent et ce n'est plus pareil.

C'était un euphémisme. Le Miles dont elle se souvenait avait changé. Difficile de dire en quoi, mais c'était indéniable.

— Pourtant, tu as dansé deux fois avec lui l'autre soir, voulut savoir Amelia St. James, qui semblait fascinée par un groupe d'enfants qui jouaient sous la garde attentive de leurs nounous.

Elizabeth haussa les épaules.

— C'est mon cousin.

Par ce bel après-midi ensoleillé, le parc était rempli de gentlemen et de ladies élégamment vêtus. Ombrelles à la main, les deux amies marchaient côte à côte.

— Nous avons grandi ensemble. Et, franchement, je ne comprends pas pourquoi il est l'objet de tant d'attentions. Enfin quoi, c'est... Miles.

Son amie éclata de rire.

— Pour toi, peut-être. Pour les autres jeunes femmes, c'est un homme très séduisant. On lui attribue aussi une réelle habileté pour le flirt, sans parler de ce sourire paresseux. Crois-moi, je connais le pouvoir qu'exerce ce genre de sourires.

Amelia venant tout juste d'épouser l'un des plus célèbres débauchés de Londres, lord Alexander St. James, plus jeune fils du duc de Berkley, on pouvait la croire sur parole.

— Hum, eh bien, Miles est loin, *très* loin, d'être aussi charmant que ton mari, maugréa Elizabeth. Il est acerbe et bien trop suffisant par moments. Et je ne te parle même pas de son sens de l'humour assez douteux.

— On le considère comme tout à fait charmant.

— Si elles le connaissaient comme je le connais, ces dames changeraient d'avis.

— C'est exactement ce que désire Susanna : une chance de le connaître. Miles Hawthorne n'a ni titre ni fortune, mais elle est assez riche pour deux et son père la gâte.

Bizarrement, ce résumé des défauts de Miles en tant que prétendant potentiel agaça Elizabeth.

— Sa famille, même si ce ne sont pas des Daudet, est parfaitement respectable.

Amelia haussa un sourcil.

— C'est bien là où je voulais en venir. Puis-je dire à Susanna que tu glisseras un mot en sa faveur à ton cousin ? C'est une amie.

Cet agacement qu'elle éprouvait n'était pas logique, songea Elizabeth. Il lui était parfaitement égal qu'une jeune femme nourrisse des vues romantiques sur Miles. Elle hocha brièvement la tête.

— Pour ce que cela vaudra, je mentionnerai son nom la prochaine fois que je le verrai.

— Merci.

Elizabeth évita le regard d'Amelia.

— Peut-être pourrais-tu me retourner la faveur.

Saisissante en ce bel après-midi tout en mousseline jaune pâle, Amelia était l'incarnation de la beauté anglaise : un teint de porcelaine, des yeux d'azur ourlés de longs cils, une chevelure couleur miel. Pas étonnant que St. James soit tombé amoureux d'elle. Or, il se trouvait aussi qu'Alex St. James était l'un des meilleurs amis de Luke.

— Comment ? Quelqu'un aurait-il éveillé ton intérêt ? Alex le connaît-il ?

— Ce n'est pas d'une faveur de ce genre dont je parlais. Je suis inquiète pour mon frère, avoua Elizabeth sans détour, car elle avait une absolue confiance en Amelia. Tu as dû entendre parler de cette partie de cartes l'autre soir. Tout Londres est en émoi.

Devant elles, un petit garçon courait après un chiot, tous deux adorablement maladroits, sous le regard indulgent d'une gouvernante. Amelia sourit quand enfant et animal entrèrent en collision dans une mêlée de petites jambes et de courtes pattes.

— Oui, j'ai entendu, acquiesça-t-elle.

— Peux-tu demander à Alex s'il a remarqué que quelque chose n'allait pas chez Luke ces derniers temps ? Si Luke devait se confier à quelqu'un, ce serait soit au marquis de Longhaven, soit à lui. Je ne m'imagine pas tenter une approche du formidable marquis, mais *toi*, tu connais très bien Alex.

— On peut le dire puisque c'est mon mari.

Le mot mari évoquait de vagues images de chambres à coucher plongées dans l'obscurité et des caresses secrètes, et Elizabeth devait reconnaître que son manque d'informations en la matière la préoccupait de plus en plus à mesure que la saison avançait.

— Tu as toujours ce drôle de sourire quand on parle de lui, remarqua-t-elle. Est-ce vraiment aussi…

Elle s'interrompit, ne sachant comment poursuivre.

— Magique ? suggéra Amelia à mi-voix. Je ne peux parler pour tout le monde, mais pour nous… Oui.

— Je n'arrive vraiment pas à imaginer, marmonna Elizabeth.

Jusqu'à présent, aucun gentleman n'avait vraiment retenu son attention. Elle les trouvait, pour la plupart, trop vaniteux, trop désireux d'impressionner. Il y en avait bien qu'elle trouvait plaisants, mais son attitude était en général ambiguë.

Elle voulait être amoureuse, ce qui était une vision désespérément romantique de la chose. Mais c'était bien arrivé à Amelia, alors pourquoi pas *elle ?*

Un sourire espiègle retroussa la bouche de son amie.

— Tu ne l'imagines pas *encore.* Quand tu rencontreras l'homme qui te convient, tout changera.

— J'aimerais partager ta confiance. Mais pour le moment, le mariage ne m'apparaît pas à ce point attirant.

— Un point de vue que je partageais entièrement jusqu'à ce qu'un mystérieux inconnu surgisse sur mon balcon.

— Ton balcon ?

— Peu importe, fit Amelia, le visage aussi radieux que le soleil. Disons que tu devrais garder l'esprit ouvert quant aux éventuelles possibilités.

— Je veux bien te croire sur parole, murmura Elizabeth, déçue. En attendant que je trouve mon prince charmant, pourrais-tu, s'il te plaît demander à Alex de parler à Luke ? Je ne sais comment dire, mais il est… agité et distant.

Amelia hésita avant d'acquiescer.

— Je vais le lui demander. Mais je ne peux te promettre qu'Alex accédera à ma requête. Les hommes sont d'étranges créatures parfois.

Songeant au refus obstiné de Miles d'enquêter, Elizabeth ne put que répondre :

— Je suis bien d'accord.

Le silence tomba entre elles, uniquement brisé par les rires des enfants et les bavardages des passants.

Elizabeth était peut-être une ingénue, une débutante avec très peu d'expérience, mais elle fut soudain frappée par le fait qu'Amelia semblait extraordinairement absorbée. Son regard était rivé sur un bébé dans les bras de sa nourrice.

Soudain, la lumière se fit. Si peu informée qu'elle fût, Elizabeth n'était pas totalement ignorante, et Amelia s'était mariée si précipitamment. Elle écarquilla les yeux.

— Oh !

Amelia rougit.

— Je ne suis pas médium, observa Elizabeth, mais je ne suis pas non plus dépourvue d'intuition.

— Mais encore ?

— Depuis le début de cette promenade, tu n'as d'yeux que pour les enfants.

— Tu trouves ?

— Oh oui ! Tu veux me laisser en deviner la raison ?

— Tu as toujours été très perspicace quant aux émotions des autres, et si peu avec les tiennes, répondit son amie, amusée, tandis que ses joues rosissaient davantage. Eh bien, oui, Alex et moi attendons un bébé.

C'était donc là la raison pour laquelle lady Amelia lui avait proposé cette promenade dans le parc. Elizabeth lui sourit avec chaleur.

— Félicitations.

— Merci. Nous sommes ravis, bien sûr. Je...

— Bonjour, mesdames.

La voix grave fit sursauter Elizabeth, qui tourna le regard vers le chemin. Un homme se tenait devant elles, tête nue, son sourire ironique bien trop familier. Il portait un pantalon chamois, une chemise blanche et une cravate nouée simplement. Une veste marron foncé bien coupée complétait l'ensemble.

Miles.

Quelle coïncidence gênante.

À quel moment avait-il perdu toute dignité pour consentir à se livrer à une telle surveillance ?

Sans doute vers dix ans, décida Miles, sardonique, en s'inclinant poliment sur la main de lady Amelia. C'était à cet âge qu'il avait un jour échappé à la surveillance de son professeur pour suivre subrepticement Elizabeth et sa gouvernante. À l'époque, c'était assez inoffensif : il détestait le latin. Quoi que fît sa jeune et très vive cousine, c'était sûrement plus intéressant que Marc Aurèle.

Aujourd'hui, c'était beaucoup moins innocent.

Un regard gris-argent légèrement dédaigneux le fixait sous le rebord d'une ombrelle assortie à sa robe vert d'eau, et sous ce soleil, sa chevelure arborait des nuances extraordinaires. Pour une raison quelconque, les deux femmes avaient les joues empourprées.

— Puis-je dire à quel point vous êtes toutes deux ravissantes aujourd'hui, dit-il aimablement.

— Vous êtes très galant, monsieur Hawthorne.

Amelia St. James était, sans conteste, l'un des plus beaux joyaux de la haute société et son récent mariage avec le fils cadet du duc de Berkley faisait encore l'objet de chuchotements scandalisés. Personnellement, Miles estimait que St. James avait eu raison d'enlever la jeune dame pour l'épouser en secret. Elle était proprement époustouflante.

Il choisit d'ignorer le petit ricanement moqueur qu'émit Elizabeth quant à sa possible galanterie.

— Puis-je me joindre à vous ?

— Si je disais non, cela t'en empêcherait-il ? répliqua sa cousine.

Le ton était hautain, mais il y avait un sourire dans son regard.

« Au moins, elle est contente de me voir, se dit-il. C'est déjà quelque chose. Se rendra-t-elle compte un jour que nous avons toujours du plaisir à être ensemble ? »

— Probablement pas, répondit-il avec insolence.

— C'est bien ce que je pensais. Je suppose donc que nous n'avons pas le choix, n'est-ce pas ?

Lady Amelia semblait très amusée par cet échange.

— Quant à moi, je suis ravie de vous voir, monsieur Hawthorne, car j'aperçois mon mari qui vient vers nous. Il a tendance à être très protecteur, mais cela lui passera dès qu'il se sera fait à la situation, je pense. En attendant, je crains que ma promenade ne soit terminée. Au moins, Elizabeth peut-elle la poursuivre.

Bien évidemment, Alex St. James ne tarda pas à les rejoindre.

— Bonjour, lady Elizabeth. Hawthorne.

Nu tête, ses cheveux et ses yeux noirs formant un contraste saisissant avec la blondeur de son épouse, il prit la main de celle-ci et la porta à ses lèvres.

— Ma décision est prise : nous partons à Berkley Hall. L'air de la campagne sera préférable.

— Maintenant ? s'étonna Amelia.

— Ta femme de chambre est en train de préparer tes bagages, dit-il avant d'adresser un sourire d'excuse à Miles et à Elizabeth. Je vous l'enlève. Si vous voulez bien nous excuser ?

Sans plus attendre, il entraîna Amelia vers une voiture qui les attendait.

Stupéfait, Miles se tourna vers Elizabeth.

— Quelle situation ?

— Oh, s'il te plaît, Miles, réfléchis une seconde. Pourquoi voudrait-il soudain lui faire profiter du bon air de la campagne ?

Elle refusa le bras qu'il lui offrait, mais se mit néanmoins à marcher à ses côtés.

— Eh bien, ils sont tout jeunes mariés...

— Précisément, fit Elizabeth en réprimant un sourire.

Il était un homme, après tout, et les résultats de l'acte de procréation n'étaient pas les premiers qui lui venaient à l'esprit, même s'il consacrait à l'acte lui-même beaucoup d'attention. Mais il ne tarda pas à comprendre, sans doute parce que sa cousine rougissait de plus belle.

— Oh, je vois ! Tant mieux pour St. James.

— Quoi ? s'exclama-t-elle, révoltée. Je ne vois pas pourquoi tu lui en accordes tout le mérite.

— J'espère bien qu'il faut lui en accorder le mérite, c'est sa femme, après tout.

— Miles, soupira-t-elle, mi-outragée, mi-amusée.

Était-il pervers de sa part d'aimer sa façon de prononcer son nom, surtout quand il venait de la provoquer ainsi ? Elizabeth était délectable quand elle était en colère. En fait, pour son plus grand malheur, elle était délectable tout le temps.

Il haussa un sourcil.

— Nous ne devrions pas discuter d'un sujet aussi indélicat.

— Je n'ai jamais compris en quoi le fait d'avoir un bébé est indélicat. Après tout, poursuivit-elle avec une logique imparable, c'est grâce à cela que nous sommes là.

— C'est donc ainsi que cela fonctionne ? marmonna-t-il, pince-sans-rire.

— Comme si *tu* ne le savais pas, rétorqua-t-elle, accusatrice. Il paraît même que tu es devenu un expert en la matière.

— Pardon ?

— Tes...

Elle hésita, visiblement à la recherche du mot juste.

— … manières licencieuses ont été remarquées.

Il fit de son mieux pour afficher une expression impassible alors qu'il mourait d'envie d'éclater de rire. Par ailleurs, il n'y avait rien de licencieux dans son comportement. Certes, il lui arrivait de flirter, à l'occasion, mais c'était surtout pour voir si Elizabeth le remarquait. Et jusque-là il ne s'était pas rendu compte que c'était le cas.

— Je vois. Je suis surpris qu'on me juge digne de ragots.

— Je suis aussi surprise que toi. Mais il semble que tu ne laisses pas insensibles certaines personnes. Je suis censée attirer ton attention sur Susanna Meyer.

Si elle était parvenue à garder une voix neutre, il n'aurait pas éprouvé cette petite bouffée d'espoir – qu'il s'interdisait impitoyablement d'ordinaire.

Mais Elizabeth semblait… jalouse.

Ou était-ce simplement son imagination qui lui jouait des tours ?

Sans doute. Jalouse était un peu trop fort. Agacée, plutôt.

— Qui ? demanda-t-il, feignant la perplexité, alors même qu'il se souvenait parfaitement de la demoiselle en question qui lui avait récemment été présentée.

Les ingénues aux grands yeux innocents n'avaient pas sa préférence, aussi amples soient leurs poitrines ou la fortune de leur père.

Non, pour une raison étrange, il était fasciné par une espèce de garçon manqué aux yeux gris qui s'était métamorphosé en une femme très provocante.

La brise agita une mèche sur sa joue.

— Ne fais pas l'innocent, dit-elle. *Elle* se souvient très bien de toi.

— Il est possible que je me souvienne d'elle, admit-il juste pour la taquiner. Ou du moins d'une certaine partie de son… abondante anatomie.

— Voilà un commentaire déplacé qui te ressemble bien.

Elle s'était immobilisée pour le défier du regard.

— Je suis épouvantable, acquiesça-t-il doucement en se perdant dans le regard d'Elizabeth qui avait pris la couleur de l'orage. Une véritable fripouille. Comment as-tu dit déjà ? Ah oui, licencieux.

— Tes admiratrices semblent encore l'ignorer.

— Parce que j'ai des admiratrices ?

En la provoquant ainsi, il se risquait en terrain dangereux, mais c'était un tel plaisir de la voir réagir ainsi.

— Il semblerait. Ne *me* demande pas pourquoi.

Toujours aussi hautaine, elle se remit en marche.

Pendant quelques secondes, il se permit d'admirer le délicieux balancement de ses hanches avant de sourire et de la rejoindre. Pas question de rater la suite de cette intéressante querelle.

7

Le dîner n'était qu'un long pensum où les discussions politiques étaient entrecoupées de ragots mondains. Achevant son rôti de bœuf, parfaitement cuit et servi avec une délicieuse sauce au vin et des échalotes, Luke se dit qu'au moins la nourriture était excellente. Tout comme la cave de Masters ; il avait probablement bu une bouteille de bordeaux à lui tout seul.

Et aurait sans doute mieux fait de s'en abstenir vu son humeur.

Le fait que Madeline soit assise de l'autre côté de la table, mais à quatre chaises de la sienne, à côté d'un type assez séduisant répondant au nom de Morrow, n'arrangeait rien. Elle était superbe dans une robe couleur tourterelle qui flattait son teint sans défaut et offrait un écrin idéal à ses seins hauts et fermes.

Il n'en ratait pas un détail, depuis la dentelle stratégiquement placée sur sa gorge, jusqu'aux boucles d'oreilles faites d'une perle unique. La dentelle, songea-t-il, narquois, censée cacher la peau nue ne faisait qu'enflammer l'imagination. Elle avait trop bon goût pour porter un profond décolleté sans le dissimuler quelque peu. Le résultat n'en était pas moins risqué.

Son compagnon de table l'avait lui aussi remarqué. Quand il ne lorgnait pas sa gorge, l'impudent se penchait pour lui murmurer à l'oreille. Non pas que Luke se souciât le moins du monde des hommes avec qui elle décidait de flirter, mais enfin, elle pouvait trouver quand même beaucoup mieux que ce gamin.

Du moins croyait-il ne pas s'en soucier. Mais après quelques verres de vin, il devait se rendre à l'évidence : il s'en souciait.

Toute cette soirée l'agaçait. Si ce n'avait été pour Elizabeth, il n'aurait jamais accepté de venir.

— Quel temps délicieux nous avons ces jours-ci, n'est-ce pas, lord d'Altea ?

Il parvint à s'arracher à la contemplation de son verre le temps de glisser un regard à la matrone assise à ses côtés.

— Délicieux, en effet.

Bonté divine, était-ce bien lui qui venait de prononcer une telle platitude ?

Lady Bunton, ou Button – il ne s'en souvenait plus – se pencha vers lui pour ajouter dans un murmure complice :

— Comme c'était courageux de votre part de vous porter au secours de lord Fitch l'autre soir. Il paraît qu'à sous seul vous avez mis en fuite une bande de gredins.

Il avala son vin de travers.

Cette histoire prenait des proportions grotesques, mais, heureusement, le sinistre Fitch ne semblait se souvenir de rien, et maintenant que, grâce à Michael, Madeline avait récupéré le journal, elle ne risquait plus de s'y trouver mêlée. Il se permit un coup d'œil de l'autre côté de la table et vit qu'elle regardait dans sa direction. Il se tourna aussitôt vers lady B.

— C'est très exagéré, madame. Je l'ai simplement trouvé gisant à terre dans une ruelle. Il était inconscient et je l'ai ramené chez lui. Aucun courage là-dedans.

Elle lui adressa un sourire rayonnant.

— Vous êtes trop modeste.

Le Ciel lui vienne en aide. Il fit signe qu'on remplisse son verre. À son grand soulagement, le dessert arriva et lady B. se concentra sur son pudding au chocolat.

Quand leur hôtesse annonça qu'il était temps de se retirer au salon pour y jouer à quelques charades avant le clou de la soirée, Luke sut que l'épreuve serait au-dessus de ses forces.

Profitant de ce que les convives quittaient la salle à manger, il attira discrètement Miles à l'écart.

— Pourrais-tu, s'il te plaît, raccompagner ma mère et Elizabeth à la maison ?

— J'ai comme l'impression que tu ne meurs pas d'envie de voir lady Helton interpréter quelques scènes de Macbeth, ironisa Miles. Ceci dit, je te comprends. Je serais ravi d'escorter ces dames. Un problème ? conclut-il d'une voix parfaitement neutre.

— Rien d'important, mentit Luke. J'ai juste besoin d'un répit dans ce flot de mondanités. Si je reste, je vais finir par démolir quelque chose. Ce qui serait assez mal vu, tu me l'accordes.

— Tu sembles un peu morose ces derniers temps.

Miles faisait de son mieux pour ne pas paraître inquisiteur mais Luke ne s'y laissa pas tromper.

— L'ennui, dit-il sèchement.

— Je vois, fit son cousin qui hésita, puis lâcha sans détour : oh, bon sang, je déteste cela et je ne veux en aucune façon me mêler de ce qui ne me regarde pas, mais sache qu'Elizabeth est inquiète à ton sujet. Pour être franc, *je* me suis aussi posé des questions.

Il avait toujours apprécié Miles, même quand, enfants, Elizabeth et lui semaient la pagaille dans toute la maison. Luke le considérait comme un individu posé qui exerçait une influence bénéfique sur sa très impulsive sœur cadette. À vingt-deux ans, Miles s'était lancé dans une entreprise prometteuse qui intriguait nombre d'investisseurs, parmi lesquels Luke lui-même. Il n'avait aucun doute quant aux capacités de son cousin, et le voyait très bien réussir.

Mais il n'était pas d'humeur à se laisser aller aux confidences.

— Ça me passera, murmura-t-il d'un air désinvolte. Dis-lui de s'occuper plutôt de sa propre vie. Je suis heureux qu'elle apprécie la saison, mais il faut qu'elle choisisse un mari parmi ses nombreux admirateurs, et je n'ai pas remarqué qu'elle avait une préférence pour l'un d'entre eux.

L'expression de Miles changea subtilement. Ce fut très bref, à peine une crispation des mâchoires qu'il réprima aussitôt.

— Vu le nombre de prétendants potentiels, cela ne devrait pas tarder, dit-il. Mais si je le lui demande quoi que ce soit, tu la connais, il est probable qu'elle fera exactement le contraire.

Luke avait beau se débattre avec ses propres démons, cela ne l'avait pas empêché de s'interroger ces derniers temps à propos de Miles et d'Elizabeth. Cette dernière ne semblait pas avoir pris conscience que son cousin – qui ne l'était que par une lointaine alliance – n'était plus le compagnon téméraire de son enfance, mais un homme fait qui pouvait la considérer avec plus qu'un simple intérêt platonique. Elle-même, de son côté, n'avait plus rien de commun avec le garçon manqué qui avait tendance à l'entraîner dans toutes sortes de mésaventures.

En tant que tuteur, Luke espérait que ces temps étaient révolus. Non pas qu'il n'avait pas confiance en Miles ou en Elizabeth, mais les deux ensemble…

Oui, il serait peut-être judicieux de les surveiller d'un peu plus près.

Mais pas ce soir. Leur mère était là. Elle pouvait jouer les matrones. Il devait partir au plus vite. Loin des charades et des pièces de théâtre, loin de ces dames toujours prêtes à inventer de ridicules histoires d'héroïsme, loin de la tentation...

En d'autres mots, loin de Madeline.

— Tu as peut-être raison, dit-il. Je parlerai à Elizabeth. À présent, si tu veux bien m'excuser, je vais faire mes adieux à notre hôtesse et m'esquiver.

Quelques instants plus tard, il quittait la maison avec soulagement. La soirée étant agréable, il décida de rentrer à pied. Mais, à peine était-il arrivé en bas des marches du porche qu'une voix douce l'appela :

— Luke, attendez, s'il vous plaît.

Enfer et damnation.

Madeline.

S'immobilisant, il marmonna un juron obscène avant de se retourner. Il avait espéré venir à bout de cette soirée sans avoir à lui adresser la parole et, grâce à l'impudent Morrow, il y était parvenu.

Jusqu'à présent.

Sa beauté le prit de court une fois de plus. Ce n'était pas tant sa silhouette et son visage, qui étaient néanmoins exquis, que cette sensualité si féminine, et ces yeux si lumineux dont les coins se relevaient légèrement, lui conférant une distinction sans pareille.

Ces yeux qui semblaient lire en lui.

Elle descendit les marches, tenant la soie grise de ses jupes, son expression difficile à déchiffrer en raison de la pénombre qui régnait dans la rue.

— Vous m'avez évitée toute la soirée.

Le reproche plus que perceptible n'améliora en rien son humeur.

— Si vous l'avez remarqué, puis-je vous demander pourquoi vous me pourchassez ainsi ?

Elle tressaillit, mais se ressaisit aussitôt.

— N'utilisez pas ce ton acerbe avec moi, Altea. Vous vous doutez, j'en suis sûre, que je souhaitais vous remercier pour le journal de Colin.

— De rien, dit-il, un rien moqueur. Maintenant que c'est réglé, je suis sûr que Morrow se languit de votre compagnie. Mieux vaut ne pas le faire attendre.

— Seriez-vous jaloux ? fit-elle en haussant à peine un sourcil.

L'était-il ? Peut-être, reconnut-il intérieurement. Et il n'en avait certes pas le droit, mais la vie ne suivait pas toujours une voie logique.

— Je ne crois pas en une émotion aussi improductive.

— Vous *semblez* jaloux.

Décidément, cette conversation prenait un tour qui ne lui plaisait pas.

— Au risque de paraître impoli, je m'en allais, lady Brewer.

— Vous ne m'appelez plus Madge ?

Son sourire était délibérément provocant, ses lèvres pleines légèrement incurvées, ses yeux voilés par ses longs cils…

— Le surnom ne vous plaît pas, paraît-il.

Il aurait dû tourner les talons depuis longtemps.

Va-t'en, pauvre idiot !

— Venant de vous, il me plaît, je crois.

Le sous-entendu n'était peut-être pas intentionnel, mais il ne put en être certain.

Elle fit un pas vers lui – un seul, mais crucial.

— Vous avez dit que vous ne croyez pas que je sois le genre de femme qui consentirait à être votre maîtresse.

Maintenant, elle était beaucoup trop proche, trop tentante. Distrait, il lui fallut un moment avant de comprendre ce qu'elle venait de dire.

Bien sûr qu'il avait dit cela.

— Eh bien, murmura-t-elle en le regardant droit dans les yeux. J'y ai réfléchi et vous avez tort.

Jouer avec le feu était une expression trop fade.

Madeline leva les yeux vers l'homme debout devant elle dont la haute silhouette se détachait sur le velours étoilé de la nuit. Son expression restait énigmatique. Pendant tout le dîner, il avait paru morose, évitant de prendre part à la conversation, mangeant avec une irritation palpable et buvant plus que de raison – ce qui ne semblait nullement l'affecter.

Ou peut-être l'était-il un peu, un tout petit peu, car il n'avait cessé de lancer des regards dans sa direction. Et si elle se sentait coupable d'avoir vaguement flirté avec le jeune et séduisant Charles Morrow pour voir comment Luke réagissait, elle n'en éprouvait pas le moindre repentir.

Elle avait même cru à un certain moment, alors que le jeune homme se penchait vers elle de façon fort indiscrète, que Luke allait bondir par-dessus la table. Chose qui l'avait d'abord surprise, puis intriguée. Son regard furibond ne laissait aucune place au doute.

Quant à elle, elle avait besoin d'un peu d'aventure dans son existence très respectable et qui, mieux qu'Altea, pouvait la lui procurer ?

Cet instant où Luke avait jeté un regard féroce au jeune Morrow avait été décisif. Luke était un joueur – tout Londres le savait. Et peut-être était-elle une joueuse, elle aussi.

C'était bel et bien de la jalousie. Elle en était certaine. Il pouvait peut-être risquer vingt mille livres sans un battement de cils, mais il ne pouvait pas la bluffer là-dessus.

Que c'était agréable d'avoir un tel pouvoir.

— Madeline, fit-il d'une voix dont la douceur était trompeuse, retournez dans cette maison et poursuivez votre soirée. Quant à moi, je vais oublier ce que vous venez de dire.

Elle secoua la tête.

— Allons quelque part en discuter. La rue ne me semble pas le lieu indiqué.

— Discuter de quoi ?

— De nous, dit-elle d'un ton ferme alors même que son cœur battait à tout rompre.

« Est-ce que je suis vraiment en train de faire cela ? » s'interrogea-t-elle.

Oui, elle l'était. Et pourquoi pas ? Elle n'était plus une ingénue visant un mariage avantageux. Elle avait déjà eu un époux. La mort de Colin l'avait anéantie, et quand bien même la douleur ne disparaîtrait jamais complètement, elle s'était émoussée avec le temps. Désormais, elle était riche et indépendante. Si elle voulait prendre un amant, rien ne l'en empêchait. Les implications scandaleuses d'une liaison avec le vicomte d'Altea étaient certes un peu intimidantes, mais les veuves bénéficiaient d'infiniment plus de libertés que les femmes célibataires. En outre, elle approchait de la trentaine et n'était donc plus dans sa prime jeunesse. Ce n'était pas comme si elle cherchait un nouvel époux... alors pourquoi ne pas fixer son choix sur un amant séduisant et viril dont elle connaissait mieux que quiconque les talents dans une chambre à coucher, un homme qui était à la fois plein d'esprit et de charme quand l'envie lui en prenait et qui, même si elle sentait en lui une part d'ombre, la traiterait correctement.

L'attirance qu'ils éprouvaient l'un pour l'autre était explosive. Elle était fatiguée d'essayer de le nier et lui-même avait reconnu qu'il la désirait.

Il ne bougeait pas et ses yeux brillaient étrangement.

— Il n'y a pas de « nous », ma chère Madge.

— Avez-vous oublié cette nuit ?

Consciente, bien trop consciente, des cochers et des valets qui se tenaient près des voitures, et des éventuels regards indiscrets depuis les fenêtres de la maison, elle s'interdit de le toucher. Mais elle ajouta dans un murmure rauque :

— Moi pas.

— Une erreur, répliqua-t-il, mais il ne s'en allait toujours pas.

— *Notre* erreur, dans ce cas.

Elle sourit, et mit dans ce sourire toute la séduction dont elle était capable, car elle sentait le combat intérieur qui faisait rage en lui.

— Pourrions-nous discuter de notre mutuelle imprudence ailleurs ? suggéra-t-elle d'une voix douce. Dans ma chambre à coucher, par exemple ?

Peut-être était-ce la quantité déraisonnable de vin ou simplement la capitulation masculine face à une offre érotique qui lui laissait carte blanche, mais il proféra un nouveau juron qu'elle ne comprit pas tout à fait.

Son regard se fit brûlant.

— Tout Londres saura demain matin que vous m'avez suivi dehors, lui dit-il, mais il avait déjà fait signe à son cocher d'avancer sa voiture.

La perspective était décourageante, mais, pensait-elle, elle était préparée. Il avait raison, bien sûr, son départ précipité dans son sillage ainsi que leur conversation devant l'imposante demeure des Masters seraient demain sur toutes les lèvres.

— Un peu comme votre téméraire pari. Je ne pensais pas que la notoriété vous ennuyait autant, remarqua-t-elle avec flegme.

Depuis un an, il ne s'était pas passé un jour sans qu'elle pense à lui. S'il fallait en passer par là…

Qu'il en soit ainsi.

— Je ne suis pas un saint et c'est justement ce que je cherchais à souligner. Vous connaissez ma position quant aux engagements permanents. Je pense à votre réputation, pas à la mienne, ajouta-t-il en arquant un sourcil. Vous souhaitez toujours poursuivre cette conversation dans votre chambre, lady Brewer ? Songez aux risques.

— J'y songe, et la réponse est oui.

— Si je réfléchis ainsi, c'est que j'ai abusé du bordeaux.

— Pas trop, j'espère, rétorqua-t-elle du tac au tac.

Était-ce bien elle ? Qui jouait les chasseresses et invitait un homme dans sa chambre ?

— Ne vous inquiétez pas, ce n'est pas ce que je voulais dire.

La voiture de Madeline s'arrêta, et son jeune cocher sauta à terre pour l'aider à monter. Luke lui fit signe de s'écarter et s'en chargea lui-même. Tandis qu'elle s'installait sur la banquette, il parut hésiter et elle crut qu'il allait changer d'avis au dernier moment.

Il soutint son regard.

— Je suis tenté, dit-il doucement. Bon sang.

— Je veux que vous soyez tenté.

— Vous êtes beaucoup trop belle.

Et cela ressemblait à une accusation plus qu'un compliment. Il se tenait là, immobile, devant la portière ouverte.

Oui, si quelqu'un les observait, il y aurait des rumeurs.

— Selon l'opinion en cours parmi la population féminine, vous l'êtes aussi.

Il esquissa un sourire.

— Comme c'est flatteur.

— À preuve, les avances fort peu discrètes de lady Hart devant toute la bonne société, répliqua-t-elle.

— À mon tour de vous demander si *vous* êtes jalouse.

Oui, mais elle refusa de l'admettre. Elle devait faire preuve du même détachement que lui.

— Je les ai remarquées, et je suis certaine que cela suffira à satisfaire votre orgueil.

— Vous en êtes certaine ?

Soudain, sa voix était devenue très grave.

— Oui, Altea, j'en suis certaine.

— Je crains que l'issue inévitable de cette histoire ne vous fasse souffrir.

Il ne refermait toujours pas la porte de la voiture, mais ne montait pas non plus à l'intérieur.

— Laissez-moi me soucier de mon sort, rétorqua Madeline avec plus d'aplomb qu'elle ne s'en serait crue capable.

Bien sûr qu'elle craignait l'issue de cette histoire, mais pas au point d'y renoncer. Qu'il s'inquiète pour elle la touchait – c'était plutôt de bon augure. Dans la vie, toutes les choses qui en valaient la peine impliquaient certains risques. Accoucher n'était pas sans danger, mais rien en ce monde ou dans l'autre n'aurait pu la faire renoncer à son fils.

— Utilisez de nouveau l'entrée de service. Je ne prendrai pas la peine de m'assurer qu'elle est déverrouillée, car je sais que cela ne vous arrêtera pas. Ma suite est la deuxième porte à droite en haut de l'escalier.

Il sourit. Un éclair de dents blanches.

— J'aime qu'une femme sache adopter un ton autoritaire.

Il laissa son regard errer sur son corps, s'attarda sur sa poitrine avec une évidente admiration, avant de revenir à son visage. Cette fois, son sourire était effroyablement provocant.

— Allez-vous aussi me donner des ordres au lit, milady ?

Son charme, quand il choisissait de l'exercer, était encore plus déconcertant que sa froideur délibérée. Elle arrangea ses jupes pour s'accorder un peu de temps avant de répondre. Puis, à son tour, elle le regarda droit dans les yeux.

— Je le pourrais. M'obéirez-vous ?

Le sourire s'élargit.

— Peut-être. Ou peut-être pas. Quoi qu'il en soit, je pense que vous ne le regretterez pas.

Oui, il était bien plus habile qu'elle à ce jeu de la séduction, mais elle était prête à apprendre.

— J'y compte bien, dit-elle.

Il ferma la porte et, peu après, le carrosse s'ébranla.

8

La ruelle était sombre et déserte et son passe fonctionna à merveille. Deux déclics et il pénétra dans la maison silencieuse.

C'était une très mauvaise idée, songea Luke en se glissant dans le couloir, et s'il n'avait pas passé la soirée à serrer les dents, il n'aurait jamais accepté l'invitation de Madeline. Peut-être était-ce bel et bien le vin qu'il fallait blâmer, mais il en doutait. Il avait l'esprit clair même si son jugement ne l'était pas. Non, ce n'était pas le vin.

C'était *elle.* En soie grise avec cette dentelle au corsage, ces yeux en amande regardant droit dans les siens quand elle avait fait cette offre ridiculement téméraire.

Il fallait la ramener à la raison.

Ou lui faire l'amour.

Il y avait eu des femmes, bien sûr, depuis cette nuit un an auparavant. Il n'était pas davantage un moine qu'un saint, et n'avait jamais aspiré à devenir l'un ou l'autre, mais aucune de ces liaisons – aucune – n'avait effacé le souvenir d'elle.

Une nuit. Une seule. Il aurait dû l'oublier. Dieu savait qu'il avait essayé. Mais toutes les autres lui avaient paru ennuyeuses, des femmes gâtées qui ne désiraient rien d'autre qu'une ou deux nuits de plaisir sans lendemain.

Tout comme lui. Si ces rencontres étaient physiquement satisfaisantes, elles n'apportaient rien à son âme.

Madeline était différente. Ce n'était pas une femme qui se donnait facilement.

Bon sang. Aucun gentleman digne de ce nom ne prendrait délibérément le risque de ruiner sa réputation ainsi. Cela révélait peut-être chez lui un trait de caractère dont il soupçonnait l'existence depuis longtemps.

Il grimpa l'escalier sans bruit, passa la première porte et vit le rai de lumière sous la deuxième. Il tourna la poignée.

La douce lueur d'une lampe de chevet illuminait sa silhouette voluptueuse. Elle avait revêtu une robe de chambre en soie bleue, et ses cheveux à présent dénoués coulaient telle une cascade aux reflets argentés le long de son dos jusqu'aux hanches. Elle se tenait à la fenêtre et lâcha soudain le rideau en se retournant avec une petite exclamation de surprise.

— Je ne vous ai pas entendu arriver.

— Après cinq années en Espagne à combattre les Français il vous reste quelques talents.

Il balaya la pièce du regard, les murs tendus de soie jaune pâle, les motifs floraux de l'épais tapis, l'armoire reine Anne. Sa coiffeuse était remarquablement dépouillée, juste une brosse et quelques flacons de parfum ; il est vrai que sa beauté n'avait pas besoin de cosmétiques.

— Je pourrais encore partir, déclara-t-il d'emblée.

— Le voulez-vous ?

— Non.

— Bien. Pour un débauché notoire, vous êtes bien trop courtois, fit-elle avec un sourire langoureux. Je trouve cette conversation quelque peu redondante, milord. Je ne suis plus une innocente jeune fille. Aucun père furieux ne vous demandera réparation et il n'y a pas de mari outragé caché quelque part. Je ne comprends pas vos réserves.

Non, elle ne les comprenait pas. Sans doute parce qu'elles n'étaient pas toutes altruistes. Sa réputation et les conséquences qu'aurait inévitablement une liaison avec lui n'étaient pas le seul problème. En fait, il redoutait de ne pas être capable de rester détaché. Mais le moment était mal choisi pour se laisser aller aux confidences. La proximité de cette femme à peine vêtue bombardait ses sens, provoquant une réaction virile vieille comme le monde.

Elle s'offrait à lui, et Dieu sait qu'il avait envie d'elle.

— Très bien, acquiesça-t-il avec un sourire féroce avant de traverser lentement la pièce.

Peut-être avait-elle davantage d'expérience qu'il ne le pensait...

Non, rectifia-t-il en notant le léger tremblement de ses lèvres, il se cherchait des excuses afin d'éviter que sa conscience ne revienne le titiller après coup.

— Cela fait si longtemps, murmura-t-elle quand il s'immobilisa devant elle pour la prendre par la taille et l'attirer contre lui.

— Depuis moi ?

Bon sang, il *était* jaloux.

— Depuis n'importe qui. Embrassez-moi.

Un an. Pourquoi l'idée de son abstinence l'enflammait-elle ainsi, il n'aurait su le dire, mais cela avait à voir avec cet instinct si masculin de possession, devinait-il. Sa simple proximité, le parfum délicieux de sa chevelure suffisait à faire durcir son sexe.

— Est-ce là mon premier ordre ? s'enquit-il avec insouciance en frôlant du bout du doigt la courbe délicate de sa joue. Dans ce cas, je suis votre serviteur obéissant.

Il inclina la tête, se contentant d'abord d'effleurer sa bouche, cherchant, guettant, avant de la capturer en un long baiser sensuel. Lorsqu'il sentit ses mains lui étreindre les épaules, une onde de pur plaisir remonta le long de son sexe dressé.

Qu'il en soit ainsi, se dit-il, tandis que leurs bouches s'unissaient avec une intensité si ravageuse qu'il en eut le souffle coupé.

Madeline émit une petite exclamation de protestation quand il s'écarta, mais celle-ci se transforma en soupir lorsqu'il la souleva abruptement dans ses bras. Il rejoignit le lit en trois enjambées et la déposa sur les draps de lin déjà rabattus pour la nuit. Il dénoua le nœud de sa cravate.

— Pardonnez mon impatience, mais dites-moi que vous ne portez rien sous cette robe de chambre.

— Rien, dit-elle en tirant sur sa ceinture.

Les pans s'écartèrent.

Aussi expérimenté fût-il, il en resta sans voix. Madeline était la volupté faite femme avec ses longs cheveux blonds, sa peau d'ivoire et ses courbes provocantes. Des seins opulents aux pointes roses, des membres longs et déliés, le triangle délicat au creux de ses cuisses et son visage empourpré d'un désir évident ; ses mains s'immobilisèrent à la vue de tant de splendeur. Et puis, il y avait ce regard qu'elle posait sur lui. S'il y lisait l'abandon et le besoin, il y percevait aussi autre chose, l'incertitude d'une femme qui prenait un risque immense. La confiance que ce don de soi impliquait avait de quoi le rendre humble.

Il ne la méritait pas, mais il ne la trahirait pas non plus. Pendant la guerre, il avait appris que, contrairement à une croyance répandue, l'honneur n'était pas noir ou blanc. La découverte de nuances intermédiaires l'avait surpris, mais au bout du compte, il avait compris que l'honneur se résumait à faire des choix avec lesquels un homme pourrait vivre – ou une femme, en l'occurrence. Il avait aussi appris cela : le courage ou l'intelligence ne sont pas l'apanage de l'un ou de l'autre sexe.

Sa veste tomba à terre. Ses bottes suivirent, puis sa chemise, qu'il passa par-dessus sa tête pour gagner du temps. Il se débarrassa de son pantalon, et vit le regard de Madeline se fixer sur son érection tandis qu'il s'approchait du lit. Il s'allongea près d'elle, en appui sur le coude.

— Je crois, dit-il en lui caressant l'épaule, les yeux rivés aux siens, que mon enthousiasme pour votre invitation est évident, milady.

— Et en dépit de toutes vos réticences, le taquina-t-elle, une étincelle dans le regard. Qui penserait qu'un libertin pareil soit si difficile à séduire ?

— Je n'ai pas remarqué qu'il vous avait fallu déployer beaucoup d'efforts.

Il se pencha, écarta une mèche de son oreille pour lui mordiller le lobe. Elle sentait le paradis et la femme, un mélange entêtant.

— Au contraire, il a fallu une année entière.

Elle lui caressa timidement l'épaule, puis le dos. Et ferma les yeux quand sa bouche délaissa le lobe de son oreille pour remonter le long de sa tempe.

— Je croyais avoir oublié, murmura-t-elle. Mais en vous revoyant l'autre nuit…

L'émotion sincère dans sa voix le poussa à la réduire au silence d'un baiser. Ni l'un ni l'autre n'avaient oublié, malheureusement. Mais, pour une fois, il s'en inquiéterait plus tard, décida-t-il en l'attirant contre lui pour que leurs corps nus se touchent, pour qu'elle sente son sexe brûlant contre sa cuisse. Il en avait assez d'être toujours sur ses gardes. Elle avait besoin de lui et, Dieu lui vienne en aide, il avait besoin d'elle.

— Oublié quoi ? chuchota-t-il contre sa bouche. Ceci ?

Il lui lécha la lèvre inférieure.

— Vous. Vous tout entier. J'ai essayé, mais je n'ai pas pu.

Un soupir.

Ces mots le retinrent, mais un instant seulement. Déjà, ses doigts frôlaient les globes laiteux de ses seins, les soupesaient, en testaient la souplesse, son pouce en caressait la pointe dressée. Elle venait de lui avouer qu'il était différent, particulier, qu'elle n'avait pas pris d'autre amant durant tout ce temps parce qu'il était le seul qu'elle désirait suffisamment pour l'inviter dans son lit.

Voilà qui était perturbant pour un homme qui préférait les maîtresses détachées, sophistiquées.

Elle lui caressait la mâchoire et se redressa soudain pour remplacer ses doigts par ses lèvres, lui couvrant le visage de baisers légers. Visiblement, elle avait vécu une relation saine sur le plan physique avec son mari et n'était pas timide.

Essayer d'analyser la situation ne servait à rien, décida-t-il, tandis qu'elle se cambrait, ses tétons s'écrasant contre ses paumes. Inclinant la tête, il se mit à lécher, goûter, sucer avec une lenteur délibérée la vallée entre ses seins jusqu'à ce que son souffle s'accélère de manière éloquente. Puis ses lèvres tracèrent une ligne de baisers jusqu'à son ventre délicat et plus bas encore, et elle écarta les jambes sous la pression de ses paumes.

— Une année entière ? murmura-t-il contre la peau soyeuse de sa cuisse. Alors, faisons en sorte qu'une si longue attente en vaille la peine, milady.

Elle répondit d'un frémissement comme il écartait doucement les pétales de son sexe. Puis il posa la bouche sur la petite crête, source de tous les plaisirs, et Madeline laissa échapper un gémissement. Ses mains s'enfoncèrent dans les cheveux de Luke tandis qu'il la taquinait du bout de la langue tout en glissant un doigt dans le fourreau brûlant de son intimité.

— Luke.

Quelle satisfaction d'entendre son nom prononcé ainsi, d'une voix rauque si différente de son contralto habituel.

Il ne fallut que très peu de temps pour l'amener à la jouissance ; celle-ci s'exprima à travers une série de petits cris qui résonnèrent dans la chambre, son corps se tordant sous l'assaut du plaisir. Avec un sourire triomphant, Like se redressa, et positionna l'extrémité de son sexe à l'orée de sa fente.

— Dis-moi quand tu seras prête, murmura-t-il.

Il s'engagea à peine, et retint son souffle en découvrant l'exquise chaleur de son corps.

— Serait-ce peu galant d'espérer qu'il ne te faudra pas trop de temps ?

Il n'y avait aucun doute, elle s'était trop longtemps refusé ce qui était bien plus qu'un simple plaisir ; elle avait trop longtemps essayé de nier son désir pour se consacrer aux tâches de la vie quotidienne. Languide après cette extase si longtemps attendue, Madeline caressa les épaules musclées de l'homme qui se tenait au-dessus d'elle et chuchota :

— Je serai prête quand vous le serez, milord, et il me semble...

Elle frôla son érection d'une main légère.

— ... que vous l'êtes déjà bien assez.

Elle savoura la façon dont son souffle se bloqua, autant que la passion qu'elle perçut dans les profondeurs tempétueuses de ses yeux. S'emparant de sa bouche avec fougue, Luke s'enfonça entièrement en elle.

La vigueur de son invasion la fit gémir et il se figea aussitôt.

— Je t'ai fait mal ?

— Non, souffla-t-elle.

Et c'était la vérité. La douleur était bien la dernière sensation qu'elle éprouvât. Oui, il l'avait pénétrée si profondément qu'elle se sentait emplie, possédée, écartelée mais c'était follement agréable. C'était... *bon.* Effroyablement bon de sentir Luke lui-même, son corps nu, dur et frémissant sous ses doigts, sa peau couverte d'un voile de sueur, la soie ambrée de ses cheveux lui frôlant les épaules. Ces traits saisissants qui la hantaient depuis si longtemps, et que tant de femmes – trop, se dit-elle, bêtement jalouse – admiraient, étaient à présent crispés tandis qu'il la regardait.

— Tu es sûre ? insista-t-il.

— C'est juste que tu es... énorme, dit-elle avec un sourire ensorceleur tout en levant les hanches pour l'avaler davantage encore.

— Ah, voilà une chose qu'un homme déteste entendre ! fit-il avec un petit rire.

Elle n'avait pas assez d'expérience pour connaître les variations possibles de l'anatomie masculine, mais il devait être plus imposant que la plupart. Il était, en tout cas, plus gros que Colin... non pas que cela ait une quelconque importance : son mari lui avait procuré du plaisir au lit, y compris lors de leur nuit de noces alors qu'elle était si nerveuse et maladroite...

Non, elle n'allait pas penser *maintenant* à ce qu'elle avait perdu. Cette nuit était à elle – et cet égoïsme était nourri par la conviction qui avait grandi au cours de ces dernières années qu'elle n'avait pas envie de se remarier. Colin avait été merveilleux. Elle avait eu de la chance. Luke Daudet, lui, pouvait remplir un vide dans sa vie, et il n'exigerait rien d'elle en retour.

C'était, en résumé, l'arrangement parfait.

N'est-ce pas ?

Joueuse et tentatrice, elle lui griffa doucement les fesses du bout des ongles.

— Hum... Altea, si ce n'est pas trop vous demander...

Elle se tortilla un tout petit peu.

Il émit un son rauque et commença à se mouvoir en elle, lentement d'abord, avec maîtrise, son souffle brûlant lui caressant la joue, les yeux mi-clos. C'était si fluide... la caresse de son sexe en elle était si délicieuse que Madeline ne pouvait retenir des petits halètements de bonheur probablement indignes d'une dame.

Elle s'en moquait.

Le plaisir la saisit, la retenant prisonnière. Chaque pénétration était exaltante, chaque retrait obligeait ses muscles intimes à se contracter en protestation, et le frôlement de ses cheveux sur ses mains cramponnées à ses épaules ajoutait aux multiples sensations qu'elle ressentait déjà.

Elle fut la première à rendre les armes, la marée de l'orgasme déferla en elle avec une telle violence qu'elle enroula les jambes autour des hanches de Luke, les muscles raidis, le corps secoué de spasmes. Luke répondit par un grondement sourd tandis que son grand corps se pétrifiait. Au dernier moment, il se retira, et se répandit sur son ventre tandis qu'il frissonnait entre ses bras.

À bout de souffle, le visage enfoui dans sa chevelure, en appui sur les avant-bras pour ne pas l'écraser, il demeura immobile pendant de longues secondes, puis il redressa la tête, lui offrant son sourire fascinant, et arqua un sourcil paresseux.

— J'espère que l'attente en valait la peine.

— Ne soyez pas si arrogant, Altea, rétorqua-t-elle, mais son rire la trahit, de même que ses doigts qui couraient le long de son dos.

Il l'embrassa dans le cou.

— Je suis toujours arrogant. Je croyais que tu le savais.

Il continuait à la tutoyer tandis qu'elle hésitait encore à se laisser aller complètement.

— Il se peut que je l'ai remarqué, admit-elle.

Elle inclina la tête pour lui faciliter l'accès à sa gorge.

— Les femmes n'aiment-elles pas les hommes sûrs d'eux ?

— Tout dépend du niveau de cette assurance et de la façon dont elle s'exprime.

— Je vois.

Baiser après baiser, il remontait vers sa bouche pour finalement murmurer contre ses lèvres.

— Et si je te disais que j'ai assez confiance en moi pour t'assurer que tu ne dormiras pas de la nuit ?

C'était bien possible. Il était encore dur. Elle sentait son sexe rigide entre eux, comme s'il ne venait pas de jouir à l'instant. Madeline l'embrassa, la danse de leurs langues plus délicate, plus taquine maintenant que la première bouffée de passion était passée.

— Hum... je dirais qu'il va te falloir me le prouver.

— Avec plaisir.

Avec un coin de drap, il essuya sa semence sur son ventre.

— Un plaisir partagé, assura-t-elle en glissant les doigts dans ses cheveux.

— Je ferai de mon mieux, Madge chérie.

Elle lui donna une petite tape exaspérée sur l'épaule, mais la désapprobation était feinte. Quand il parlait ainsi, avec cette intonation, elle ressentait des picotements dans tout le corps.

— Personne d'autre ne m'appelle ainsi.

— Tant mieux. Madge n'appartient donc qu'à moi.

S'il n'avait pas entrepris de la pénétrer de nouveau, elle aurait pu réfléchir davantage à cette affirmation si possessive, mais le rythme ensorcelant qu'il avait adopté interdisait toute pensée cohérente, et plus tard – des heures plus tard, comme il l'avait promis –, quand elle s'endormit dans ses bras, épuisée, repue et comblée, elle rêva de clairières inondées de soleil, de mers cristallines et de douces brises d'été.

Luke s'habilla rapidement. Il s'assit dans un fauteuil brodé pour enfiler ses bottes, le regard rivé sur la femme allongée au milieu du lit défait. Madeline dormait sur le côté, le visage serein, sa glorieuse chevelure couvrant ses épaules nues. Sa femme de chambre, il le savait, devinerait que sa maîtresse n'avait pas passé la nuit seule, mais au moins pouvait-il lui épargner la gêne qu'on le trouve dans son lit au matin.

Elle était extraordinaire.

Sensuelle d'une façon un peu ingénue, assez intelligente pour le défier en égale, mais assez sûre d'elle pour ne pas en ressentir le besoin.

Se rendait-elle compte de ce qui allait se passer à présent ? Avait-elle vraiment songé aux répercussions de cette nuit ? Quand les ragots commenceraient... comment réagirait-elle ? Elle avait un fils. Il fallait y penser.

Les regrets étaient un désagrément qu'il dédaignait habituellement, mais tout le monde ne réagissait pas comme lui. Une belle jeune veuve avec des dizaines de prétendants potentiels impatients d'obtenir ses faveurs disposait de nombreuses options. Elle n'avait pas besoin de choisir une passion illicite avec un homme qui n'avait d'autre intention que de lui offrir un plaisir transitoire.

Il aurait aimé pouvoir continuer à la regarder dormir ainsi, admit-il, la gorge bizarrement nouée.

Oui, il aurait beaucoup aimé rester là.

Et c'était là une révélation troublante.

9

Son frère s'était peut-être rasé et changé, mais Elizabeth ne fut pas dupe quand Luke pénétra dans la salle du petit-déjeuner. Elle avait le sommeil léger et l'avait entendu rentrer à l'aube. Ses appartements étaient en face des siens et elle avait parfaitement entendu la voix endormie de son valet et sa réponse, puis la porte qui se refermait. La matinée était assez avancée, mais il n'avait pas dû dormir plus de quelques heures.

— Tu as l'air bien enjoué pour quelqu'un qui a passé la nuit dehors, observa-t-elle car ils n'étaient que tous les deux.

Miles s'était levé de bonne heure pour rencontrer des avocats et des banquiers à propos de sa précieuse compagnie maritime. Oncle Chas et tante Gloria étaient retournés dans le Berkshire, et leur mère se montrait rarement avant midi.

Sourcils haussés, visiblement amusé, il s'installa face à elle.

— J'ignorais que mes allées et venues étaient si étroitement surveillées.

Elle lui tendit le plat de toasts.

— Tu as quitté le dîner chez les Masters très tôt, mais tu n'es pas rentré à la maison. Miles dit que tu n'étais pas à votre club non plus.

Elle l'examina ouvertement. Il semblait quelque peu fatigué, certes, mais plus aussi... *fermé*.

Une fenêtre s'était ouverte quelque part et elle était curieuse de savoir comment et, plus important encore, *qui* était parvenu à accomplir ce petit miracle, même si elle en avait déjà une assez bonne idée.

— Tu as des espions partout, je vois.

Il se servit quelques saucisses et un valet lui apporta des œufs aux plats encore fumants.

— Malheureusement pour toi, reprit-il, Londres est une grande ville. Il y a encore des endroits qui échappent à ta surveillance. Tu pourrais peut-être embaucher un détective pour enquêter sur mes absences.

— Très drôle. Mais, non, je ne t'espionne pas. Je suis juste une sœur inquiète.

— Elizabeth, j'ai survécu à une guerre. Je me crois tout à fait capable de m'occuper de ma vie, merci, dit-il en ajoutant du sucre à son café. C'est moi qui suis ton tuteur, pas le contraire.

— Survécu ? Vraiment ? demanda-t-elle avec calme. Tu es très différent depuis ton retour.

— Comme tous les soldats, j'imagine. Tu étais une enfant quand j'ai rejoint Wellington. J'étais plus jeune moi aussi, à l'époque, et, oui, je pense que la guerre change n'importe qui.

— J'aimerais te voir heureux de nouveau, réponditelle, puis elle ajouta après une pause : Est-ce lady Brewer qui t'inspirait ce sourire quand tu es entré ?

— Je redoutais les ragots, maugréa-t-il. Au cas où quelqu'un l'aurait remarqué, elle est repartie seule dans son propre attelage.

Il n'avait pas répondu à la question. Intéressant.

— Elle est très belle. Je présume que tu l'as remarqué.

— Difficile de faire autrement. Pouvons-nous changer de sujet ? Par exemple, pourrais-tu me dire pourquoi lord Fawcett m'a envoyé une missive demandant un entretien cet après-midi ?

Ce fut au tour d'Elizabeth d'être mal à l'aise. Elle étala de la confiture sur sa tartine avec une concentration extrême.

— Il s'est montré très attentionné.

— Oui, confirma son frère aîné avec flegme. Ces derniers jours quand on passe devant le salon le parfum de toutes ces roses devient assez suffocant. Souhaiterait-il faire sa demande, selon toi ?

Elle ne savait pas trop. Le marquis était, certes, charmant et assez joli garçon, et elle n'avait jamais entendu dire qu'il était une canaille, ni qu'il jouait ou buvait de façon excessive. De tous les célibataires disponibles sur la place de Londres, il pouvait certainement être considéré comme un excellent parti.

— Il ne s'est pas ouvert de ses intentions, dit-elle. J'ignorais même qu'il comptait passer cet après-midi.

— Eh bien, il veut sans doute m'en parler d'abord. Ce qui m'amène à cette question : pourrais-tu être un peu plus claire à ce sujet ? Imaginons qu'il suggère un mariage ?

Elle haussa les épaules.

— Il est plutôt sympathique.

— Ce qui veut dire ?

— Non, admit-elle en versant trop de crème dans son café.

— Non, tu ne souhaites pas l'épouser ?

— Non, je ne souhaite pas épouser quelqu'un simplement parce qu'il est sympathique. Je peux quand même trouver mieux que cela, non ?

— Ou pire, remarqua Luke.

— Je ne désire nullement passer ma vie avec un homme qui ne m'inspire que de vagues sentiments d'amitié.

— Dans ce cas, je lui dirai que tu n'es pas encore prête à prendre une décision.

Elle lui lança un regard exaspéré.

— Je viens de dire qu'il ne m'intéresse pas.

— Et je t'ai très bien entendue. Mais ne t'y trompe pas, les hommes éprouvent des sentiments aussi délicats que les femmes. Je me contenterai de le décourager. Il finira par comprendre et personne ne sera blessé.

— Et cela vaut mieux que de lui dire la vérité ?

Luke hocha la tête avec une étrange lassitude dans le regard.

— À ce stade, oui. Vous n'avez pas dépassé le stade du flirt. J'imagine que tu n'as rien fait pour l'amener à croire en l'existence de liens plus profonds, n'est-ce pas ?

Au moins, elle pouvait répondre à cela avec honnêteté.

— Non.

— Alors, il vaut mieux qu'il ne sache pas que tu n'apprécies guère ses attentions. Je l'aime bien, et je vais donc repousser son offre avec tact.

— Hum, fit-elle en l'étudiant d'un air pensif. De ta part, une telle sollicitude est étonnante. La réserves-tu uniquement aux personnes de ton sexe ? Je te le demande car à en croire la rumeur, tu as brisé des cœurs dans toute l'Angleterre.

— La rumeur est un moyen douteux de récolter des informations exactes.

— Vraiment ?

Elle se souvenait clairement du départ précipité de lady Brewer hier soir qui avait eu – du moins, le lui avait-on raconté plus tard – une conversation assez passionnée avec Luke avant de monter dans sa voiture. Elizabeth aimait bien la vicomtesse, qu'elle trouvait pleine de charme et dépourvue de prétention ; la vraie question étant, à quel point Luke l'appréciait-il ?

— Vraiment, répliqua-t-il, avec un petit sourire pour tempérer la sécheresse de son ton. Et puisque nous en avons fini d'évoquer mes possibles faiblesses et la cour indésirable de Fawcett, passons à la suite. Où est Miles ?

Comme si elle tenait un journal des faits et gestes de son cousin.

— Une affaire quelconque avec des avocats, marmonna-t-elle avant de mordre dans son toast.

— Peut-être vaudrait-il mieux que vous ne sortiez plus seuls ensemble, déclara son frère d'un ton nonchalant, tout en piquant une nouvelle saucisse.

Quoi ?!

— Que diable racontes-tu ?

Elizabeth n'avait pas eu l'intention de s'exprimer de manière aussi abrupte mais, pour être honnête, cette suggestion l'avait prise de court.

— Je te dis juste de ne plus sortir seule avec lui. L'autre jour, il t'a emmenée chez ta modiste.

Rien de plus normal, son vendeur de tabac préféré se trouvait dans la même rue.

— Nous faisions des courses. Il aurait été ridicule de prendre deux voitures alors que nous allions dans la même direction.

— Oui, mais même si je trouve cela sensé, la société voit les choses différemment.

— Nous avons aussi pêché des anguilles seuls tous les deux. Que penserait tout ce beau monde s'il l'apprenait ? Pêcher ou faire des courses, c'est à peu près aussi romantique. J'ai choisi un chapeau et il a acheté une nouvelle pipe.

— La vraie jeune lady que tu es a, je présume, abandonné la pêche aux anguilles depuis quelque temps déjà. Miles est un homme adulte et il n'est pas vraiment notre cousin. J'espère que tu t'en rends compte.

C'était la vérité, bien sûr, et alors ? Le regard fixé sur son frère, Elizabeth reposa la cuillère pleine de confiture sur la nappe.

— Pour être franche, je n'y ai jamais vraiment réfléchi. Mais quelle importance ?

— Crois-moi, c'est important.

Ils n'étaient pas parents, d'accord. Cela ne les avait pas empêchés de passer leur temps ensemble quand ils étaient enfants, de multiplier ces farces qui leur avaient valu tant de remontrances. Oui, il y avait eu ces disputes incessantes, mais elle n'oubliait pas non plus qu'ils s'étaient toujours soutenus l'un l'autre face à l'adversité. Ils n'étaient pas parents, mais le lien qui les unissait était bien plus fort. Elle avait des cousins germains du côté de sa mère qu'elle n'avait même jamais vus.

Quelle étrange révélation.

— Tu ne veux quand même pas dire qu'il faudrait que j'emmène un chaperon quand je suis avec Miles.

— Pour sauvegarder ta réputation, il vaudrait mieux.

— Mais...

Elle s'interrompit, ne sachant trop comment réagir... face à cette nouvelle et grotesque restriction.

— On vous a aussi vus marcher dans le parc l'autre jour.

— Bien sûr.

Pour une raison inconnue, elle sentit ses joues s'enflammer. Pourquoi rougissait-elle ? Cette discussion était la plus inepte qu'elle ait jamais eue.

— J'étais avec Amelia, reprit-elle, et il se trouve qu'il passait par là. Qu'étais-je censée faire ? Feindre de ne pas le connaître ? Je crois que nous avons pris un bain ensemble, lui et moi.

— Tu avais deux ans, lui rappela Luke, l'air indéchiffrable.

— C'est absurde.

— C'est la bonne société de Londres, Elizabeth. La critique existe, crois-moi sur parole. J'ai toute confiance en Miles, tu le sais. Et j'ai autant d'affection pour lui que toi. Je ne fais que souligner que vos rapports doivent respecter les convenances.

— Crois-moi sur parole, marmonna-t-elle, il y a des jours où je n'ai pas tant d'affection que cela pour lui.

Luke haussa un sourcil.

— Possible, mais malgré vos querelles constantes vous étiez inséparables quand vous étiez enfants. Je sais qu'il peut sembler naturel de continuer comme par le passé mais, dans le cas présent, je te conseille de songer à la façon dont vos rapports peuvent apparaître aux yeux des autres.

Inséparables. Hum. Oui, c'était sans doute vrai, mais, après tout, ils n'avaient pas non plus une telle différence d'âge. Miles et elle adoraient jouer les aventuriers toujours un peu mauvais garçons, à vrai dire : des pirates montant à l'abordage d'un navire qui était en fait une barque échouée au bord du lac du domaine ; des bandits de grands chemins détroussant d'innocents voyageurs… dans leur cas, le garde-chasse qui faisait toujours semblant d'être terrifié quand ils jaillissaient des fourrés et leur tendait chaque fois une bourse imaginaire…

Elle regrettait le vieux Liam Sullivan qui, après l'attaque, leur offrait toujours des gâteaux à l'orge qu'ils mangeaient avec avidité. Elle regrettait la vie à la campagne en général, mais Luke avait sans doute raison. Les choses avaient changé. Bientôt, elle serait une épouse et, à plus ou moins brève échéance, comme Amelia, une mère.

Peut-être était-il temps de grandir.

Et puis, ce n'était pas comme si Miles allait lui manquer, elle continuerait à le voir tous les jours. Après tout, ils vivaient dans la même maison.

Elle mordit dans son toast. La confiture lui parut un peu trop douceâtre, presque écœurante.

— D'accord.

— D'accord ? C'est bien la première fois que tu te laisses convaincre aussi facilement.

Luke avait une façon bien à lui de trahir son amusement. C'était subtil, le coin de sa bouche se relevait à peine, et cependant bien visible.

— Ce ne sera pas si terrible, dit-elle froidement. Miles a sa vie et j'ai la mienne.

— Il est vraiment plein d'énergie, n'est-ce pas ?

Madeline sourit en regardant Trevor pourchasser un papillon dans le jardin. Son fils avait hérité du teint de son père, cheveux sombres et peau olivâtre, et de son approche ouverte, presque naïve du monde qui l'entourait.

— Il adore jouer dehors. Je me sens un peu coupable de venir en ville pour la saison, car je sais à quel point la campagne lui manque. Mais cette immense maison dans laquelle nous ne sommes que tous les deux... c'était différent, bien sûr, du temps de Colin, mais à présent elle me paraît vite oppressante.

Marta Langley rajusta les plis de son élégante robe de jour, le soleil jouant sur la lourde tresse brune enroulée sur sa nuque. Elle avait fermé et posé son ombrelle à ses côtés sur le banc de pierre, ce qui n'était probablement pas une sage décision, car elle avait tendance à attraper des taches de rousseur.

— Tu as besoin d'un peu de gaieté dans ta vie, ma chérie. Tu adores Trevor, mais il peut toujours venir chez nous à la campagne aussi longtemps que tu supporteras d'être éloignée de lui. Tu es une mère merveilleuse, mais tu devrais recommencer à vivre un peu pour toi et pas uniquement pour lui.

C'est ce que je fais.

Oui, Madeline avait besoin de quelque chose et elle pensait l'avoir en partie trouvé la nuit dernière.

Luke savait éveiller les passions d'une femme, la toucher d'une certaine façon pour la tenter, la provoquer, et lui donner ce dont elle avait besoin au moment précis où elle en avait besoin. Il faisait preuve d'une précision et d'une sensualité sidérantes, comme s'il était en harmonie avec les terminaisons nerveuses de son corps, ses désirs, l'escalade de ses besoins érotiques. Quand il faisait l'amour, il était capable de se contrôler à la perfection, et lorsqu'il s'autorisait enfin à la rejoindre, même là, dans cet instant explosif, elle sentait qu'il retenait quelque chose.

Quoi qu'il se passe entre eux, elle savait qu'un jour elle voudrait qu'il lui donne tout.

Colin avait été un amant enthousiaste et attentionné, mais il était évident que le vicomte d'Altea possédait davantage d'expérience. Il était plus sensible aussi, ce qui était un paradoxe, car nul n'était plus idéaliste que son mari, quand Luke Daudet semblait d'un cynisme à toute épreuve.

Il était à coup sûr différent de l'image qu'il donnait de lui, mais découvrir ses secrets était sans doute impossible.

Tout ce qu'elle savait, songea-t-elle en offrant son visage au soleil, c'était que la décision de l'attirer dans son lit avait peut-être été imprudente, mais qu'elle ne la regrettait pas.

— Je ne sais pas si c'est de gaieté dont j'avais besoin, murmura-t-elle, mais je suis heureuse d'être venue à Londres.

Sa belle-sœur l'examina un instant, les yeux étrécis.

— Oui, dit-elle, je vois cela. En arrivant ce matin, je t'ai trouvée d'une humeur anormalement enjouée. Puis-je te demander pourquoi ?

— Tu peux me le demander, répondit Madeline en s'efforçant d'apparaître sereine et détachée. Mais je ne te répondrai pas. Comment va David ?

— Voilà un changement de conversation bien abrupt.

— Tu as remarqué ?

Marta poussa un soupir exagéré.

— Très bien. Mais j'espère qu'un jour tu accepteras de te confier. David va bien. Nous restons encore une semaine afin qu'il puisse rencontrer le Premier ministre.

Un jour peut-être, se dit Madeline en écoutant la sœur de Colin lui raconter leur voyage depuis le Kent et leurs projets pour la semaine, elle révélerait à Marta ce changement dans sa vie, mais pour le moment, Luke était son secret. Son vilain secret.

— Maman ! Tante Marta !

Trevor remontait l'allée d'un pas prudent, tenant visiblement quelque chose entre ses mains closes. S'il ressemblait beaucoup à Colin, il avait les yeux de sa mère, la même forme et la même nuance, exactement.

— Regardez, dit-il.

Il ouvrit doucement les mains et un petit papillon jaune apparut. Il demeura un instant sur sa paume, puis s'envola en battant frénétiquement des ailes.

Madeline se pencha pour caresser les boucles brunes de son fils.

— Je suis fière de toi, Trevor. Tu as su l'attraper sans lui faire de mal. Et il est très joli.

— Bravo, Trevor, renchérit Marta.

Un grand sourire aux lèvres, le gamin repartit à toutes jambes.

Elle-même mère de deux garçons, Marta murmura :

— Ah, être à ce point fasciné par un insecte ! Je crains que nous ne perdions ce genre d'innocence bien trop vite.

— Oui, je suppose, acquiesça Madeline en suivant son fils des yeux.

— Tu ne devrais pas être seule à t'inquiéter pour lui. Il a besoin d'un père.

Cette dernière remarque agaça Madeline, qui fronça les sourcils.

— Je t'ai déjà dit que je ne souhaite pas me remarier. Colin me manque terriblement. S'il n'était pas mort de façon si soudaine, je sais que nous serions encore tout à fait heureux, mais pour être honnête, même si j'adore mon fils, je ne me remarierai pas juste pour lui. Avant même que je ne m'en rende compte, il sera déjà à Eton, puis à Cambridge, et ensuite il sera majeur. Il commencera sa propre vie alors que je serais encore obligée de supporter un époux. Non merci. Je n'avais aucune disposition pour le veuvage, mais puisque le sort en a décidé ainsi, je suis bien décidée à profiter de ma liberté.

— Je doute que mon frère aurait voulu que tu vives comme une nonne pour le restant de tes jours.

Après la nuit très peu chaste qu'elle venait de vivre, Madeline fit de son mieux pour paraître nonchalante, mais elle sentit une très gênante chaleur lui monter aux joues. Marta voulait qu'elle se remarie, pas qu'elle entretienne une liaison scandaleuse avec le tristement célèbre vicomte d'Altea.

— Il faudrait beaucoup de persuasion et l'homme idéal pour que je change d'avis, déclara-t-elle.

— En attendant, tu es seule. Tu es bien trop jeune et trop belle pour continuer à te languir de Colin.

Tu es trop belle...

Luke avait prononcé les mêmes mots, avec une pointe de ressentiment.

— Je ne me languis pas de lui, déclara Madeline, choisissant ses mots avec soin. Mais je ne suis pas prête à accepter un mariage qui m'apporterait moins que ce que j'ai connu avec Colin. Quitte à choisir, je voudrais davantage. Au moment de sa disparition, nous n'étions mariés que depuis deux ans. Notre relation se construisait, mais n'était pas encore pleinement épanouie. J'étais heureuse de nos débuts et donc, tout naturellement, je me demande à quoi aurait ressemblé le jardin en fleurs ?

Marta demeura pensive un moment avant de se pencher pour lui presser la main.

— Très poétique, ma chère, mais tu dois te rendre compte que la réalité est très différente de ton monde idéal.

Oh, elle s'en était rendu compte ! La réalité, c'était un amant aux yeux gris qui gardait ses secrets tel un avare et dispensait du plaisir tel un magicien.

Depuis la mort de Colin, Luke était le seul homme avec qui elle aurait pu être tentée d'envisager un avenir commun.

Un rêve futile puisque cela ne l'intéressait nullement.

Elle pressa à son tour la main de Marta.

— Je t'en prie, cesse de t'inquiéter pour moi.

— Je ne peux pas te le promettre, mais je peux t'assurer que si tu conserves l'éclat particulier que tu as ce matin, j'arrêterai mes sermons.

Le conserverait-elle ? Difficile à dire. Un peu plus tôt, elle s'était réveillée seule. La dernière fois qu'ils avaient partagé une nuit de passion, Luke et elle, il l'avait évitée pendant plus d'un an.

Cette fois, elle était bien décidée à ce que cela se passe autrement.

10

Il avait vraiment espéré éviter de croiser la route de lord Fitch, mais la plus élémentaire logique voulait que ce soit impossible. Sans parler des divers événements mondains auxquels ils étaient invités tous les deux, ils appartenaient au même club.

— Altea.

Le salut sonore lui fit lever les yeux de son journal. Il hocha froidement la tête.

— Bonjour, milord.

Espèce de misérable salaud.

Il était assez délectable de voir le comte arborer un bleu gigantesque. La marque violacée qui s'étalait de la tempe à la mâchoire témoignait de la précision de Madeline avec un tisonnier.

Dans ce lieu où les voix se réduisaient à un bourdonnement discret, où une odeur de tabac et de cognac flottait dans l'air, chacun était d'ordinaire capable de deviner qu'un homme savourait un moment de lecture solitaire, mais Fitch n'avait jamais été connu pour sa subtilité. Il tira une chaise et s'installa face à Luke sans y avoir été invité.

— Il semblerait que je vous doive des remerciements. Puis-je vous offrir un verre ?

— J'en ai un, répondit Luke en indiquant son whisky. Et si vous parlez de l'autre soir, ce n'était rien, soyez-en assuré. Quoi qu'on vous dise, il n'a été nullement question d'héroïsme.

D'autant qu'il aurait volontiers jeté Sa Seigneurie dans les eaux troubles de la Tamise.

Malheureusement, et en dépit de la guerre, Luke gardait quelques scrupules. Il tuait les hommes à la loyale, mais ne les assassinait pas.

Fitch fit signe à un serveur et commanda un cognac. Il approchait de la cinquantaine, avait quelques fils gris dans les cheveux et un peu de ventre. Sur son visage, par ailleurs assez séduisant, les signes d'une vie dissipée commençaient à être visibles. Pour l'heure, ses yeux profondément enfoncés dans leurs orbites étaient mi-clos et son expression inquisitrice.

— À dire vrai, je n'ai aucune idée de la façon dont je suis arrivé dans cette ruelle. Pouvez-vous me dire comment vous m'avez découvert au juste ?

Luke haussa les épaules et reposa son journal puisque les bonnes manières l'exigeaient.

— Il se trouve que je passais par là et que je vous ai vu gisant à terre.

— On ne m'a pas détroussé.

— Mon arrivée a peut-être fait fuir votre assaillant.

En y repensant, il aurait dû dépouiller le comte de sa bourse et l'offrir à une œuvre de charité quelconque. Cela dit, il ne pouvait pas savoir que Fitch ne se souviendrait pas de l'incident.

— Avez-vous vu quelqu'un ?

— Non.

— Le maître d'hôtel ici ne se souvient ni de mon arrivée ni de mon départ. Vous êtes certain que je me trouvais dans une ruelle toute proche d'ici ?

Fitch s'adossa à son siège, l'air énigmatique.

— Peut-être veniez-vous ici ? répliqua Luke, évitant de répondre directement. Ce qui expliquerait pourquoi le maître d'hôtel ne se souvient pas de vous.

— À pied ? C'est peu probable. J'habite trop loin et mon cocher ne m'a emmené nulle part.

La dernière chose que désirait Luke, c'était que Fitch finisse par se souvenir de ce qui s'était réellement passé, mais le bonhomme sous-entendait qu'il pouvait bien être en train de mentir, ce qui était profondément irritant.

— Milord, êtes-vous en train de me remercier de vous avoir ramené chez vous et d'avoir appelé un médecin, ou mettez-vous en doute mon compte-rendu des événements de cette fâcheuse nuit ?

Fitch plissa les yeux.

— Il me manque quelque chose et je me demande si ce n'est pas lié à cette vile agression sur ma personne.

Vile agression ? L'image de cet individu s'en prenant de la plus immonde des manières à Madeline lui vint à l'esprit et Luke se força à ne pas montrer sa fureur.

— Vous venez de dire qu'on ne vous a rien volé.

— J'aurais dû me montrer plus clair. On ne m'a pas fait les poches. Je trouve cela plutôt curieux, non ?

— Non.

— Non ?

— Je trouve cela plutôt chanceux. Vous vous en êtes donc tiré avec votre bourse *et* la vie sauve, déclara Luke avant de finir son verre et de le reposer d'un geste sec sur la table. Il me semble que vous devriez vous considérer comme un homme extrêmement chanceux.

Jusqu'à quel point devait-il faire preuve de subtilité ? À l'évidence, Fitch était à la pêche aux informations, car – et le médecin ne s'était pas trompé sur ce point – il avait de toute évidence perdu la mémoire, en partie au moins. De son point de vue, il était logique de penser que Luke en saurait plus que quiconque. Tant que cette canaille ne reliait pas l'incident à Madeline…

C'était apparemment un espoir vain.

— Pas aussi chanceux que vous d'après ce que j'ai entendu dire, déclara Fish.

Il rajusta ses manchettes d'un geste nonchalant, mais son regard restait attentif.

— J'ai cru comprendre que vous étiez parti de chez les Masters en compagnie de lady Brewer hier soir. C'est un joli petit lot, pas vrai ?

L'envie de saisir le bonhomme au col, de le plaquer contre le mur et de le réduire en bouillie fut réprimée d'extrême justesse. Un tel geste provoquerait un scandale retentissant. On ne sauve pas un homme un jour pour le massacrer le lendemain sans susciter quelques commentaires.

— De quoi diable parlez-vous ?

— Certains ragots se propagent. À propos de Madeline May et vous.

— Lui manqueriez-vous de respect ? fit Luke, les dents serrées.

Il s'en voulait de montrer ainsi sa colère. D'ordinaire, il savait se contrôler.

— Pas du tout. Je ne faisais que souligner ses charmes indéniables.

Fitch leva les mains d'un air d'excuse, mais il arborait une expression suffisante, comme si la réaction de Luke venait de lui apprendre quelque chose.

— Qui vous le reprocherait, Altea ? enchaîna-t-il. En vérité, je vous félicite d'être parvenu à ouvrir une brèche dans son impénétrable armure. Ne soyez pas si susceptible.

Une fois de plus, Luke se rappela qu'écraser le poing sur le visage ricanant de Fitch dans un établissement aussi respectable serait malvenu. Mais chaque fois qu'il songeait à Madeline endurant les menaces et les commentaires de cet homme, le besoin de la protéger le saisissait.

Il se leva, replia son journal et le glissa sous son bras.

— Vous êtes mal informé, articula-t-il d'un ton glacial. Lady Brewder est repartie dans sa propre voiture. Seule. L'honneur de cette dame ne souffre aucune discussion. Maintenant, si vous voulez bien m'excuser, je suis attendu.

Fitch inclina la tête, l'air toujours aussi imbu de lui-même.

— Bien sûr. Merci encore pour votre… *assistance*, Altea.

En quittant le club, Luke se demanda s'il devait révéler cet échange à Madeline. Il semblait évident que Fitch avait fait le lien entre la perte du journal et son prétendu sauvetage. Malgré sa mémoire défaillante, il soupçonnait que les deux événements n'étaient pas sans rapport.

Enfer et damnation. Pourquoi cette affaire n'était-elle pas réglée une bonne fois pour toutes ? Le détestable Fitch n'était pas idiot. Dépravé et dépourvu de conscience, certes, mais idiot, non.

Il fallait prévenir Madeline que tout ceci n'était pas terminé.

« Avoue aussi, lui chuchota une petite voix tandis qu'il saluait le valet à l'entrée, que tu n'as rien contre le fait de revoir la superbe lady Brewer. »

La réunion avait paru interminable, mais quand Miles se leva pour serrer la main de l'honorable M. Henry Goad et quitta le petit mais prestigieux établissement, ce fut avec un sentiment d'accomplissement. La liasse de papiers entre ses mains augurait d'un avenir prometteur. Il lui fallait désormais se concentrer là-dessus et chasser de son esprit ce qui l'était beaucoup moins.

Comme, par exemple, la présence de la voiture ornée du blason de lord Fawcett qu'il découvrit en arrivant devant la demeure des Daudet – qui était aussi la sienne.

La joie qu'il ressentait s'évanouit d'un coup.

L'intérêt de Fawcett pour Elizabeth avait été assez flagrant. Gravissant les marches qui menaient au porche, Miles s'efforça de se rappeler que le marquis était un chic type et qu'il ferait sans doute un mari admirable.

Maigre consolation.

Il était bien décidé à monter directement dans ses appartements privés, mais c'était sans compter sur le fait que Fawcett venait tout juste d'arriver et qu'il se trouvait encore dans le fabuleux hall d'entrée, admirant ostensiblement une table orientale laquée.

Oui, la journée, qui avait si bien commencé, ne cessait de se détériorer.

— Hawthorne, fit le marquis d'un ton aimable dès qu'il l'aperçut. J'oublie toujours que vous vivez ici. Comment allez-vous ?

« La mémoire nous joue de ces tours », pensa Miles, ironique, mais il hocha poliment la tête.

— Bien, merci.

— Je viens rendre visite à lady Elizabeth, confia Fawcett, comme si cela n'allait pas de soi.

Il portait une veste vert bouteille avec un gilet brodé assorti, un pantalon en daim et des bottes vernies. L'élégance de sa tenue étant rehaussée par de la dentelle aux poignets et une cravate au nœud complexe maintenu par une épingle ornée d'un diamant. Pour ne rien arranger, Miles devait admettre que, dans son genre, Fawcett était plutôt séduisant, à condition d'apprécier les blonds avec de belles dents blanches.

Ce qui était sans doute le cas de la plupart des femmes. Surtout quand l'individu en question possédait aussi un titre, une fortune colossale et était, il le reconnaissait à contrecœur, un type tout à fait correct.

— Oui, je l'aurais deviné, dit Miles en faisant au mieux pour se montrer cordial.

— Il semblerait qu'elle ne soit pas présente, mais c'est lord d'Altea que je souhaite voir, de toute façon.

Le but de cette visite à son tuteur et chaperon était parfaitement clair.

— Je vous souhaite bonne chance, dans ce cas, si vous comptez demander son approbation à Luke.

Miles tournait déjà les talons.

— Hawthorne, un moment, s'il vous plaît.

Il s'immobilisa à regret pour se tourner de nouveau vers le marquis. Celui-ci sembla hésiter, puis demanda :

— A-t-elle parlé de moi ? Je sais que vous êtes très proches tous les deux et je me demandais si lady Elizabeth vous avait jamais dit ce qu'elle ressentait à me voir la courtiser.

C'était une chose de se languir en secret pour une femme qu'il ne pouvait avoir, décida Miles, mais c'en était une tout autre que d'encourager un concurrent.

— Elle ne parle guère de ses prétendants avec moi, murmura-t-il sur un ton délibérément blasé. Nous avons davantage tendance à nous quereller qu'à discuter.

— J'admire son caractère.

— Je parlerais plutôt de son obstination.

Sa Seigneurie éclata de rire.

— Elle a mentionné le fait que vous étiez de sacrés chenapans quand vous étiez enfants. À vrai dire, elle parle souvent de vous. Voilà pourquoi je vous ai demandé si elle vous avait parlé de *moi*.

Elle ne l'avait pas fait. Elle ne mentionnait jamais un seul de cette horde de prétendants qui avaient tendance à s'agglutiner autour d'elle à chaque bal. Ce qui, maintenant qu'il y pensait, était un peu curieux. Ou peut-être pas. Au bout de trois phrases, ils se disputaient déjà, donc sa réticence n'était pas vraiment une surprise.

Elizabeth l'évoquait souvent ? Dans les termes les plus cinglants, sans nul doute.

— Je crains que nous n'ayons jamais parlé de vous, admit-il, ce qui ne veut pas dire grand-chose. Elle ne partage pas ses pensées intimes avec moi.

— Si elle devait vous dire quelque chose… j'apprécierais que vous glissiez un mot en ma faveur. Après tout, vous et moi, nous nous connaissons depuis l'université, n'est-ce pas ?

En effet. Fawcett avait quelques années de plus que lui, mais, d'une certaine façon, ils étaient amis.

Bon sang, s'il pouvait le détester, ce serait plus facile.

Ils furent heureusement interrompus au moment où Miles ouvrait la bouche pour dire qu'il pouvait compter sur son soutien.

— Lord Altea vous attend dans son bureau, milord, annonça le majordome, permettant du même coup à Miles de s'esquiver.

Il gravit l'élégant escalier à double révolution. Cette demande en mariage n'était sans doute pas la seule qu'Elizabeth recevrait, mais il avait le pressentiment qu'elle serait la première à être considérée avec sérieux. Fawcett était un candidat très respectable.

Quand elle se marierait, il la perdrait, ce n'était en rien une révélation, mais la présence du marquis dans cette maison rendait la menace plus immédiate.

Il pourrait lui-même partir pour Bruxelles avec les contrats de la compagnie de navigation. Il avait prévu d'envoyer un émissaire, mais s'il quittait le pays pendant plusieurs mois, il éviterait ainsi la cérémonie de fiançailles, les félicitations…

Oui, c'était ce qu'il allait faire. D'un point de vue professionnel, ce n'était pas le moment idéal pour s'éloigner de Londres, mais cela valait nettement mieux que de rester…

— Tu en as mis un temps.

Il se figea sur le seuil de sa chambre à coucher, la main sur la poignée de la porte. L'objet de ses pensées se tenait près de la fenêtre ouverte par laquelle entrait une douce brise. Elle portait une robe jaune pâle ornée de dentelle aux manches et au décolleté. Sa chevelure était retenue par un simple ruban.

— Que fais-tu ici ? demanda-t-il tandis que son esprit, ce traître, jouait avec la conjonction de deux éléments.

Sa présence dans cette pièce et le meuble qui en constituait l'élément central.

Elizabeth.

Le lit.

Ce dernier – un machin Louis XIV à baldaquin tendu de soie vert sombre avec un couvre-lit assorti – ne se trouvait qu'à quelques pas de l'endroit où elle se tenait. L'unique contribution de Miles à la décoration de cette chambre était la miniature représentant son père sur le manteau de la cheminée ; le reste de l'élégant mobilier – une armoire, un bureau, deux fauteuils près de la cheminée – avait été choisi par sa mère. À vrai dire, il se moquait du décor, car s'il se considérait ici chez lui à Londres, il espérait s'acheter un jour une propriété à la campagne.

— J'espionne, répondit-elle, nullement émue par son accueil peu gracieux. Ta fenêtre donne sur la rue, expliqua-t-elle en se tournant à nouveau vers celle-ci. Il semble que lord Fawcett soit arrivé.

— En effet. Je l'ai croisé en bas.

— Il souhaite parler à Luke.

— C'est ce que j'ai cru comprendre.

Elizabeth soupira et fit alors l'inconcevable : elle alla s'asseoir au bord du lit, l'air pensif… ce qui ne lui ressemblait pas.

— J'espère que ça ne te dérange pas si je me cache ici jusqu'à son départ.

Cela le dérangeait, mais le mot *cache* le frappa au point qu'il garda son commentaire pour lui. La maison était immense. De toutes les cachettes possibles…

— Et peux-tu me dire pourquoi tu te cacherais ? Je croyais que les jeunes dames sur le point de se fiancer avec un beau marquis n'étaient que gloussements et minauderies.

— Je n'ai jamais minaudé de ma vie, l'informa-t-elle non sans agacement. Et tu le sais. Je te préviens, je ne suis pas d'humeur à supporter tes plaisanteries, Miles.

C'était *là* l'Elizabeth qu'il connaissait.

Se sentant un peu idiot de rester planté sur le seuil de sa propre chambre, il se décida enfin à entrer.

— Très bien, tu as tes défauts, mais je reconnais que je ne t'ai jamais vue minauder, ce dont je te suis reconnaissant pour l'éternité, et que tu ne glousses plus depuis que tu as cessé de porter des nattes.

Il posa la liasse de précieux documents sur le bureau avant de se tourner vers elle, un sourcil arqué.

— Donc, reprit-il avec une nonchalance étudiée, puis-je te demander pourquoi tu te caches ?

— Ne ricane pas, mais la réponse est : simple couardise.

— Je ne ricane pas plus que tu ne minaudes, riposta Miles en s'adossant au mur, les bras croisés. De quoi as-tu peur ?

— Une fois que Luke aura rejeté son offre, je crains que lord Fawcett ne demande à me voir. Connaissant mon frère, il enverra bien sûr quelqu'un me chercher. Mais si je suis introuvable…

Elle s'interrompit, afficha un sourire penaud et écarta ses mains fines en un geste éloquent.

— De la pure couardise, tu vois, conclut-elle.

Rejeté son offre.

La phrase sonnait bien. Soudain, Bruxelles l'attirait beaucoup moins.

— Oui, je doute que quiconque te cherche dans ma chambre à coucher, admit Miles avec flegme, en priant pour que sa soudaine exaltation ne soit pas trop visible. Et, sois tranquille, Fawcett est déjà persuadé que tu es absente. Puis-je te demander pourquoi tu es aussi certaine que Luke va rejeter sa proposition ?

— Parce que je ne veux pas l'épouser, bien sûr. Ne joue pas l'idiot, Miles, tu veux ? Luke m'a demandé mon avis et je lui ai dit que le marquis ne m'intéressait pas.

Il était bel et bien idiot, car il était ravi qu'elle refuse d'épouser le séduisant et riche lord Fawcett. Mais il ne s'agissait là que d'un répit de courte durée avant qu'elle choisisse quelqu'un d'autre. Néanmoins, il éprouvait en cet instant une joie et un soulagement irrationnels.

— Je serais curieux de savoir pourquoi Fawcett ne convient pas. Il a un titre, de la fortune, et je n'ai pas remarqué d'excroissance répugnante sur son nez. Bref, c'est un excellent parti.

— Les partis, répliqua Elizabeth avec fermeté, c'est pour la politique. Et si tu essaies de me dire de façon détournée qu'il est séduisant, il l'est, je te l'accorde.

— Je doute d'être un bon juge lorsqu'il s'agit de décider si un homme est attirant physiquement.

— C'est ridicule. Les femmes savent si d'autres femmes sont jolies ou pas.

— Je voulais simplement dire que *je* ne serais pas attiré par lui, répliqua-t-il avec raideur.

Bon sang, qu'est-ce qu'il racontait ?

Elizabeth éclata de rire.

— J'espère bien que non.

Il rougit. Elle avait souvent cet effet sur lui. Il précisa :

— Si j'étais une femme.

Si j'étais une femme ? Seigneur, il s'enferrait ! Pourquoi avait-il dit *ça* ?

— Et si je cherchais un mari titré et fortuné, ajouta-t-il pour se racheter.

Évidemment, elle trouva cette image encore plus amusante.

Il ferait vraiment mieux de fermer sa bouche, et peut-être de ne plus jamais la rouvrir.

À son grand soulagement, elle s'arrêta enfin de rire.

— À t'entendre, on croirait que le mariage ne devrait se fonder que sur le pedigree et la fortune, dit-elle en contemplant ses mains. Je trouve que ce n'est pas juste. *Tu* peux prendre ton temps, décider du moment où tu prendras une épouse. C'est un luxe que *je* n'ai pas.

Ils se retrouvaient là en terrain connu : ils avaient souvent débattu des inégalités entre hommes et femmes, des privilèges des uns, de la soumission des autres.

— Les hommes gouvernent le monde. Nous le savons tous les deux.

— Et c'est peut-être pour cela qu'il y a tant de guerres, déclara-t-elle tandis qu'une flamme s'allumait dans ses yeux gris.

Il aurait pu se perdre à jamais dans les profondeurs lumineuses de ces yeux-là.

— Tu ne trouves pas admirable que nous soyons prêts à mourir pour défendre notre pays et nos familles ?

— Je trouve stupide que vous vous mettiez dans une situation qui vous oblige à les défendre. Les femmes n'agiraient pas ainsi.

— Elles préfèrent la broderie et les ragots. Des activités bien plus productives.

Elle haïssait tout ce qui avait un rapport avec du fil et une aiguille et n'était pas assez mesquine pour médire de qui que ce soit. Son regard dédaigneux aurait incité un homme moins solide à se confondre en excuses. Miles se contenta de s'incliner d'un air moqueur.

— Hormis, bien sûr, la demoiselle ici présente, ajouta-t-il.

— Je me demande pourquoi je me confie à toi.

— Je croyais que tu étais ici en raison de la vue stratégique qu'offre ma fenêtre.

Elle se releva d'un bond pour gagner ladite fenêtre.

— En partie, admit-elle, mais je ne peux pas discuter de cela avec Luke… Il a la fâcheuse habitude de lire en moi comme dans un livre. Et je peux encore moins aborder le sujet du mariage avec ma mère, car elle vire à l'écarlate dès que je commence à lui poser certaines questions.

Seigneur, si elle s'imagine que je vais répondre à des questions portant sur l'intimité entre un homme et une femme...

Une démonstration, peut-être, exhaustive tant qu'à faire, avec moult soupirs et spasmes, mais cela aussi était hors de question, comme l'était cette discussion.

— Je ne suis guère qualifié, dit-il prudemment, toujours adossé au mur. Je suis aussi célibataire que toi.

— Mais pas aussi protégé, répliqua-t-elle en baissant les yeux. Quoi qu'il en soit, je ne te demande rien d'autre que ton avis sur la question. Ai-je tort ?

— Tort à propos de quoi ?

— Je me rends bien compte qu'il ne s'agit pas d'un conte de fées rempli de princes charmants et de licornes qui paissent dans de vertes prairies, mais ce n'est quand même pas trop demander que de vouloir tomber désespérément amoureuse, non ?

Elle avala sa salive, puis :

— Ou suis-je désespérément naïve et idiote ?

Tomber *désespérément* amoureux, songea Miles, était selon son expérience un avant-goût de l'enfer.

— Un peu naïve peut-être, vu ta position dans la société.

C'était une réponse aussi honnête que possible, car le sujet lui était plus que douloureux. Miles ne voulait pas pour elle d'un mariage de raison, mais il ne voulait pas non plus qu'elle tombe amoureuse. Ce serait encore pire que de la voir s'installer avec un chic type comme Fawcett.

Sauf, bien sûr, si elle tombait follement amoureuse de *lui*, Miles.

Le claquement de roues sur les pavés la fit se retourner vers la fenêtre.

— Lord Fawcett est parti, annonça-t-elle avec un soulagement évident.

— Donc, une explication quant à ton refus te sera épargnée, murmura-t-il en s'écartant du mur. Il serait judicieux que tu quittes ma chambre avant que quiconque découvre que tu t'y es réfugiée.

Elle esquissa une petite grimace.

— Sage conseil. J'ai déjà dû endurer un sermon de mon frère qui a tenu à me rappeler que toi et moi n'étions pas vraiment parents.

Miles s'était demandé une ou deux fois si Luke n'avait pas deviné ses sentiments à l'égard d'Elizabeth.

— Vraiment ?

— Il a mentionné le fait que nous sortions seuls. Je lui ai fait remarquer qu'il était trop protecteur et ridicule.

— Vraiment ? répéta Miles avec un sourire cynique.

Elle se dirigea vers la porte dans un bruissement soyeux.

— Je lui ai dit que notre relation n'avait pas changé simplement parce que nous étions un peu plus âgés.

— Vraiment ? dit-il doucement pour la troisième fois tandis qu'elle quittait sa chambre.

11

Le journal se trouvait sur le bureau et Madeline l'observait comme elle aurait pu le faire d'un serpent prêt à mordre.

Il avait été à l'origine d'ennuis considérables, lesquels ennuis avaient changé sa vie. Elle ne pouvait s'empêcher de se demander ce que Colin ressentirait s'il savait ce qu'avait provoqué son besoin de noter ses pensées les plus intimes.

Quand on le lui avait rendu, elle l'avait aussitôt enfermé dans le coffre-fort, au lieu de le ranger simplement dans un tiroir comme avant. Il lui semblait être davantage à l'abri dans cet endroit, mais qu'elle ait été soulagée de l'y retrouver en disait long. Peut-être serait-il plus prudent de trouver une meilleure cachette.

Lord Fitch était parvenu, Dieu seul savait comment, à se le procurer une première fois. Et s'il y parvenait de nouveau ?

Le bureau était silencieux, le fauteuil en cuir confortable, et Colin adorait s'enfermer ici, pour travailler, prétendait-il, mais Madeline avait toujours soupçonné qu'il y passait son temps à rêvasser, à résoudre des rébus, à lire et, visiblement, à tenir son journal. Les bibliothèques qui recouvraient les murs étaient remplies de ses livres bien-aimés, et sa collection de pipes et sa jarre de tabac se trouvaient toujours là où il les avait laissées.

Comme son nouvel amant était différent.

La nature romantique de son mari se traduisait par des bouquets de fleurs, des pique-niques au clair de lune et même quelques poèmes.

Luke, quant à lui, préférait la débarrasser d'individus indésirables couverts de sang et récupérer des biens volés. Les deux hommes ne se ressemblaient guère, c'était une évidence, mais elle ne cherchait pas non plus un substitut à Colin.

Si elle se fiait aux vers qu'il lui avait adressés, elle ne pouvait qu'imaginer ce que son mari avait écrit quand il se croyait à l'abri des regards. Lire son journal la chagrinait toujours, mais leur confidentialité avait déjà été violée par Fitch. Et peut-être pourrait-elle affronter plus facilement Sa Seigneurie, ses regards vicieux et ses suggestions lascives si elle savait exactement ce qu'il avait lu.

Il lui fallut pourtant une bonne dose de courage pour ouvrir le volume protégé par une couverture de cuir souple, craquelée d'avoir été tant manipulée au cours des années. À la vue de l'écriture familière de son mari, une boule douloureuse se forma dans sa gorge, mais elle se força à lire.

Elle ne parvint au premier passage véritablement personnel qu'au bout d'une demi-heure. Colin n'avait pas vraiment tenu un journal, mais s'était contenté de noter par intermittence, comme sous le coup d'une inspiration soudaine, des fragments de sa vie, y compris, remarqua Madeline avec un intérêt amusé, les femmes qu'il avait envisagé de courtiser avant leur rencontre. C'était vraiment un voyage intime et elle était absorbée.

À un moment donné, elle maugréa :

— Carole Faulks, vraiment ?

Elle découvrit qu'il n'avait guère écrit pendant une assez longue période précédant le lendemain de leur nuit de noces... *plus nerveux que mon épouse. J'ai essayé de ne pas l'effrayer en me montrant trop impatient, et je pense avoir fait preuve d'une certaine maladresse, mais il est vrai que je ne cessais de penser à sa virginité. Madeline s'est révélée délicieusement réceptive, réagissant magnifiquement à notre union, et elle n'a pas demandé que j'éteigne les lumières, ce que j'aurais fait si elle l'avait voulu, bien sûr. J'ai été ravi de découvrir qu'elle est une de ces femmes dont les seins sont très sensibles, ainsi, quand je la léchais, a-t-elle montré à quel point cela lui plaisait, enfonçant les doigts dans mes cheveux encore et encore. Je m'efforçais de faire preuve de toute la délicatesse possible quand j'ai rompu sa membrane, mais elle m'a encouragé par ses soupirs haletants et les mouvements exigeants de ses hanches, et je me suis rendu compte, ravi, que la douleur était négligeable comparée au plaisir évident que l'acte en lui-même lui avait procuré.*

Je crois avoir épousé une femme très passionnée...

Elle rougissait encore au souvenir de cette nuit-là. Colin se trompait, elle avait été très nerveuse, mais cette agitation avait été tempérée par le fait qu'elle savait qu'il ferait de son mieux pour rendre cette première fois aussi agréable que possible et, en effet, cela n'avait été que caresses et doux baisers jusqu'à la révélation finale d'un plaisir inattendu. Elle n'avait pas joui, mais elle avait aimé sentir ses mains et sa bouche sur son corps, et se rendre compte qu'elle lui donnait un tel plaisir avait été une leçon stupéfiante sur le pouvoir et l'intimité.

Ce soir-là, elle avait compris son potentiel pas simplement en tant qu'épouse mais en tant que femme, et elle serait à jamais reconnaissante à Colin du soin qu'il avait pris pour l'initier aux joies qu'un homme et une femme pouvaient partager dans une chambre à coucher.

Mais elle *méprisait* Fitch qui s'était octroyé un regard sur leur nuit de noces.

Le coup discret frappé à la porte la fit sursauter, comme si elle faisait quelque chose de mal, et elle dut réprimer l'envie ridicule de cacher le journal dans un tiroir.

— Oui ?

Hubert ouvrit la porte l'air ennuyé.

— Je sais, milady, que vous comptiez profiter d'une soirée tranquille, mais vous avez un visiteur qui demande à être annoncé.

Madeline jeta un coup d'œil à l'horloge. Il était près de 22 heures – pas une heure si tardive que cela dans les milieux à la mode, la plupart des soirées ne commençant même pas avant minuit, mais néanmoins inhabituelle pour une visite mondaine.

— De qui s'agit-il ?

— Du vicomte d'Altea, milady.

Luke. Elle fut incapable de réprimer un petit frisson de satisfaction et d'excitation. Si elle avait choisi de n'assister à aucune réception ce soir, c'était en partie pour ne pas devoir le rencontrer en public si tôt. Elle n'était pas du tout convaincue de pouvoir contrôler ses émotions s'il l'évitait comme il l'avait fait après leur précédente nuit d'amour. Etre déterminée à s'assurer qu'il n'ignorerait pas ce qui s'était passé entre eux ne signifiait pas qu'il y parviendrait. Luke n'était pas le genre d'homme qu'on pouvait manœuvrer aisément – sur ce point, elle ne se faisait aucune illusion. Qu'il ait choisi de lui rendre visite était pour le moins une surprise.

— Faites entrer Sa Seigneurie, je vous prie, et apportez un peu de bordeaux, dit-elle avec toute la dignité dont elle était capable.

— Bien, milady.

Elle regrettait à présent de porter encore sa robe de jour ; elle n'avait pas pris la peine de se changer pour le dîner car elle avait pris son repas seule dans son salon à l'étage. Elle avait lu un livre à son fils après son bain, son petit corps chaud niché contre elle. Il commençait à s'endormir, mais se réveillait d'un coup dès qu'un dragon menaçait une demoiselle en péril. Trevor était fasciné par les dragons et pas du tout par les belles jeunes filles, mais nul doute que cela changerait un jour.

— Vous ne sortez pas.

C'était une affirmation, pas une question. Luke pénétra dans la pièce, irrésistiblement élégant en tenue de soirée, balayant du regard la tenue de Madeline sans laisser paraître approbation ni critique.

— Serait-ce pour éviter d'éventuels murmures ?

— Non, répondit-elle avec franchise. Il y a bel et bien des murmures ?

— Quelques-uns, dit-il en jetant un coup d'œil éloquent au nouveau tapis. Je vois que toute trace de la mésaventure de lord Fitch a disparu.

— Il aurait été difficile de le garder, n'est-ce pas ? Asseyez-vous, je vous en prie. J'ai commandé du vin.

Il esquissa une moue amusée, mais s'installa dans un fauteuil face au bureau.

— Qu'est-ce qui vous fait croire que je vais rester ?

— Vous n'êtes pas là par hasard. Vous ne faites jamais rien sans une bonne raison, milord.

— J'essaie, admit-il en la gratifiant d'un sourire paresseux. Vous me connaissez donc si bien ?

— Très bien par certains côtés, répondit-elle en lui rendant son sourire. Et beaucoup moins par d'autres, mais je commence à apprendre.

Like s'adossa à son siège et croisa nonchalamment les chevilles.

— À quoi suis-je en train de penser, alors ?

— Je ne prétends pas être aussi savante.

— Il se pourrait, dit-il avec calme, que vous le sachiez mieux que moi.

En une fraction de seconde, leur conversation avait changé du tout au tout.

En d'autres termes, il n'était pas certain des raisons qui l'avaient poussé à venir, et pourtant il était là, comme s'il n'avait pu faire autrement. Le cœur de Madeline rata un battement.

— Puis-je risquer une supposition et envisager que l'impulsion qui vous amène ici soit la même que celle qui m'a fait dévaler le porche des Masters hier soir ?

— Vous pouvez supposer...

Il s'interrompit, car Hubert venait de franchir la porte avec un plateau d'argent sur lequel se trouvaient une carafe et deux verres.

Une fois le vin versé et le majordome reparti, il acheva sa phrase comme s'il n'avait pas été interrompu :

— ... tout ce que vous voulez. Je suis ouvert à toutes les interprétations de nos actes, Madge.

Ce « nos » la ravit plus qu'elle n'aurait su le dire. Il signifiait qu'ils partageaient peut-être plus qu'une passion transitoire.

— Je ne puis porter un diagnostic très sûr quant à la maladie qui nous atteint, milord, mais puis-je dire que je suis très heureuse que vous ayez décidé de passer ce soir ?

— J'aime le timbre de votre voix quand il devient aussi grave, murmura-t-il, mais son regard s'était porté sur le journal posé sur le bureau. Je vois que vous avez décidé de le lire.

Elle était somptueuse dans cette mousseline ivoire ornée de rubans verts, quelques mèches folles s'échappant de sa coiffure, les ombres délicates sous les yeux rappelant qu'il l'avait tenue éveillée la majeure partie de la nuit.

Elle suivit la direction de son regard, et son sourire s'effaça.

— J'ai pensé que je le devais.

— Savoir c'est pouvoir, approuva-t-il. Et si je suis certain que votre mari était un homme bien, car sinon vous ne l'auriez pas aimé si profondément, il paraît judicieux d'en savoir au moins autant que Fitch quant à ses écrits intimes.

Elle dut sentir quelque chose dans sa voix, car une lueur de désarroi passa dans ses yeux sombres.

— C'est pour cela que vous êtes là, n'est-ce pas ?

— En partie.

Luke l'étudia, son verre de vin à la main. Le lourd bureau en chêne semblait trop grand pour elle, et sa robe tout simple la faisait paraître plus jeune, de même que son expression vulnérable.

— Il a retrouvé la mémoire, murmura-t-elle, résignée. Je ne pensais pas que vous me rendriez visite à une heure aussi tardive sans avoir une bonne raison.

— Non, il ne se souvient de rien avec précision, et, Fitch mis à part, vous voir est une raison tout à fait suffisante. Après tout, nous entretenons une liaison, n'est-ce pas, lady Brewer ?

Il gardait délibérément un ton léger et taquin pour éviter de susciter plus de détresse encore.

— Et il s'est à l'évidence passé quelque chose qui fait croire que nous ne pouvons pas faire en sorte qu'elle demeure discrète, dit-elle.

En toute honnêteté, il n'avait jamais cru que cela serait possible, surtout après son départ précipité de cette soirée dans son sillage. Avant sa conversation avec Fitch, il avait cependant été prêt à l'envisager. Pour son bien à elle. Les veuves disposaient certes de davantage de libertés que les jeunes ingénues, mais le beau monde guettait avec la férocité d'un prédateur la moindre possibilité de scandale, et aussi vertueux que soit son passé, une association avec l'infâme Altea lui apporterait une notoriété certaine.

Donc, si rumeurs il devait y avoir, mieux peut-être valait que l'on sache que Madeline était sous sa protection. Luke la contempla encore un instant, puis décida d'aller droit au but.

— Notre départ mutuel a été remarqué hier, quand bien même vous êtes repartie seule dans votre voiture. Je savais qu'il en serait ainsi. J'y ai réfléchi toute la journée et, à la lumière des insinuations à peine voilées de Fitch – il se doute que nous avons récupéré le journal et que nous sommes mêlés à sa mésaventure –, je pense qu'il vaut mieux qu'on comprenne que vous êtes sous ma protection. Au moins cela vous épargnera-t-il les manœuvres d'autres hommes qui, jusqu'à présent, vous considéraient comme immunisée à leurs avances.

— Qu'entendez-vous par protection ? Je n'ai pas besoin de votre soutien financier, Altea, lâcha-t-elle, outrée. Je suis…

— Je ne vous offrais pas ce genre de protection, Madge, l'interrompit-il, amusé, alors épargnez-moi cet air hautain. Je propose simplement que nous nous montrions ensemble en public ; si je vous escorte partout avec un air de propriétaire, Fitch vous laissera tranquille, ou au moins, il comprendra que c'est à moi désormais qu'il aura affaire.

Tout comme le comprendraient les autres gentlemen qui l'admiraient.

Maudits soient-ils. Il devait admettre qu'une certaine jalousie l'étreignait. Ce qui signifiait que Madeline était différente, mais cela il le savait depuis longtemps. C'était même la raison pour laquelle il l'évitait depuis un an.

Ce qui ne changeait rien à sa position quant au mariage.

Mais, au moins, il pouvait lui offrir une certaine sécurité, sinon contre les ragots, en tout cas contre les agissements d'un rustre tel que Fitch.

— Vous possédez bien plus d'expérience que moi en matière de comportements licencieux, il vaut donc mieux que je m'incline, je suppose, murmura Madeline.

Et comme c'est *moi* qui ai eu l'audace de *vous* faire des propositions, je dois endosser ma part de responsabilité quant aux ragots, mais je suis prête à accepter votre aide maintenant que ma vie a tant changé.

Luke n'était pas certain de comprendre certains aspects de leur relation, et celui-ci était l'un d'entre eux.

— Vous pourriez vous remarier.

— Je me suis mariée par amour une fois, dit-elle en laissant son regard dériver vers le journal de son mari. J'ai eu beaucoup de chance, car mes sentiments étaient partagés. Je ne crois pas que j'apprécierais une autre sorte d'union. C'est égoïste de ma part, je suppose, car Trevor aurait bien besoin d'un père, mais combien d'hommes désirent élever l'enfant d'un autre ?

Ne sachant trop que dire, Luke demeura silencieux. Son refus d'envisager le mariage n'avait rien à voir avec son fils. Sa position serait-elle différente que l'idée d'un enfant dans sa vie lui paraîtrait attirante, mais peut-être étaient-ce ses responsabilités envers Elizabeth qui lui faisaient voir les choses différemment. Madeline élevait seule son enfant, et il ne l'en l'admirait que davantage.

— Vous êtes mon caprice personnel, milord, dit-elle avec un petit sourire si féminin, si tentateur.

Il se souvenait trop bien du goût de ses lèvres, de la merveilleuse douceur de sa peau sous ses doigts…

— Je peux en dire autant de vous, répliqua-t-il en la parcourant d'un lent regard. Et maintenant, puisqu'il semble que nous partagions le même dessein, pourquoi ne monteriez-vous pas vous changer ? Je suis sûr que nous sommes tous deux invités aux mêmes soirées. Ce pourrait être le moment idéal pour nourrir les ragots et donner un avertissement à Fitch dans la foulée. Qu'il comprenne que lancer la moindre attaque contre l'un d'entre nous serait à ses risques et périls. Je n'ai pas envie de devoir le tuer, ajouta-t-il avec nonchalance.

Cette déclaration barbare fit écarquiller les yeux de Madeline.

— Vous le provoqueriez vraiment en duel ?

— Ma chère Madge, je vous l'ai déjà dit. Mérite-t-il votre inquiétude ?

Elle se leva dans une cascade de mousseline.

— Vous est-il venu à l'idée, Altea, que c'est pour vous que je pourrais m'inquiéter ?

— Non, répondit-il, sincère, en se levant à son tour.

Il était excellent tireur et de vingt ans plus jeune que lord Fitch.

— Les hommes, maugréa-t-elle en contournant le bureau.

— Les femmes, rétorqua-t-il en levant paresseusement son verre sans la quitter des yeux. Ne soyez pas trop longue avec votre toilette, je vous prie. Nous nous contenterons de faire une apparition ici ou là, afin qu'on nous remarque ensemble. Ce qu'il se passera *après* m'intéresse bien davantage.

12

Jamais depuis qu'elle était réapparue en société, plus de quatre ans après la mort de Colin, Madeline n'avait éprouvé une telle nervosité en pénétrant dans une salle de bal. Ce soir, c'était très différent bien sûr, car elle ne se risquait pas dans les eaux dangereuses de la haute société en tant que veuve qui n'avait plus besoin d'un chaperon. Non, cette fois, quand on les annonça, elle était au bras de Luke.

Il inclina la tête vers elle en un geste qui ne laissait que peu de doute quant à l'intimité qu'ils partageaient.

— Il y a foule. Je crois que nous n'aurons aucun mal à atteindre notre but.

Son souffle était chaud sur sa joue, sa bouche très proche de son oreille, et une lueur amusée dansait dans ses yeux gris.

— Je le crois aussi, milord, murmura-t-elle.

Déjà des dizaines de regards curieux se tournaient vers eux, leur arrivée déclenchant un accroissement subtil du volume sonore. Madeline redoutait quelque peu les conséquences – la désapprobation de Marta et de son mari était envisageable, et sa propre mère risquait de ne pas voir d'un bon œil une association avec un vicomte d'Altea réputé pour son goût pour les liaisons très passagères –, mais pas au point de se refuser ce plaisir.

Sourire aux lèvres, leur hôtesse, la duchesse de Debonne, les rejoignit, sa brune chevelure relevée en une coiffure complexe, des diamants au poignet, et un diamant de la taille d'un œuf de caille niché au creux de son généreux décolleté.

— Lady Brewer, la salua-t-elle. Et lord d'Altea. Quel plaisir que vous ayez pu venir aussi.

En parfait gentleman, il s'inclina sur la main tendue de la duchesse, non sans afficher un sourire légèrement ironique.

— Votre Grâce. Tout le plaisir est pour nous.

Donc, maintenant, il parlait *pour* elle, nota Madeline, moins agacée qu'elle ne l'aurait cru.

— Le vicomte a eu la bonté de m'escorter, dit-elle.

— Si bonté il y a, ce dont je doute, elle n'est qu'envers moi-même, déclara Luke avant de se retourner vers la duchesse. Vous êtes très en beauté ce soir, Bess. Les diamants des Debonne vous vont à ravir.

La familiarité du ton n'échappa pas à Madeline. La duchesse avait sans doute dépassé la quarantaine, mais elle affichait une beauté majestueuse, et après quatre enfants, une silhouette que n'importe quelle femme lui envierait.

Apparemment, ils se connaissaient très bien.

Le compliment suscita un sourire indulgent chez l'intéressée.

— Et vous êtes très séduisant, comme toujours, milord.

— Comment va George ?

Le duc fut écarté d'un petit geste négligent de la main.

— Bien. Il doit être à son club. Vous savez combien il déteste ce genre d'événements mondains.

— Qui semble être un formidable succès. J'ai l'impression que tout Londres est présent, commenta Luke en scrutant la foule.

— Apparemment, fit la duchesse avec un sourire éblouissant. Quitte à organiser une soirée, autant bien faire les choses. Il faudra que vous m'accordiez une valse tout à l'heure, si lady Brewer ne voit pas d'inconvénient à ce que je vous emprunte brièvement.

C'était aussi simple que cela. Madeline ne savait trop comment prendre la chose. Il suffisait donc qu'elle pénètre dans une salle de bal au bras de Luke pour que tout le monde s'imagine qu'ils avaient une liaison. Ce qui était le cas, se rappela-t-elle, mais cela n'en restait pas moins déconcertant. Jusqu'à ce soir, sa réputation avait été sans tache.

— Comme si je pouvais l'empêcher de faire ce que bon lui semble, répondit Madeline avec un sourire qu'elle espérait serein. Le connaissant si bien, je suis sûre que vous serez d'accord avec moi : la docilité n'est pas sa qualité première.

La duchesse éclata de rire et gratifia Luke d'un petit coup d'éventail sur l'épaule.

— Dieu que c'est vrai. Au moins, elle vous comprend, mon cher. J'ai fait monter le meilleur cognac de George au cas où Longhaven et vous décideriez de faire une apparition.

— Je reconnais bien là votre excès de bienveillance, Bess.

— Sans doute suscité par votre excès de charme, Altea.

Oui, il *pouvait* être charmeur. Il pouvait aussi se montrer évasif et distant. Mais il demeurait toujours courtois et séduisant.

Quand la duchesse les abandonna pour d'autres invités, Madeline se tourna vers son cavalier.

— Toutes les femmes flirtent-elles avec vous ?

Il haussa les épaules.

— Je n'y prête pas vraiment attention.

— Je vous pose la question simplement au cas où Sa Grâce ne serait pas la seule ici à savoir quel est votre cognac préféré.

— Et celui de Michael, ne l'oubliez pas. George, son mari, est un ami. Seigneur, qu'il fait chaud ici. Et si nous tentions de nous frayer un passage jusqu'au buffet ? Peut-être qu'un verre de champagne bien frais nous ferait du bien.

Du champagne pour elle, et du cognac pour lui, sans nul doute, se dit-elle avec une pointe de jalousie, une émotion qui ne lui était pas familière.

— Je ne toucherais jamais la femme de George, murmura-t-il afin qu'elle soit la seule à l'entendre. Donc, n'ayez pas une mauvaise opinion de la duchesse, car nous ne sommes qu'amis.

Comment diable devinait-il aussi facilement ses pensées ?

— Vous n'avez pas à vous défendre devant moi.

— Je la défendais, elle, pas moi.

— Ce qui est encore plus irritant.

Et très maladroit de sa part de l'admettre.

— Vous préféreriez une attitude moins chevaleresque ? s'enquit-il, amusé.

Non, reconnut-elle, et elle se montrait franchement ridicule, car elle n'avait aucun droit sur Luke. Son inexpérience en matière de liaisons ne constituait pas une excuse.

Ils passèrent devant un groupe de matrones qui ne se donnèrent même pas la peine de masquer leur curiosité.

— Je suis désolée, dit-elle. Je ne possède pas votre sang-froid quant à la... situation qui est la nôtre.

L'expression de Luke s'adoucit.

— Je sais, ma chère Madge. Et vous ne m'en plaisez que davantage.

Elle lui plaisait. Ce qui était bien le moins pour des amants. Des sentiments plus forts seraient aussi plus compliqués à affronter.

Les deux heures qui suivirent passèrent comme dans un brouillard. Elle dansa, but du champagne, attentive aux murmures autour d'elle, se demandant combien parmi ces personnes étaient en train de parler d'elle, puis décidant que c'était vaniteux de sa part d'imaginer que sa vie puisse exercer un tel intérêt. Luke accorda bien une valse à la duchesse, sa blondeur contrastant avec la brune élégance de leur hôtesse, mais quand ils passèrent près de Madeline, il lui adressa un sourire si ensorceleur que la tension de la soirée s'envola. C'était comme une promesse de ce qui viendrait plus tard quand ils seraient seuls.

Une sensation qu'elle éprouvait autrefois avec Colin, songea-t-elle, nostalgique, la main posée sur l'épaule d'un jeune homme dont elle avait oublié le nom tandis qu'ils tournoyaient sur la piste de danse.

Sauf que ce qu'elle vivait avec Luke n'était en *rien* comparable à son mariage.

— Et moi qui pensais qu'il suffirait de récupérer ce journal, déclara Michael d'un ton neutre, comme toujours. C'est en tout cas ce que tu m'as affirmé.

Impossible à ne pas remarquer, avec sa chevelure blonde, Madeline était encore en train de danser, et Luke suivait ses évolutions si fluides avec une attention songeuse. Elle avait choisi une robe de taffetas indigo qui mettait en valeur son teint de porcelaine.

— Je le croyais aussi. Mais Fitch reste un problème. Je ne veux pas qu'il s'en prenne à elle.

— Et donc, tu as galamment décidé de ruiner sa réputation ?

Ce n'était pas une critique. Michael ne jugeait jamais. Sa vision de la vie était plus complexe, elle ne se basait pas sur des concepts aussi simples que les jugements moraux. Cela mis à part, son observation était exacte s'il fallait en croire l'attention démesurée dont ils faisaient l'objet ce soir.

— J'admets avoir des circonstances atténuantes.

— Comme ses charmes indéniables, que tu as apparemment trouvés irrésistibles.

— Tout homme sain de corps et d'esprit serait tenté.

— Elle est jolie, reconnut Michael en suivant les évolutions de Madeline sur la piste de danse. Mais cela n'a jamais été suffisant en ce qui te concerne. Je ne t'ai encore jamais vu escorter quiconque en public, hormis ta mère et ta sœur.

Ils se tenaient près d'une colonne grecque qui soutenait le plafond orné d'une fresque sur laquelle des chérubins s'ébattaient.

— Ce n'était pas une décision impétueuse. Nous sommes tous deux libres et adultes. Nous pouvons agir comme bon nous semble. Elle connaît ma position quant à un arrangement plus permanent.

— Vraiment ?

Michael se tourna pour fixer son ami.

— Madeline est une jolie femme passionnée qui se trouve avoir besoin de ma protection en ce moment. C'est une relation satisfaisante pour tous les deux, tu peux me faire confiance.

— Je te confierais ma vie, murmura le marquis de Longhaven. C'est incontesté et a été prouvé, je crois.

Sans cette confiance mutuelle dont ils avaient fait preuve pendant la guerre en Espagne, ni l'un ni l'autre ne seraient là ce soir.

— Mais ? fit Luke d'un ton faussement désinvolte, car il avait toujours accordé de la valeur à l'opinion de Michael .

— As-tu déjà lu *Le Marchand de Venise* ?

S'il n'avait été habitué à la façon dont l'esprit de Michael fonctionnait, ce changement de sujet abrupt l'aurait pris de court.

— Shakespeare ? Bien sûr.

— « Qu'un grand droit naisse au prix d'une petite entorse[1] », cita Michael.

— S'agit-il d'un sermon ? Dans ce cas, épargne-moi tes citations et dis ce que tu as à dire.

— Je ne sermonne jamais personne.

Là-dessus, l'énigmatique marquis de Longhaven s'écarta du pilier auquel il était nonchalamment adossé et s'éloigna.

Que diable cela signifiait-il ?

Bonté divine, Luke refusait de se sentir coupable. Si Madeline ne lui avait pas couru après lors de ce dîner, il aurait volontiers gardé ses distances. À vrai dire, il avait fait de son mieux pour que leurs chemins ne se croisent plus. Si sa mémoire ne le trompait pas, c'était *elle* qui lui avait fait des avances et…

— Je sens que c'est encore moi qui vais devoir raccompagner Elizabeth et tante Suzette aux premières heures du matin.

La voix enjouée qui venait d'interrompre ses pensées appartenait à Miles. Très élégant dans son habit de soirée, son cousin le fixait avec une curiosité à peine dissimulée.

— Tu avais d'autres projets ? s'enquit Luke en se rendant compte avec dépit que, pour la première fois de la saison, il n'avait pas pris l'emploi du temps de sa sœur en considération quand il avait proposé à Madeline de l'accompagner à ce bal.

Une flûte de champagne à la main, Miles s'adossa au même endroit que Michael un instant plus tôt.

— Rien de plus urgent qu'une visite chez Brookes. Que je peux remettre.

Luke n'appréciait pas ses devoirs de chaperon, mais il ne les négligeait pas non plus. L'avenir de sa sœur était important pour lui. Cela dit, il avait confiance en Miles. S'il avait conseillé à Elizabeth de ne plus sortir seule

1. Traduction de Jean Grosjean. *(N.d.T.)*

avec lui, c'était essentiellement à cause du qu'en-dira-t-on et non parce qu'il nourrissait le moindre doute à son égard. Du reste, leur mère serait présente.

— Dans ce cas, tu me rendrais service. J'ai d'autres engagements pour ce soir.

— C'est ce que j'ai cru comprendre, déclara Miles, qui se garda toutefois d'en dire davantage.

— À ce propos, si lady Brewer daigne m'accorder son attention, je crois qu'il est temps pour nous de prendre congé.

Tandis qu'il se frayait un chemin parmi la foule, des amis l'arrêtèrent pour le saluer et une nouvelle valse avait commencé lorsqu'il atteignit le bord de la piste. Il attendit patiemment, mais à la seconde où le morceau s'acheva, il s'avança parmi les couples de danseurs avant que quiconque puisse inviter Madeline, interceptant un jeune homme qu'il gratifia d'un regard glacial. Il dut lutter pour ne pas enrouler un bras possessif autour de sa taille tandis qu'il l'escortait hors de la piste de danse.

— Vous me paraissiez fatiguée.

— Et vous, au bord de l'ennui, répliqua-t-elle, compréhensive.

— Dans la mesure où nous avons fait ce pour quoi nous sommes venus, je préférerais être seul avec vous.

Alors qu'elle posait ses doigts minces sur sa manche, il eut l'impression qu'elle rougissait.

— Je suis prête à partir si vous l'êtes.

— Je vous préviens, tout Londres nous regarde, dit-il, les yeux fixés sur la porte de la salle.

— J'en ai l'impression, en effet, répondit-elle avec sérénité. Mais que vous vouliez intimider lord Fitch n'est pas une raison pour vous conduire comme si vous exerciez quelque droit seigneurial. Si je trébuche sur ma robe, cela attirera encore davantage l'attention. Fait-il absolument que nous marchions si vite ?

Elle avait raison, bien sûr. Luke se força à ralentir l'allure, amusé par sa propre attitude, mais aussi déconcerté.

— Mille excuses.

Quelques instants plus tard, il l'aidait à grimper dans son attelage avec plus de retenue, tout en songeant qu'il n'allait pas en être ainsi toute la nuit. Il s'installa en face d'elle et cogna au plafond de l'habitacle pour donner le signal du départ à son cocher.

— Demain, je devrais peut-être chercher un terrain plus neutre.

Madeline parut décontenancée.

— Je vous demande pardon ?

Les courbes délicieuses de sa poitrine étaient infiniment distrayantes. Il se força à la regarder dans les yeux.

— Un endroit où nous pourrons nous rencontrer et rester ensemble sans que nous ayons à subir la curiosité de nos domestiques ou de nos voisins.

Elle battit des paupières, puis :

— Non. Même si j'apprécie votre offre, dont je sais que vous ne la faites que par égard pour moi, elle n'est pas nécessaire.

— Nous aurions davantage d'intimité.

— Je passe rarement la nuit loin de Trevor. Nous prenons toujours notre petit-déjeuner ensemble. Maintenant qu'il grandit, cela lui arrive moins souvent, mais il peut encore avoir besoin de moi s'il fait un cauchemar ou ne se sent pas bien. Comprenez-moi.

— Je n'avais pas songé à cela, avoua-t-il avec un sourire presque involontaire.

Là, dans cette voiture, si proche, toute en chair pulpeuse et épaules dénudées, il ne pensait pas à elle comme à une mère, mais comme à une femme. Une femme extrêmement désirable.

— J'ai pris mes dispositions, expliqua-t-il, pour qu'on raccompagne Elizabeth, mais mes responsabilités envers une jeune fille de dix-neuf ans ne sont en rien comparables aux vôtres avec votre petit garçon. Pardonnez mon ignorance.

— Il n'y a rien à pardonner. Quand vous aurez des enfants, vous comprendrez sans doute...

Elle s'interrompit, et détourna les yeux.

— Il a d'autant plus besoin de vous qu'il n'a que vous, murmura-t-il, se demandant soudain si elle n'avait pas désiré une grande famille.

— Oui, répondit-elle avec fermeté et conviction. Il ne se souvient pas de son père. Il était trop jeune.

— Il ne s'agit peut-être que de ma propre expérience, mais ce n'est pas beaucoup plus simple quand on est plus âgé et qu'on se souvient.

Luke tourna le regard vers la fenêtre.

— J'étais en Espagne quand j'ai reçu la lettre. Nous venions de livrer une bataille sanglante, des centaines de morts. Mais cela, je pouvais le comprendre, c'était la guerre. En revanche, comment un homme en parfaite santé comme mon père avait-il pu succomber subitement à ce que les docteurs ne prenaient que pour une petit toux ?

— Je suis désolée.

Il esquissa un sourire sans joie.

— Je l'étais moi aussi. Imaginez un homme adulte – un homme habitué à affronter les ravages de la guerre – anéanti au point de se réfugier dans sa tente pour pleurer comme un enfant. Je suppose que rien ne peut vous préparer à cela.

— Nul ne s'attend que vous soyez de pierre, milord, dit-elle d'une voix très douce.

Peut-être pas, mais il y avait des moments où il aurait préféré ne pas éprouver des sentiments aussi profonds. La façade cassante ne reflétait en rien l'homme qu'il était à l'intérieur.

— Qui que nous soyons, nous avons tous nos démons.

— C'est vrai, acquiesça Madeline qui hésita avant d'ajouter : J'ai détesté être manipulée par lord Fitch. Je n'arrêtais pas de me dire qu'il ne pouvait faire pire que de m'humilier en public. Mais quand il est venu chez moi, j'ai découvert que je m'étais trompée.

— Et vous l'avez promptement estourbi avec un tisonnier, répondit Luke, soulagé que leur conversation prenne un autre tour.

Madeline et lui avaient tous deux perdu un être très cher. Il était inutile de s'étendre sur le sujet.

Elle lui adressa un regard réprobateur, mais le coin de ses lèvres frémit.

— J'étais sur le point de dire que ce fiasco m'avait fait réexaminer ma vie.

— Comment cela ?

Les roues faisaient un vacarme assourdissant sur les pavés, la nuit était tiède et le moment poignant. Cette sensation ne lui était pas inconnue : celle où vous avez l'impression que vous êtes sur le point de rencontrer votre destin, mais il n'en dit rien. Il n'était pas prêt à s'expliquer. Il ne le serait peut-être jamais.

Madeline lissa ses jupes d'un geste lent, le visage détourné de telle sorte qu'il ne distinguait que son profil. Elle s'éclaircit la voix.

— Comme je l'ai déjà dit, Altea, vous êtes un caprice personnel et, même si je déteste l'admettre, peut-être une nécessité contre lord Fitch. Peu m'importe de dissimuler notre liaison, que ce soit pour mon bien ou même pour celui de mon fils. Je refuse de céder au chantage juste pour éviter un scandale.

Il avait déjà suffisamment de raisons de l'admirer sans qu'elle y ajoute dignité et courage.

La gratifiant d'un sourire provocant, il murmura :

— Ne vous inquiétez pas, milady, je ferai en sorte que le scandale en vaille la peine.

13

Quelles étaient, au juste, ses prérogatives en tant que chaperon ? se demanda Miles.

Ratant un pas et manquant de peu d'écraser le pied de sa cavalière, il fit de son mieux pour revenir à son occupation présente, en l'occurrence, achever cette danse avec la fille d'un des amis de son beau-père. Mlle Furnish était blonde, jolie et malheureusement insipide. Pour couronner le tout, elle concluait chacune de ses phrases par un gloussement. Seigneur ! Quand bien même cela lui permettrait de trouver un nouvel investisseur pour sa compagnie naissante endurer une seconde danse était au-dessus de ses forces.

Il fut soulagé lorsque la musique cessa, et pas seulement parce que sa partenaire lui portait sur les nerfs.

Que diable fabriquait Elizabeth ?

Bien sûr, elle ignorait complètement que Peter Thomas suivait avec une remarquable persévérance les traces de son père en matière de prodigalité et de vice, dilapidant le peu de fortune que possédait encore sa famille dans le jeu et les bordels. En ce qui concernait ces derniers, la rumeur prétendait qu'il y était connu en tant que Peter le Chenapan, en raison du plaisir qu'il prenait à être fessé. De façon regrettable, Elizabeth ne voyait du bonhomme que ses boucles blondes, ses yeux bleus et ses manières courtoises.

Dire que Miles le détestait était un euphémisme, et si Luke avait été présent, il serait à coup sûr intervenu pour empêcher une *troisième* valse avec l'avenant lord Peter. Mais Luke n'était plus là, et Miles craignait, s'il montrait le moindre signe de désapprobation, qu'Elizabeth ne trouve ce vaurien que plus attirant encore.

Lady Altea – tante Suzette pour lui – était en compagnie de ses amies habituelles. Il réussit à se frayer un chemin jusqu'à elle, afficha son sourire le plus charmant pour saluer la cohorte assez intimidante de matrones qui l'entouraient, et parvint à l'entraîner à l'écart.

— Croyez-vous vraiment qu'Elizabeth devrait s'afficher aussi ouvertement en compagnie de Peter Thomas ? demanda-t-il d'emblée.

— C'est le fils d'un duc, répondit sa tante comme si cela suffisait à absoudre le fils en question de tous ses péchés.

— Le fils dépravé d'un duc, précisa Miles, sachant qu'il lui était impossible d'entrer dans les détails.

Aucun gentleman ne révélerait les habitudes de jeu d'un de ses pairs, et il n'était pas question de mentionner devant sa tante le penchant de Thomas pour les prostituées et encore moins ses goûts très particuliers.

Mais il fallait *quand même* faire quelque chose.

Malgré son âge, Suzette Daudet était encore une beauté. Miles la trouvait parfois frivole, mais après toutes ces années, il savait qu'elle était beaucoup plus perspicace qu'il n'y paraissait. Elle étrécit les yeux avant de soupirer :

— Je reconnais cette expression. Les hommes sont tous pareils. Vous savez une chose désagréable à son sujet que vous répugnez à me révéler.

— C'est possible. Pour le moins, sa famille est au bord de la ruine. Cela, tout le monde le sait. Il ne faudrait pas qu'Elizabeth se marie grâce à sa dot. Elle finirait par s'en rendre compte et serait furieuse.

Et blessée. S'il ne pouvait l'avoir, qu'au moins elle épouse un homme qui la méritait, bon sang. Il la voulait, mais il voulait avant tout qu'elle soit heureuse.

Tante Suzette lui tapota le bras.

— Je vais intervenir. C'est très gentil de ta part de t'inquiéter pour elle.

— Je ne suis pas inquiet, se défendit-il, convaincu qu'aucun homme n'aimait se faire traiter de « gentil ». Je suis juste…

Elle haussa les sourcils, attendant qu'il achève sa phrase.

Oh, bonté divine, oui, il *était* inquiet ! L'idée que son vœu le plus cher se réalise et qu'Elizabeth tombe amoureuse de lui l'empêchait de dormir. C'était un rêve, bien sûr, un rêve qu'il faisait éveillé.

Et qui n'allait pas être gâché par un crétin pervers tel que Peter Thomas.

— La dernière fois que je les ai vus, ils se trouvaient là-bas, ajouta-t-il en indiquant discrètement l'endroit. J'admets que je suis un peu inquiet qu'il ne tente de l'attirer sur la terrasse.

Cela suffit à alarmer Suzette qui se mit aussitôt en branle dans un chuintement de soie lavande. Il la suivit d'un pas plus mesuré, la regarda glisser son bras sous celui de sa fille, murmurer quelques mots bien trop polis à l'adresse de Thomas et entraîner Elizabeth hors de la piste de danse.

Vigilant, mais essayant de demeurer discret, Miles renonça à danser le reste de la soirée. Il se contenta d'errer aux abords de la piste et de regarder Elizabeth sourire et flirter. Quand, enfin, arriva le moment où sa tante lui demanda de faire appeler leur attelage, il avait mal à la mâchoire d'avoir serré les dents pendant des heures.

Dans ces conditions, la dispute qui éclata dès qu'ils furent dans la voiture ne fut pas vraiment une surprise.

Elizabeth lui adressa ce regard qu'elle ne réservait qu'à lui, il en était certain, où le dédain se mélangeait à la fureur.

— J'ai cru comprendre que lord Peter n'avait pas reçu ta royale approbation, attaqua-t-elle d'emblée en s'installant en face de lui.

Avec sa robe de dentelle ivoire au décolleté profond, et ses anglaises qui s'échappaient de son chignon pour caresser ses épaules nues, il n'était pas étonnant qu'elle ait été harcelée par ses admirateurs toute la soirée.

— Ce n'est pas du tout ce que j'ai dit, protesta tante Suzette en adressant un regard de reproche à sa fille. J'ai simplement signalé que Miles jugeait prudent que tu ne permettes pas à lord Peter Thomas de te monopoliser.

— Depuis quand le jugement de Miles quant à ce qui est prudent ou pas est-il devenu un critère en matière de comportement ? répliqua Elizabeth en lui adressant un autre regard méprisant. Que je sache, c'est à *lui* qu'on attribue la fréquentation de créatures douteuses. Comme, par exemple, une certaine très jeune comtesse, mariée à un très vieil homme, qui aime se divertir en compagnie de jeunes célibataires.

Outrée, sa tante laissa échapper un petit cri.

— Elizabeth !

Celle-ci s'empourpra, mais ne cilla pas.

— C'est ce que j'ai entendu dire, reprit-elle, et puisqu'il critique mon comportement, nous pourrions peut-être nous pencher sur le sien.

L'accusation était assez proche de la vérité pour qu'il rougisse à son tour. Il avait été davantage poursuivi que poursuivant dans cette affaire, et il ignorait que la rumeur avait pris une ampleur telle qu'elle avait atteint les oreilles innocentes de sa cousine. Néanmoins, il n'avait pas couché avec la dame en question, et pas parce qu'elle ne le souhaitait pas. Ces derniers temps, il avait découvert que son amour pour Elizabeth nuisait à toute envie de liaison passagère, il s'était donc contenté de flirter de façon somme toute inoffensive.

— Ma réputation n'est pas le problème, rétorqua-t-il avec raideur. Et ceci n'est en rien une compétition.

— J'ai dansé avec un homme devant des centaines de personnes. Ce n'est en rien une atteinte à ma réputation.

— Demande à Luke s'il voit en Peter Thomas un prétendant convenable.

— Et cela te paraît une raison suffisante pour suggérer à ma mère de me traîner hors de la piste devant tout le monde ?

Elle avait raison, mais lui aussi. Cette impasse était irritante.

— Je sais des choses à son sujet que tu ignores.

La lueur de défi qu'il ne connaissait que trop bien s'alluma dans son regard.

— Alors, dis-moi lesquelles.

Il avait utilisé une formulation malheureuse. Elle détestait qu'il sache ce qu'elle ignorait. En outre, il n'était pas question de répéter ces ragots.

— Non.

— Dans ce cas, pardonne-moi si je n'accorde pas beaucoup de poids à tes objections. Non que ton avis fasse une grande différence de toute manière.

— Elizabeth, fit sa mère d'un ton ferme, Miles n'est intervenu que pour ton bien. Je te trouve incroyablement désobligeante.

Miles faillit tressaillir. La raison première de son intervention était bien moins généreuse que cela, néanmoins, il avait vraiment cherché à protéger Elizabeth, se rappela-t-il. Pas de doute, Thomas était un type peu fréquentable.

— Interroge Luke à propos de Peter Thomas, dit-il sèchement. Je refuse d'en discuter davantage.

Il *refusait*.

Cette arrogance toute masculine lui donnait envie de hurler. Elizabeth fixa Miles, se demandant si elle éprouverait un quelconque soulagement en l'étranglant avec sa propre cravate.

Probablement.

À la vérité, elle était parvenue toute seule à la conclusion que lord Peter se montrait un peu trop charmeur. Elle était peut-être jeune et dépourvue d'expérience, mais elle possédait un cerveau en parfait état de marche et elle savait faire la différence entre un intérêt réel et un flirt calculé. Si elle avait dansé trois fois avec lui, c'était uniquement parce que sa compagnie était amusante et qu'il était un excellent partenaire. Rien de plus.

L'intervention de Miles était donc parfaitement inutile.

— Très bien. Mais laisse-moi te dire…

L'homme assis en face d'elle, ses longues jambes étendues devant lui, les yeux à demi clos, émit un bruyant soupir et la coupa :

— Je savais que tu insisterais. Seigneur, faut-il absolument que nous poursuivions cette discussion ? Une fois de plus, nous ne sommes pas d'accord. J'ai dit ce que j'avais à dire. Tenons-nous-en là.

— … que je ne suis pas une poupée sans cervelle, Miles, continua-t-elle sans se soucier de son interruption. Je suis parfaitement capable de prendre mes propres décisions, et cela inclut décider avec qui je veux danser et combien de fois.

— C'est ce que tu penses, mais ce qui s'est passé ce soir montre à quel point tu te trompes, déclara-t-il d'une voix beaucoup trop douce. Dis-moi : a-t-il tenté de te persuader de sortir sur la terrasse avec lui ?

Oui, il l'avait fait. Deux fois, à vrai dire.

Devant son hésitation, Miles maugréa :

— Ah, ah ! Je le savais.

Elizabeth lutta contre l'envie d'effacer ce sourire insolent avec une bonne claque.

— J'ai refusé. Alors, ne va pas t'imaginer que te mêler de mes affaires a fait la moindre différence. Tu n'as réussi qu'à m'humilier en envoyant ma mère me chercher.

— Je n'appellerais pas cela une humiliation.

— Sois assuré que la prochaine fois que tu danseras avec quelqu'un qui ne *me* plaît pas, je te le ferai savoir.

— Tu es terriblement susceptible, non ?

— Et tu es terriblement présomptueux, non ?

— Dieu du ciel ! s'exclama sa mère, exaspérée. Cela suffit. Miles est un homme adulte et il peut danser avec qui il veut sans que tu aies ton mot à dire, Elizabeth. Quant à moi, j'apprécie qu'il veille ainsi sur toi.

« Qu'il se mêle de mes affaires » serait une expression plus appropriée, faillit rétorquer Elizabeth, mais elle s'en abstint par respect pour sa mère. Le reste du trajet se déroula dans un silence pesant uniquement brisé par le claquement des roues sur les pavés.

Elle avait bien senti que Peter Thomas obéissait à des motifs cachés en lui adressant tant de commentaires flatteurs… ce qui signifiait du même coup que Miles avait, d'une certaine façon, raison, admit-elle à regret.

Quand la voiture s'immobilisa enfin, elle avait retrouvé son calme, au point même de le laisser l'aider à en descendre.

C'était curieux, mais même lorsqu'ils se disputaient, ils étaient dans l'ensemble d'accord. Il en avait toujours été ainsi.

— On fait la paix ? demanda-t-il doucement, ses mains s'attardant sur sa taille tandis qu'il la dévisageait.

Combien de fois, l'un ou l'autre avait-il posé cette question ? se demanda-t-elle. Mais il n'était plus ce jeune garçon qui l'avait poussée dans la boue ou qui avait suggéré qu'ils pataugent dans la rivière alors que leur gouvernante le leur avait formellement interdit. Le clair de lune soulignait la ligne de sa mâchoire et l'arc de ses sourcils, nota-t-elle, et bien qu'il n'eût pas le moins du monde l'air désolé, elle n'imaginait pas rester fâchée contre lui.

— On fait la paix, acquiesça-t-elle, soudain consciente de la chaleur de ses paumes à travers sa robe. Mais seulement si tu me dis pourquoi lord Peter est un parti si peu convenable.

— Jamais, dit-il en la lâchant. Ce n'est pas pour tes oreilles, crois-moi.

— Tu n'as même pas trois ans de plus que moi. Comment se fait-il que tu saches certains détails scabreux et pas moi ?

— Les hommes colportent des ragots autant que les femmes, dit-il en haussant les épaules. C'est juste que nous parlons de choses différentes. Et ne fais pas comme si les femmes ne se serraient pas aussi les coudes. Je suis certain que tu sais des choses que personne ne me dira jamais.

— On pourrait peut-être échanger nos informations.

Elle plaisantait, bien sûr. Elle ne lui rapporterait jamais ce que certaines de ses connaissances féminines racontaient à son propos. C'était déjà suffisamment exaspérant comme cela, sans qu'en plus, *il* le sache.

— Ce n'est pas Peter Thomas que je cherche à protéger, mais *toi.*

Étrange notion. Miles la protégeant. Mais, au fond, c'était ce qu'il avait toujours fait, à sa façon.

— Je l'éviterai désormais, consentit-elle. Peut-être devrais-tu me donner la liste des gentlemen dont les secrets sordides font le bonheur de ton cercle mondain. Cela me faciliterait les choses.

Il s'esclaffa.

— Et en retour, tu pourrais me prévenir grâce à quelque signal convenu entre nous quand certaines dames lorgnent d'un peu trop près sur mon célibat.

— Je t'ai prévenu à propos de Susanna Meyer, dit-elle en montant les marches à ses côtés. Mais je pourrais siffler comme tu me l'as appris si j'en vois une passer.

— Voilà qui serait très distingué.

— Tu trouves aussi ?

Elle lui adressa un sourire taquin.

— Je suis sûr que tu ferais ton effet dans les cercles à la mode, assura-t-il. Et, oui, tu m'as prévenu à propos de Mlle Meyer. Nous sommes donc quittes.

Il s'effaça pour la laisser entrer.

— Et je t'en suis reconnaissant, enchaîna-t-il, car en dépit de ses qualités… euh, impressionnantes, elle me donne envie de fuir.

Il était facile de deviner quelles qualités il trouvait si impressionnantes.

— Comme un vrai débauché, murmura Elizabeth.

— Non, rectifia-t-il en s'engageant derrière elle dans le hall. Comme un homme qui possède un minimum d'instinct de conservation.

— Et quelle est la différence ?

Tandis qu'ils passaient devant le tableau du Bernin suspendu dans le passage voûté qui donnait accès aux pièces de réception, elle commença d'enlever ses gants d'un geste paresseux, mais n'en guetta pas moins la réponse de Miles.

Venaient-ils de se quereller ? Comme toujours, leur dispute avait pris fin avec la soudaineté d'un orage d'été.

— Éviter les avances prédatrices de jeunes femmes enthousiastes n'est pas du tout la même chose que les séduire, répondit-il, l'air amusé.

— Je n'ai pas dit que c'étaient elles que tu cherchais à séduire.

— Tiendrais-tu un journal de ma vie privée ? Si c'est le cas, tu ferais aussi bien de m'interroger pour t'assurer que tes informations sont exactes.

— Je me contrefiche de tes affaires privées.

— Pourtant, tu les évoques très souvent.

Ils traversèrent l'imposant hall principal pour rejoindre l'escalier. Elizabeth s'engagea la première sur les marches.

— Ce soir, c'était uniquement par ce que tu m'avais agacée.

— C'est étonnant, marmonna-t-il à voix si basse qu'elle faillit ne pas l'entendre.

Elle se retourna pour le regarder droit dans les yeux. Ses cheveux bruns étaient légèrement en désordre, remarqua-t-elle comme il s'immobilisait une marche plus bas, le regard inquisiteur. Pour une raison inconnue, une onde de chaleur la submergea tandis qu'elle prenait conscience de l'odeur de son eau de Cologne – subtile mais tangible vu sa proximité –, ainsi que de sa haute taille, de son corps athlétique, et surtout, du regard qu'il posait sur elle.

Miles.

Tout à coup, elle fut incapable de se souvenir de la réplique cinglante qu'elle était censée lui adresser. Ils demeurèrent ainsi un moment, jusqu'à ce qu'il hausse un sourcil interrogateur.

Elle se rendit alors compte que son cœur battait à tout rompre.

Sans aucune raison.

Soudain, elle fit volte-face et, sans un mot, gravit les marches à toute allure pour rejoindre sa chambre.

14

Il était très tard et la chambre était plongée dans la pénombre. Les doigts de Madeline couraient le long de sa colonne vertébrale.

— Hum…

— Serait-ce un compliment ? murmura Luke avec un petit rire, son souffle caressant les cheveux de Madeline tandis que les battements de son cœur s'apaisaient.

La femme allongée sous lui était parfaite, douce et parfumée, toute en soupirs brûlants et chaleur sensuelle. Il déposa un baiser au creux de sa gorge.

— Je répondrai quand j'aurai retrouvé mes esprits.

Elle se cambra sous lui, les paupières closes, ses longs cils encore frémissants.

Il la délesta de son poids et roula sur le flanc, le corps recouvert d'un voile de sueur.

— Et peut-être que je t'entendrai quand le tumulte en moi se sera calmé.

— Serait-ce *là* un compliment ? souffla-t-elle.

Elle s'étira, puis se nicha contre lui.

C'en était un, et elle le savait sûrement en dépit de son ton taquin. Il s'interdit de regarder l'horloge posée sur le manteau de la cheminée. Le moment était venu de partir et il n'en avait aucune envie. Vouloir se réveiller dans ses bras était un caprice dangereux.

— Peut-être bien, répondit-il.

— Nous nous complétons, dit-elle en lui caressant la joue d'un geste hésitant avant d'ajouter très vite : Ici, en tout cas.

Elle voulait dire, au lit. Il lui prit la main pour lui embrasser le bout des doigts, un à un.

— Oui, nous nous complétons.

— Mais peut-être suis-je naïve, dit-elle en fronçant imperceptiblement les sourcils. Peut-être que toutes les femmes avec qui tu as couché ressentent la même chose.

Il faillit lui demander ce qu'elle entendait par « la même chose ».

Il sourit et laissa un doigt s'égarer entre ses seins, continuer vers son ventre et plus bas encore.

— Tu tentes d'analyser ce qui ne peut l'être. Ce qu'un homme et une femme ressentent ensemble est toujours une expérience subjective. Je peux t'assurer que je prends énormément de plaisir.

— Tu *sembles* sincère...

Elle se cambra quand il lui frôla la cuisse.

Il l'était. Il aurait aimé pouvoir oublier le goût magique de ses baisers, ce délicieux soupir quand il la pénétrait, la douceur soyeuse de sa peau... mais il en était incapable. Quelle que soit l'issue de cette liaison, Luke avait désormais le sentiment qu'elle aussi allait le hanter jusqu'à la fin de ses jours.

En d'autres termes, il n'avait rien appris de ses erreurs.

Ce n'était pas du tout ce qu'il cherchait quand il avait cédé à ses bas instincts et l'avait séduite de nouveau.

Une nuit d'été, une rencontre fortuite, une belle femme se promenant dans les jardins à une époque où il était si vulnérable, car l'Espagne semblait si lointaine maintenant qu'il se consacrait à son nouveau rôle de vicomte ; la confusion des sentiments qui l'avait poussé à échanger des plaisanteries de moins en moins innocentes... et ensuite... Ensuite, Madeline l'avait regardé avec ces yeux superbes, et pour la première fois depuis la mort de Maria, il avait éprouvé du désir pour une autre femme. Elle avait acquiescé quand il avait proposé de la raccompagner chez elle, et cela n'avait été que plus tard, après une nuit de passion inoubliable, qu'il avait appris que cette femme si belle était en fait une jeune veuve vertueuse qui venait à peine de faire son retour dans le monde. Il n'avait pas voulu cela, une simple relation sans lendemain...

Ou peut-être était-ce *exactement* ce qu'il voulait, chuchota une voix insidieuse. Une simple partie de jambes en l'air ne l'aurait pas autant bouleversé. Peut-être lui avait-on accordé le paradis sur terre sans avoir à revêtir des ailes d'ange.

— Ni l'un ni l'autre nous n'avons oublié cette nuit, dit-il dans un élan de sincérité, ou nous ne serions pas là ensemble. Ne fais pas l'erreur de croire que tu n'es pas différente des autres.

Il voulait lui donner au moins cela : qu'elle sache que garder ses distances avec elle lui avait coûté.

— Je le suis vraiment ? En quoi ?

Il le lut dans ses yeux : ce n'était la vanité qui la poussait à poser cette question, mais l'incertitude.

Mais il en avait déjà beaucoup trop dit. Délibérément, il afficha un petit sourire moqueur.

— Par où commencer ? Nulle autre n'a des seins comme les tiens. Opulents, pleins, et juste à la taille de mes mains...

Joignant le geste à la parole, il emprisonna l'un de ses seins.

— Ce soir au bal, tous les hommes m'enviaient.

— Et toutes les femmes ont dû être jalouses de moi en nous voyant arriver et partir ensemble, répliqua-t-elle d'un ton qui se voulait léger.

Il laissa échapper un rire moqueur.

— Comme si chaque jeune mâle ne serait pas prêt à m'arracher le cœur parce que je suis ici avec toi.

— Mais je ne voudrais être avec aucun d'entre eux, répondit-elle dans un souffle en plongeant son regard dans le sien.

Le problème, c'était qu'il la croyait. Et qu'il était assez arrogant pour lui demander en retour :

— En quoi suis-*je* différent ?

— Je ne sais pas.

Luke laissa ses doigts glisser sur la traînée iridescente que sa semence avait laissée sur sa cuisse.

— Moi non plus, je ne sais pas pourquoi je suis ici, déclara-t-il.

Refusant de laisser la moindre gravité s'installer entre eux, il sourit, et enchaîna :

— Mais mieux vaut ne pas trop réfléchir à une heure aussi matinale. Disons juste que je te trouve légèrement dangereuse pour ma tranquillité d'esprit et que, malgré tout, je ne peux pas contrôler mes désirs.

— Nous sommes deux. Alors ne perdons pas notre temps à essayer.

Elle sourit à son tour, une lueur malicieuse dans le regard.

— Puis-je ajouter que j'aime ce que tu fais avec tes doigts en ce moment, mais que quelques centimètres plus haut seraient préférables ?

Qu'elle accepte de mettre un terme à cette discussion était un soulagement, d'autant que disséquer motifs et conséquences alors qu'elle s'offrait ainsi, languide et prête aux jeux les plus érotiques, était impossible.

— Ici ?

Il frôla le triangle bouclé entre ses cuisses avant de glisser un doigt dans sa fente. Elle était déjà trempée, et si brûlante qu'il sentit son propre sexe durcir de nouveau.

Il en fut le premier surpris, car il pensait être rassasié.

Languide, elle ferma les paupières tout en écartant les jambes.

— Tu n'es donc jamais fatigué ? chuchota-t-elle.

— Je le suis un peu, admit-il en l'embrassant sous un sein, là où sa peau était légèrement salée, et agissait sur lui tel un puissant aphrodisiaque. Mais il me reste apparemment quelques forces.

— Je vois cela.

Elle avait entrouvert les yeux et contemplait son érection.

— Et toi ? Es-tu trop fatiguée pour que je reste encore un peu ?

— Absolument pas.

— C'est bien ce que je pensais.

Appuyé sur le coude, Luke commença à mimer l'acte d'amour, faisant aller et venir lentement son doigt en elle. Quand il ajouta un deuxième doigt, elle prit une brève inspiration.

— Oui, souffla-t-elle en creusant les reins.

— Ai-je posé une question ?

— Je n'en ai aucune idée, articula-t-elle avec peine comme il frôlait son clitoris du pouce.

— Tu veux que je te baise encore ?

Elle lui adressa un regard aussi surpris que choqué, et Luke devina qu'elle n'avait jamais pratiqué cette sorte de jeu avec son mari. Il esquissa un lent sourire tout en continuant de l'exciter.

— Désolé, mais je n'ai rien d'un enfant de chœur.

Avant qu'elle puisse répondre, il imprima un mouvement circulaire à son pouce ce qui provoqua un spasme suivi d'un long frisson.

— Oh… mon Dieu !

— Je veux bien continuer, mais il faut que tu me le demandes gentiment.

— Luke…

— Un simple « s'il te plaît » suffira.

Il savait qu'elle était au bord de l'orgasme.

— Oui… oui, s'il te plaît.

Il accéda à sa requête et sentit avec satisfaction ses muscles intimes se contracter autour de ses doigts. Il la garda un long, très long moment au sommet de la vague, et ce fut elle qui repoussa sa main, à bout de souffle, le corps encore parcouru de spasmes incontrôlables.

— Brute, dit-elle.

Il éclata de rire avant de s'étirer à ses côtés, son sexe de nouveau orgueilleusement dressé.

— C'est *toi* qui as demandé, lui rappela-t-il.

— On peut être deux à jouer à ce genre de jeu, Altea, répliqua Madeline avant de s'agenouiller, et de repousser sa chevelure par-dessus son épaule.

Que c'était gratifiant de voir une lueur de surprise dans ses yeux alors que, comparée à lui, elle avait si souvent l'impression d'être de nouveau une ingénue. Elle était consciente qu'il pourrait lui résister, mais quand elle posa la main sur son épaule et lui ordonna de s'allonger sur le dos, il se contenta d'arquer un sourcil avant de lui obéir.

Elle ne put s'empêcher d'admirer son corps, les muscles saillants de son torse, ses longues jambes, son ventre ferme et, bien sûr, son sexe splendidement érigé, à l'extrémité duquel une petite goutte translucide avait perlé. Elle n'était pas d'une nature audacieuse, mais ce duel érotique avec Luke était différent. Elle n'était pas une épouse soumise, qui avait tout à apprendre, elle était une *maîtresse*.

Et ce seul mot lui donnait une étrange sensation de puissance. C'était son choix, à elle. Si elle souhaitait mettre un terme à cette relation dès le lendemain, elle pourrait le faire. Il la laisserait partir, elle le savait, et c'était peut-être aussi pour cette raison que s'engager dans cette aventure lui semblait… sans danger.

Le pouvoir est une drogue entêtante.

Tendant la main, elle la fit glisser le long de sa formidable érection et fut surprise de sentir les battements de son pouls sous ses doigts. Luke demanda d'une voix étranglée :

— Et si je te présentais des excuses pour m'être montré autoritaire ?

— Tu n'aimes pas cela ?

Ses doigts descendirent le long de son sexe brûlant pour venir en étreindre doucement la base.

— J'adore, mais j'ai la vague impression que tu comptes te venger, dit-il en la surveillant entre ses paupières mi-closes. Et il se trouve que je suis dans une position très vulnérable en ce moment.

Il était extraordinairement séduisant, dut-elle admettre, avec ses cheveux en bataille, ses traits fermes et bien dessinés, sans parler de ce sourire qu'il ne laissait apparaître que lorsqu'il désirait se montrer charmeur. En s'abandonnant ainsi, il semblait plus viril que jamais.

— Je ne te ferai pas mal, promit-elle d'une voix sourde.

Puis elle inclina la tête. Elle n'avait donné du plaisir à Colin avec sa bouche qu'une seule fois, et cela après un an de mariage, quand il le lui avait suggéré à l'oreille. Ce qui l'avait profondément choquée. Pourtant, si elle s'en souvenait bien, il avait adoré cela, et Luke méritait certes qu'elle lui rende la monnaie de sa pièce.

L'extrémité gonflée de son sexe franchit la barrière de ses lèvres et elle la lécha doucement, arrachant un gémissement très gratifiant à Luke. Sa peau avait la douceur du satin, sa chair la dureté de l'acier. Il avait un goût délicieusement salé.

— Madge… murmura-t-il.

Ses cuisses se contractaient sous ses paumes et elle le prit davantage dans sa bouche, consciente de son manque d'expérience, mais improvisant au fur et à mesure. À en juger par sa respiration erratique, elle ne se débrouillait pas trop mal.

— Tu... ne devrais pas.

Mais, contredisant ses paroles, il enfouit les doigts dans sa chevelure et souleva légèrement les hanches pour s'enfoncer un peu plus loin.

Voulait-il dire qu'aucune vraie lady ne ferait jamais une chose pareille ? Peut-être, mais elle était en train de découvrir qu'au lit être une lady n'offrait aucun avantage, alors que faire ce qu'elle aimait – et ce que son partenaire aimait – était bien plus agréable. Ainsi, en cet instant, Luke était entièrement à sa merci, la tête ployée contre les oreillers, le souffle haletant.

Comme il était agréable de mettre un tel homme à genoux, même si ça n'était qu'au sens figuré.

— J'y suis... presque... arrête.

Sa voix était heurtée, mais ses mains furent insistantes tandis qu'il lui relevait la tête avant de la renverser sur le dos, les yeux brillant à la lueur de la lampe.

— Sorcière, marmonna-t-il avant de capturer sa bouche tout en s'installant entre ses cuisses.

Il l'empala avec assez de force pour lui arracher un petit cri, mais sans provoquer la moindre douleur. En fait, ce fut une sensation sublime tandis qu'il s'enfonçait en elle jusqu'à la garde.

— Ça ne prendra pas longtemps, lui chuchota-t-il à l'oreille, l'haleine brûlante.

Leur étreinte fut fiévreuse, sauvage et érotiquement satisfaisante. Comme promis, elle fut très rapide, car ils étaient tous deux si excités qu'ils atteignirent la jouissance ensemble, frémissant dans la même seconde, avant de s'écrouler, repus, moites et épuisés.

— Tu es la seule responsable de cette impétuosité adolescente, murmura finalement Luke d'une voix où perçait l'amusement.

Il repoussa quelques mèches sur son front. Le geste apparaissait d'autant plus tendre et doux que leur étreinte avait été frénétique.

— Vraiment ? s'esclaffa-t-elle. Faut-il que je te demande pardon ?

— D'être aussi sensuelle et dépourvue d'inhibition ? Je ne pense pas, non.

— Vous-même êtes assez audacieux, milord, commenta-t-elle en lui caressant l'épaule.

— Ce qui me rappelle que je devrais partir.

Il tourna les yeux vers la fenêtre où les premières lueurs de l'aube commençaient à apparaître entre les rideaux à demi tirés.

— En fait, reprit-il, j'aurais dû partir depuis longtemps.

Madeline aurait voulu protester... elle voulait s'endormir entre ses bras, mais elle savait qu'il avait raison. Trevor se levait de bonne heure, ce qui signifiait qu'elle dormirait très peu. Elle refusait de ne pas prendre le petit-déjeuner avec son fils.

Elle se contenta donc d'acquiescer et regarda Luke se lever, se laver rapidement avant de se rhabiller. Haute silhouette dans la chambre encore obscure, il hésita un instant avant de venir déposer sur ses lèvres un petit baiser d'adieu. Un baiser délicieux, car il s'attarda avant de s'écarter avec un soupir éloquent.

Et il disparut. Pas de promesses. Luke n'en faisait pas. Il avait même insisté sur le fait qu'il n'y en aurait *jamais*.

Elle le savait depuis le début, se tança-t-elle.

Elle avait choisi de s'engager dans cette aventure et si, au bout du compte, l'aventure elle-même était sa seule récompense, il faudrait qu'elle s'en contente. Luke la protégeait peut-être, la désirait sans aucun doute, mais avant même qu'elle ne l'invite dans son lit, il avait clairement signifié qu'il n'y aurait pas de mariage.

Pourtant, tout au fond d'elle-même, elle ne pouvait s'empêcher de se demander, de façon assez perverse, s'il n'y avait pas une possibilité de le faire changer d'avis.

15

Encore des fleurs. Miles eut envie de flanquer son poing dans le mur. Il s'empara de la carte qui accompagnait l'un des bouquets ; elle appartenait à un comte deux fois plus vieux qu'Elizabeth.

— Pervers, maugréa-t-il.

— Ne te gêne surtout pas.

La voix derrière lui était glaciale.

Vexé, il se retourna, se demandant encore pourquoi il était entré dans cette pièce – chose qu'il faisait tous les jours pour découvrir qui étaient les nouveaux prétendants d'Elizabeth, mais ne tenait pas à reconnaître.

— Ce bouquet est particulièrement ostentatoire, commenta-t-il avec autant d'aplomb qu'il était possible quand on venait de se faire pincer en flagrant délit d'espionnage. L'odeur est insupportable jusque dans le couloir.

Elizabeth croisa les bras et haussa un sourcil.

— Désolée que l'odeur des fleurs offense ton odorat. Alors, dis-moi, de qui sont-elles ?

— Disons juste qu'il est assez vieux pour être ton père, et restons-en là.

Il remit la carte à sa place et sortit son mouchoir pour essuyer le pollen sur ses doigts.

Il n'avait rien trouvé de mieux pour éviter de la regarder. Un stratagème qui se révéla fort peu efficace, car la politesse le força bientôt à lever les yeux. Elle portait une robe blanche toute simple et elle le fixait de ce regard qui hantait ses rêves – des rêves dont aucune jeune fille innocente ne pouvait imaginer le contenu.

— Je ne comprends pas pourquoi tu te soucies de savoir qui m'envoie des fleurs, observa-t-elle.

Se dérober était facile – il était devenu un expert ces derniers temps.

— Tu devrais peut-être ouvrir une serre ou, mieux encore, ta propre boutique. Je peux même t'aider à en trouver le nom. La Boutique des bouquets dédaignés ou alors Les Roses rejetées. Ou bien…

— Cesse d'essayer d'être drôle, parce que tu ne l'es pas, coupa Elizabeth.

Elle s'avança dans la pièce, semblant surtout intéressée par les chrysanthèmes et les diverses autres variétés de fleurs qui l'encombraient. Elle frôla une rose jaune du bout du doigt.

— Tu n'apprécies pas les messieurs qui envoient des fleurs aux dames, j'ai compris. Mais toi, que fais-*tu* ?

Son profil était pur, parfait, et si familier qu'il pouvait fermer les yeux et le voir encore. Miles ne se souvenait pas de sa vie avant elle, et il était bien incapable de l'imaginer quand ils emprunteraient des routes différentes. Perdu dans ses pensées, il en oublia la question.

— Qu'est-ce que je fais à propos de quoi ? demanda-t-il bêtement, tout en admirant son cou gracile.

Le creux entre les clavicules était délicat, parfait, et y poser la bouche…

Une lueur d'agacement amusé passa dans les yeux d'argent.

— Miles, ne sois pas si obtus. Quand tu courtises une dame, comment t'y prends-tu ?

Il ne les courtisait pas, bien sûr, pas au sens où elle l'entendait. Oh, il n'était pas chaste ! Il avait eu sa part de liaisons sans lendemain, mais il ne *courtisait* personne. Il était amoureux d'Elizabeth depuis si longtemps qu'il ne pouvait envisager qui que ce soit d'autre avec sérieux. Mais une fois qu'elle serait mariée, il n'aurait d'autre choix que de l'oublier.

L'oublier ? Non, impossible. Il lui faudrait juste s'adapter à son absence dans sa vie.

Cela aussi serait sans doute impossible. Finalement, son existence s'annonçait comme une leçon de pur malheur.

— Je ne gaspille pas mon argent avec des fleurs. C'est vraiment trop banal, dit-il en désignant un petit vase en argent rempli de violettes. Mais c'est un avis que ne partage visiblement pas lord Peter.

— Allons-nous encore nous disputer à son sujet ? Il ne m'intéresse pas, un point c'est tout, et tu n'as pas répondu à ma question.

— Je n'ai pas encore jeté mon dévolu sur une dame en particulier. Je n'ai que vingt-deux ans.

— Et moi dix-neuf, répliqua-t-elle en se tournant pour le dévisager. Et pourtant, je suis censée me dépêcher de me trouver un mari comme si tous les chiens de l'enfer étaient lancés à mes trousses.

Ce fut plus fort que lui : son ton acerbe et la métaphore le firent sourire.

— Je croyais que toutes les jeunes filles ne nourrissaient qu'un seul désir : emprisonner un malheureux innocent dans leurs filets pour lui infliger une vie de reproches tout en dilapidant sa fortune dans des frivolités.

— Si cela se passe ainsi, rétorqua Elizabeth avec feu, c'est qu'on nous y force. Très franchement, j'envie lady Brewer. Si Luke et elle sont amants, c'est parce qu'elle en a fait le choix et personne n'exige d'elle qu'elle l'épouse.

Le mot *amants* suscita des images que Miles aurait préféré ne pas visualiser en cet instant. Il contempla la porte avec regret : Elizabeth se trouvait sur son chemin, il lui faudrait la contourner pour sortir de la pièce.

— Nous ne devrions pas spéculer sur leur relation, déclara-t-il. Cela ne nous concerne en rien.

— C'est ce que tu penses de tes liaisons ?

Était-elle jalouse tout court, ou jalouse de cette plus grande liberté dont il disposait en tant qu'homme dans une société où ces derniers détenaient le pouvoir ?

— Sans commentaire.

Alors qu'il se décidait à tenter de rejoindre la sortie – bon sang, comment parvenait-elle à être aussi provocante dans une robe aussi virginale ? –, Elizabeth demanda d'une voix complètement différente :

— Comment est-ce ?

— De quoi parles-tu ?

Il s'immobilisa malgré lui, car il ne voulait rien tant que fuir sa présence au plus vite.

Et, perversement, rester avec elle pour toujours.

Un fichu dilemme.

Les bras croisés, elle appuya la hanche contre une table en acajou.

— Ne faisons pas semblant. Tu commences à acquérir une certaine réputation en matière de débauche. J'admets avoir trouvé cela déconcertant au début, parce que... eh bien, parce que tu es *toi*, mais maintenant je commence à me demander si je ne devrais pas te poser les questions auxquelles ma mère refuse de répondre.

Apparemment, les chiens de l'enfer en avaient aussi après lui. Il était temps de prendre ses jambes à son cou et de fuir très loin, très vite. À cette époque de l'année, les Pyrénées étaient agréables, disait-on.

— Puis-je te demander ce qui suscite cet intérêt soudain ?

— Non.

Miles était certain d'une chose : ce n'était pas parce qu'il avait lu une carte accompagnant un bouquet qu'Elizabeth réagissait ainsi.

— Miles, je déteste être dans l'ignorance sur quelque sujet que ce soit, déclara-t-elle tandis que ses pommettes se coloraient imperceptiblement. Surtout quand tu en sais plus que moi. Après tout, nous nous connaissons depuis toujours… *notre* toujours, en fait. Je ne vois pas pourquoi tu refuserais de me livrer certains détails.

Notre toujours. Elle n'aurait pu choisir couteau plus tranchant pour lui lacérer le cœur.

— Que diable veux-tu savoir ? demanda-t-il avec brusquerie.

— Ce qu'il se passe *exactement*.

Malheureusement, il savait fort bien à quoi elle faisait allusion. Il connaissait cette lueur dans son regard, la même que lorsqu'elle lui avait demandé de lui apprendre à nager, à lancer une balle de cricket, à grimper à un arbre…

Pas vraiment les divertissements habituels des jeunes filles de la haute société, ce qui expliquait sans doute pourquoi la plupart d'entre elles ne lui inspiraient que de l'ennui. Cela n'avait jamais été le cas avec Elizabeth, même à l'époque où il était un garçon de onze ans qui se considérait comme bien supérieur aux *filles*.

Et la requête qu'elle lui adressait maintenant n'était certes pas de celles qu'une jeune fille de la haute société pouvait s'autoriser.

— Il n'est pas question que je te donne je ne sais quelle leçon sur les comportements licencieux, gronda-t-il. Tu as dépassé les limites en me demandant une chose pareille. Maintenant, si tu veux bien m'excuser…

— Depuis quand te soucies-tu des convenances, surtout avec moi ?

— Tu fais exprès d'ergoter ? Si c'est le cas, je passe mon tour.

Il était temps de partir.

Elle lui coupa la route.

— Tout ce que je demande, c'est une simple explication technique de ce qui se passe entre un homme et une femme quand ils se trouvent dans une chambre à coucher. Pourquoi faut-il que ce soit aussi secret ?

Une part d'elle-même se demandait ce qu'elle était en train de faire. Cela avait commencé cette nuit, quand elle avait perdu tous ses repères, quand son existence avait basculé. Et maintenant, elle voulait... se venger.

Bon, peut-être pas se venger.

Une revanche, alors ? Non, ce n'était pas tout à fait exact non plus. Elle voulait juste lui faire payer d'une manière ou d'une autre la nuit blanche qu'elle venait de passer, assise à sa fenêtre à contempler la nuit pendant des heures, à essayer de comprendre cet instant singulier sur les marches où elle avait regardé Miles et où elle l'avait vraiment *vu*.

L'homme. Celui qui la fixait maintenant comme si elle avait perdu la raison, les sourcils froncés, son grand corps raide de tension.

C'était peut-être de la folie mais elle était *attirée* par Miles.

Par *Miles*.

Ne serait que pour cette troublante révélation, il devait payer. Exiger de lui des confidences aussi personnelles constituait peut-être une petite vengeance. C'était mesquin sans doute, mais, en vérité, elle avait aussi très envie de savoir.

— Quoi ? articula-t-il avec une expression incrédule assez comique.

C'était assez gratifiant de le voir mal à l'aise.

Elle arqua les sourcils.

— Je présume que tu as quand même un peu d'expérience dans ce domaine ?

Il rougit. C'était à peine visible sous son hâle, mais elle le connaissait mieux que personne. Son embarras ne fit qu'ajouter à son désir de le déstabiliser. Il n'y avait pas de raison qu'elle soit la seule à l'être.

— Si tu... t'imagines une seconde que je vais te dire quoi que ce soit à ce sujet...

— Pourquoi pas ?

Elle demeura plantée devant lui, se demandant comment elle avait pu ne jamais remarquer ces taches plus sombres dans ses yeux, ou la courbe sensuelle de sa lèvre inférieure, un tout petit peu plus pleine que l'autre... et quand il se passa la main dans les cheveux, elle la trouva très masculine.

— D'abord, ta mère n'apprécierait pas, dit-il en la fixant du regard sans pour autant se décider à partir. Et Luke m'arracherait la tête.

— Je ne suggérais pas de tenir une réunion de famille. Ce ne serait pas la première fois que nous partagerions un secret.

— Qu'est-ce que c'est que cette logique ? maugréa-t-il.

Combien de femmes avait-il eues, se demanda-t-elle avec une pointe de jalousie. Combien d'entre elles avaient repoussé cette mèche rebelle qui tombait sur son front et...

Et quoi ? S'étaient étendues nues près de lui, les yeux dans les yeux, tandis qu'ils se touchaient et s'embrassaient ?

Elle rougit à son tour, se souvenant qu'elle s'était réfugiée dans sa chambre à coucher pour éviter lord Fawcett.

— Je me pose des questions dont tu détiens les réponses, t'interroger me semble tout ce qu'il y a de plus naturel. Au moins, ajouta-t-elle, rusée, je sais que tu seras honnête avec moi.

Le regard de Miles se voila.

— Vraiment ? N'en sois pas si sûre. Tu n'as qu'à interroger Luke.

— Je ne vais pas interroger mon *frère.*

— Et alors ? Je suis bien ton cousin.

— Non, tu ne l'es pas.

Quelques mots, mais tout était dit.

Il avait raison à propos des fleurs. Leur parfum était suffocant. Elle retint son souffle, sans trop savoir pourquoi.

— Non, je ne le suis pas, répéta-t-il d'une voix si sourde qu'elle en était presque inaudible. Cela étant admis, pouvons-nous mettre un terme à ce débat ridicule ? J'ai rendez-vous. Excuse-moi.

Elle le regarda partir, troublée, un peu embarrassée par son insistance comme par sa requête, et ne comprenant toujours pas vraiment ce qui avait provoqué cette attitude irrationnelle.

Quand sa mère pénétra dans le salon quelques instants plus tard, elle n'avait pas bougé, et contemplait la porte d'un air pensif.

— Je viens de croiser Miles. Il semblait préoccupé.

— Vraiment ? fit Elizabeth tandis que sa mère jetait un coup d'œil aux cartes. Il est parti de façon assez précipitée.

— Il est très pris par ses affaires, désormais.

— Je suppose, oui.

— Fawcett sera là ce soir, j'imagine, ma chérie. Que vas-tu porter ?

— Luke sait que le marquis ne m'intéresse pas pour l'instant.

Elizabeth s'empara d'une rose qu'elle se mit à faire tourner entre ses doigts. Ses mains tremblaient un peu. *Qui* l'intéressait ?

Elle redoutait que la réponse à cette question soit Miles.

— Je sais que la saison est une espèce de tornade, déclara sa mère en la scrutant. Je me souviens de ma propre entrée dans le monde. Des gentlemen importuns, des ragots incessants, et tous ces regards insistants. Cela peut être très intimidant.

— Sans être totalement dépassée par les événements, j'admets une certaine confusion, répondit Elizabeth avec une infinie prudence. La plupart de mes amies semblent savoir ce qu'elles veulent. Je n'en suis pas aussi certaine. Lord Fawcett, malgré sa fortune et son physique agréable, n'est pas le mari dont je rêve.

— N'aie aucune crainte, ma chérie. La fortune de ton frère et son ouverture d'esprit t'éviteront de devoir accepter un choix qui ne serait pas le tien. Et maintenant, ajouta sa mère en s'installant dans un fauteuil, si nous prenions un thé en attendant les visites ? Tu pourrais me raconter ce que tu as entendu dire à propos de lady Brewer. Je ne sais pas grand-chose à son sujet en dehors de cette remarquable mise en scène à laquelle Luke et elle se sont livrés hier soir. Ce n'est pas le genre de ton frère de s'afficher ainsi en public. Sais-tu pourquoi il l'a fait ? Qu'en pense Miles ?

Ce feu rapide de questions était un soulagement, puisqu'il n'était plus question de *sa* vie sentimentale.

— Comment saurais-je ce qu'en pense Miles ? répondit-elle.

— Tu le sais toujours, ma chérie, répondit sa mère.

Non, plus maintenant, songea Elizabeth sombrement. Plus maintenant.

16

Il n'avait jamais été porté sur les gestes romantiques.

Mais cette fois, il était tenté. Luke examina le présentoir de velours sur lequel étaient disposées toutes sortes de pierres, de l'aigue-marine la plus pâle au rubis le plus sombre. L'établissement, l'un des plus réputés de Londres, était d'une opulence discrète avec sa façade sobre. Ici, les messieurs pouvaient trouver de splendides cadeaux pour leurs épouses ou leurs maîtresses. C'était une boutique *très* chère et très chic qui exigeait une bourse bien garnie.

Les raisons pour lesquelles il l'avait choisie n'étaient pas très claires, même pour lui.

Les boucles d'oreilles en topaze, décida-t-il, pour faire écho aux mèches d'or sombre dans la chevelure de Madeline. Leur prix était extravagant, mais elles étaient d'un goût parfait. Et tout à fait inhabituelles, comme la dame qui occupait ses pensées de façon permanente. Il se tourna vers sa sœur.

— Qu'en penses-tu ?

— Je pense que je ne t'ai encore jamais vu contempler un présentoir à bijoux comme si c'était une question de vie ou de mort, ironisa Regina. Et j'adore les topazes, si c'était là ta question. Quelle femme ne les aimerait pas ? Elles sont exquises. Et très anciennes, je pense. J'aime la forme phallique des pierres.

La forme phallique des pierres. Seule Regina était capable de prononcer ces mots sur un ton aussi blasé.

L'employé, sentant une vente possible, afficha un sourire mielleux.

— Ce sont de véritables antiquités, milord. Elles auraient appartenu à une princesse étrusque, m'a-t-on dit.

Luke n'était pas certain que l'histoire fût vraie et s'en moquait, mais le filigrane doré était superbe et il se pouvait que l'homme dise la vérité après tout. Quant à lui, les pendentifs lui plaisaient ; depuis l'Antiquité, les orfèvres italiens avaient toujours été des artisans exceptionnels, et il voulait surprendre Madeline. Il s'interrogerait plus tard sur cette étrange impulsion. Pour l'instant, il était son amant et il était donc de son devoir de lui offrir un cadeau ou deux.

— Je les prends, annonça-t-il. Faites-les livrer à cette adresse, je vous prie, avec mes compliments.

Le vendeur s'empara de la carte qu'il lui tendait.

— Bien, milord.

— Voilà qui va nourrir les rumeurs pendant quelques semaines, commenta Regina en nouant son bras au sien tandis qu'ils sortaient. Tu es plus discret, d'habitude. Elle doit être différente.

Elle l'était. Malheureusement.

— Depuis quand t'intéresses-tu aux commérages ?

— Depuis que tu as commencé à séduire de jolies jeunes veuves. Ce qui, jusqu'ici, allait à l'encontre de tes principes.

— Curieux comme tu t'intéresses à ma vie sociale, toi qui es si secrète à propos de la tienne, répliqua-t-il en lui adressant un regard en coin. Je veille à ne jamais t'interroger. Ne pourrais-tu en faire autant ?

— J'ai une bonne raison d'être aussi secrète. Par ailleurs, je suis ton aînée, tu ne régis pas ma vie, et nous ne sommes pas en train de parler de moi. Je me moque du vicomte d'Altea, ce n'est qu'un rôle attribué par la société. En revanche, je suis très attachée à Luke Daudet et je veux savoir ce que *lui* pense.

Il se doutait que Regina avait une vie amoureuse, mais elle ne choisissait pas ses amants dans la haute société. Dans la mesure où il était son frère et éprouvait pour elle un amour inconditionnel, il ne critiquait pas ses choix. Seul lui importait son bonheur. Sa vie privée n'appartenait qu'à elle. Et si le lien qui les unissait était aussi fort, c'était sans doute parce qu'ils s'autorisaient l'un à l'autre la même liberté.

— Hum, fit-il, refusant de se compromettre.

— L'est-elle ?

Regina leva les yeux vers lui tandis qu'ils rejoignaient le trottoir. Bond Street était toujours très fréquentée et aujourd'hui ne faisait pas exception.

Il feignit de ne pas comprendre.

— Est-elle quoi ?

— Différente.

— Puisque tu insistes, oui, j'admets qu'elle l'est.

— En quoi ?

Il choisit l'esquive.

— Madeline n'est plus vraiment dans sa prime jeunesse. C'est une veuve et elle a un fils. Notre relation est donc parfaitement acceptable. Pourquoi ces questions ?

— Je ne crois pas avoir émis le moindre jugement moral. Je ne faisais que m'interroger sur le sens de cette requête sans précédent. Tu ne m'avais encore jamais demandé mon avis pour choisir un cadeau pour une dame, j'accorde donc une importance particulière à cette petite séance de shopping.

— Le sens ? répéta-t-il. Puisque j'allais consentir à cet effort et à cette dépense, autant m'assurer qu'elle apprécierait le cadeau.

Regina éclata de rire.

— Je vois. Encore que, si je puis me permettre, je doute qu'un homme prêt à parier vingt mille livres au cours d'une simple partie de cartes regarde à la dépense.

Il réprima une grimace.

— Combien de temps encore cette affaire va-t-elle me poursuivre ?

Taquine, sa sœur lui tapota le bras sans se soucier de la bruine d'été qui accrochait des perles cristallines à sa chevelure.

— Juste une décennie ou deux, selon moi. Ne t'inquiète pas. Cela t'ennuierait de me dire pourquoi tu as pris un tel risque ? enchaîna-t-elle, le regard scrutateur.

— Tu parles de ce pari ? Nous voilà revenus à ce sujet pénible ?

— Il y a de quoi s'interroger, Luke. C'était assez irresponsable de ta part, et si tu as de nombreux défauts, celui-ci n'en fait pas partie.

— Suis-je obligé de m'expliquer ?

— Ah, la voix du seigneur du château ! Je me demandais à quel moment je l'entendrais. Oui, tu y es obligé, car je suis ta sœur et parce que mon inquiétude est légitime.

Fuyant la pluie, les passants se hâtaient autour d'eux. Partagé entre l'agacement et l'amusement, Luke aida Regina à contourner une flaque.

— Le seigneur du château ? Sous-entends-tu qu'il m'arrive d'être arrogant ?

Il faisait de son mieux pour ignorer la bruine qui commençait à tremper sa veste et ses cheveux.

— Ce n'était pas évident ? s'esclaffa-t-elle. Et moi qui croyais t'avoir remis à ta place. Tu me fais penser à père. Lui aussi était souvent agacé par mes questions.

Un bref silence, puis elle ajouta simplement :

— Il me manque.

Il fallait reconnaître que leur père, et c'était tout à son honneur, avait toujours traité Regina comme sa première-née et fait en sorte qu'elle reçoive une bonne éducation et soit admise dans le cercle familial – quand bien même elle était femme et illégitime. D'où cette indépendance revendiquée – et parfois agaçante. Elle avait touché une belle part d'héritage et, affichant son mépris pour les conventions de toutes sortes, avait déclaré qu'elle ne comptait pas la partager avec quelque mâle arrogant que ce soit.

Il était apparemment en train de se comporter comme l'un d'eux.

— Il me manque à moi aussi.

Luke était sincère.

— Serait-il possible que tu acceptes un arrangement plus permanent avec la délicieuse lady Brewer et produise ainsi le prochain vicomte d'Altea ? Il en aurait été ravi.

— Non.

— Non ?

— Non, répéta-t-il.

— Pourquoi ?

— M'arrive-t-il de t'interroger sur tes projets d'avenir ?

— Me plaira-t-elle ? demanda Regina avec un sourire serein.

— Probablement, maugréa-t-il. Mais je doute que vous vous rencontriez un jour.

Elle attendit qu'il lui ouvre la porte de la voiture.

— J'ai l'impression que tu as fait le bon choix. Il te faut une femme suffisamment indépendante pour ne pas se sentir offensée par ta tendance à dissimuler tes sentiments.

Cette déclaration intempestive avait de quoi le faire réfléchir, mais avant qu'il n'ait le temps de répondre, elle accepta sa main et grimpa dans la voiture.

— Maintenant, reprit Regina, une fois installée, parle-moi d'Elizabeth. Comment se passe son entrée dans le monde.

Les deux sœurs avaient près de vingt ans de différence, il n'était donc pas étonnant qu'elles se voient relativement peu. Elles se ressemblaient néanmoins de façon saisissante et partageaient la même volonté inébranlable.

— Elle ne montre de préférence pour personne en particulier, dit-il en donnant le signal du départ au cocher. Ce qui ne devrait guère te surprendre. Et quitte à poursuivre les comparaisons, je dirais que, par certains côtés, elle me fait beaucoup penser à toi.

— Je ne me suis jamais sentie obligée de feindre de croire au caractère sacré du mariage juste pour faire plaisir aux autres.

Luke réprima un sourire.

— Nous l'avons tous remarqué.

— Je suis heureuse que notre petite sœur fasse de même. Cela fait plaisir de voir qu'elle pense par elle-même.

— Ah ça, oui…

Il hésita à peine avant de se décider, car s'il pouvait se confier à quelqu'un, c'était bien à Regina.

— Je crois que Miles éprouve pour elle des sentiments qui seraient indignes de la part d'un vrai cousin. Il n'en a rien dit, bien sûr, et je ne pense pas qu'elle en soit consciente, mais je l'ai… remarqué.

— Il t'en a fallu du temps, observa sa sœur avec un sourire à la fois indulgent et supérieur. Je me demandais quand tu t'en rendrais compte.

De la part de Regina, rien ne le surprenait.

— Et tu n'as jamais envisagé de me le dire ?

Son sourire s'élargit.

— Pour gâcher mon plaisir ? Non. J'adore voir le vicomte débauché chaperonner l'innocente ingénue. Tu as su te faire respecter de Wellington, mais une fille de dix-neuf ans…

— Une femme, rectifia-t-il. Elle est en âge d'être courtisée, de se fiancer et de se marier, je fais donc mon possible pour ne pas la considérer comme une enfant.

— Et échoues de façon remarquable. Tu es plus que protecteur avec elle. Pourquoi ?

— Comment cela, « pourquoi » ? Nous sommes en train de parler de son avenir. Il est normal que je sois protecteur.

— Normal, répéta-t-elle.

Ce mot semblait beaucoup l'amuser.

— Cela mis à part, reprit-il d'un ton aigre, que dois-je faire à propos de Miles ? J'ai conseillé à Elizabeth de ne plus sortir seule avec lui. Ce n'est pas une question de confiance, mais de convenances.

Regina était maintenant hilare.

— Ah, le vicomte d'Altea, ce dépravé, prêchant les convenances... et comment notre jeune sœur a-t-elle pris ce *conseil* ?

— De bonne grâce. Je me suis montré un peu plus diplomate avec elle.

— Luke, mon cher, comment le lui as-tu dit ? J'espère que cela n'a pas pris la forme d'un ultimatum ?

Était-ce un ultimatum ? Sur le moment, il ne l'avait pas cru mais, maintenant, devant la mine réjouie de Regina, il n'en était plus aussi sûr. En tout cas, Elizabeth s'était laissé facilement convaincre. Un peu trop même, maintenant qu'il y songeait.

— Bien sûr que non, maugréa-t-il.

Les jarretières étaient écarlates et les bas noirs. L'identité de l'expéditeur ne faisait aucun doute.

Fitch. Cette méprisable crapule.

Le prouver, bien sûr, serait difficile. La boîte avait été livrée sans la moindre carte et elle ne tenait guère à courir après Hubert pour lui demander comment elle était arrivée et donc souligner l'intérêt qu'elle portait à celui qui la lui avait envoyée.

Les doigts tremblants, elle lut de nouveau le mot. *Je ne suis peut-être sûr de rien, mais je devine ce qui s'est passé.*

Récupérer le journal ne mettrait pas un terme à cette affaire, elle l'avait toujours su, et cela même en dépit de la conviction de Luke qu'en affichant leur relation, Fitch réfléchirait à deux fois avant de tenter quoi que ce soit. C'était le problème avec les hommes dotés d'un vrai sens moral : quand ils se trouvaient aux prises avec des personnages méprisables, ils ne comprenaient pas la profondeur de leur noirceur. Il ne s'agissait pas d'une guerre qui obéissait aux règles de l'honneur. C'était quelque chose d'entièrement différent. Luke ne pouvait envisager qu'on harcèle une femme ainsi. Fitch le pouvait. Ce qui constituait pour lui – pour tous les deux – un désavantage.

Luke avait beau avoir récupéré le journal, il était évident que Fitch ne se rappelait que trop bien certains détails.

Oui, Colin lui avait bien acheté des bas noirs et des jarretières rouges, l'avait encouragée à les porter de temps à autre. C'était un jeu qu'ils avaient partagé – une petite fantaisie qui faisait la joie de son mari. Qu'un autre ait connaissance de ces détails intimes la mettait en rage.

Mais elle n'éprouvait pas la moindre honte. Elle était mortifiée et furieuse, mais pas honteuse.

Ses sombres pensées furent interrompues par l'arrivée d'Hubert, qui se racla poliment la gorge. Elle leva les yeux.

— Ceci vient d'arriver, milady, annonça-t-il en lui présentant une petite boîte enveloppée dans du papier argenté. Il semble que cette journée soit celle des livraisons et des visites.

Des visites ? Madeline fut soulagée d'avoir déjà rangé les bas de soie.

— Qui est là, Hubert ?

— Votre mère et votre tante, milady.

Cette visite n'avait rien de fortuit, devina-t-elle, mais elle parvint à afficher un sourire tandis qu'elle acceptait le paquet élégamment enveloppé, remarquant que, cette fois au moins, il y avait une carte. Elle le posa sur une petite table.

— Faites-les entrer, s'il vous plaît, et qu'on nous serve du thé.

— Bien, milady.

Elle se força à prendre une longue inspiration, posa le déplaisant envoi de Fitch, convenablement fermé, à ses pieds et carra les épaules. Quand sa mère et sa tante apparurent, elle s'était ressaisie. Elle se leva pour aller à leur rencontre et les embrasser.

Plus âgée que sa mère, sa tante arborait en permanence un air désapprobateur, et Madeline se serait bien passée de la voir. Elle s'attendait certes à cette visite maintenant que circulaient les inévitables rumeurs à propos de Luke, mais elle n'était pas prête. L'envoi de Fitch l'avait ébranlée, elle devait le reconnaître. Un minimum de sang-froid était requis lorsqu'il s'agissait d'affronter les critiques, et le sien ne tenait qu'à un fil.

Quand sa tante leva son face-à-main pour l'examiner avec un manque de naturel agaçant, Madeline leur proposa de s'asseoir en luttant pour demeurer aimable.

Sa mère tenta de discuter de choses et d'autres pendant quelques minutes, puis Ida la coupa d'un sec :

— Cesse de papoter, Jane. Nous sommes ici, Madeline, afin de savoir pourquoi tu t'es embarquée dans cette désastreuse affaire. As-tu perdu l'esprit ?

Un silence accablant tomba entre elles.

— Quelle désastreuse affaire ? demanda Madeline en croisant les mains.

— Ton apparition au bras d'Altea n'est pas passée inaperçue, répliqua Ida avec raideur. Les gens parlent.

La condamnation était sans appel.

— Je suis veuve, lui rappela Madeline en refusant d'avoir l'air de se défendre. Et cela ne regarde personne si j'autorise le vicomte à m'escorter à un événement mondain.

— Ma chérie, intervint sa mère avec un sourire crispé,. je sais que tu n'es pas aussi naïve. Certes, il est célibataire. Mais sa réputation est loin d'être sans tache. Quels sont vos projets ?

— Je ne suis pas sûre que nous en ayons, répondit Madeline, alors même qu'elle savait sans l'ombre d'un doute qu'ils n'en avaient *aucun*.

Pouvez-vous me promettre de ne jamais mourir...

Elle ne l'avait pas encore interrogé sur cette étrange remarque. Ils avaient beau être amants, elle n'avait pas percé la moindre brèche dans la formidable muraille qu'il avait dressée entre le monde extérieur et lui. Pour autant qu'elle sache, elle n'avait même pas appuyé une échelle contre elle.

— Lord Altea n'est pas enclin à bâtir des projets, et nous n'avons aucune raison d'en faire. Nous sommes des... relations. Il est inutile de s'alarmer, Mère.

Tante Ida émit un bruit désagréable.

— Ce n'est pas ce que *j'ai* entendu dire.

— Les gens parlent, naturellement, reprit sa mère, sans tenir compte de cette intervention. C'est un homme qui évolue dans les cercles les plus éminents et qui compte parmi ses amis le fils du duc de Berkeley et lord Longhaven, un personnage pour le moins mystérieux, mais qui jouit d'un prestige certain auprès des plus hautes autorités.

Sa mère n'avait pas accepté d'accompagner sa sœur sans avoir ses propres motifs, devinait Madeline.

— Je sais qui sont ses amis, répliqua-t-elle, s'efforçant de ne pas apparaître trop agressive. Et je commence à entrevoir le but de cette conversation. En dépit d'une réputation qui n'est pas sans tache, elle non plus, puis-je vous faire remarquer que lord Alexander, le fils du duc de Berkeley, vient de se marier ?

— Tant mieux pour la fille du comte de Hathaway, mais te crois-tu capable d'amener Altea à l'autel ?

riposta tante Ida. Il n'est pas réputé pour sa constance. Bien au contraire.

Il fallut à Madeline une bonne dose de sang-froid pour ne pas rétorquer qu'elle avait vingt-six ans et que sa vie – et ce qu'elle en faisait – ne regardait qu'elle.

— Avez-vous envisagé que je pourrais ne pas souhaiter l'épouser ? Il m'a escortée lors d'une soirée et, comme vous l'avez souligné, il n'a pas la réputation de vivre comme un moine. J'ai déjà eu la chance de connaître un mariage heureux. Je ne suis pas convaincue que lord d'Altea fasse un époux admirable.

— Tu aurais peut-être dû y songer avant de t'afficher avec lui en public.

— J'y ai songé, dit-elle avec calme.

Sa mère et sa tante échangèrent un regard outré, mais l'arrivée de la femme de chambre avec la table roulante mit un terme à la conversation. Après que le thé fut servi, les deux femmes tentèrent de reprendre là où elles s'étaient arrêtées, mais Madeline envoya délibérément chercher Trevor qui fut ravi d'échapper à sa leçon, les tartes au citron étant infiniment préférables aux mathématiques. Pour un enfant de sept ans, il se conduisait bien, mais son exubérance naturelle suffit à les distraire et à empêcher toute question supplémentaire.

Le départ de sa mère et de sa tante fut un soulagement. Pensive, Madeline se rendit compte que si leur opinion comptait, elle n'y attachait pas autant d'importance qu'elle l'aurait cru.

— Tu ne vas pas l'ouvrir, maman ?

— Ouvrir quoi, mon chéri ?

— Ton cadeau.

Avec la fascination des jeunes enfants pour les paquets emballés dans du papier brillant, Trevor lui montrait la deuxième livraison de la journée qu'elle avait oubliée sur sa petite table.

— Je suppose que je le devrais, admit-elle avec un sourire tandis que, dévoré de curiosité, il lui apportait la boîte.

Elle ne reconnut pas l'écriture sur la carte, le message impersonnel n'annonçant que l'identité de l'expéditeur, pourtant les battements de son cœur s'accélérèrent. Ayant dénoué le ruban, elle ôta le papier et découvrit un écrin élégant. Le nom de la célèbre boutique lui fit hausser les sourcils. Elle souleva le couvercle et contempla, le souffle coupé, les pierres couleur d'ambre qui se détachaient sur le velours blanc. Quand elle souleva l'une des boucles d'oreilles, l'exquis travail d'orfèvrerie de la monture, unique en son genre, amena un doux sourire sur ses lèvres qui devait moins à l'indubitable valeur de l'objet qu'au soin mis pour le choisir.

C'était un cadeau... *parfait*. Les bijoux ne l'impressionnaient pas. Elle en possédait beaucoup. Mais celui-ci était différent : Luke avait senti ce qui la toucherait.

Et il s'en était inquiété. Elle le connaissait assez pour deviner que ce geste ne lui ressemblait pas.

— C'est joli, commenta Trevor en touchant la pierre. Je peux prendre un autre gâteau ?

C'était une mauvaise idée. Il n'aurait plus faim au dîner.

— Un seul, dit-elle pourtant avec un sourire, parce que le bonheur devait être partagé, et qu'elle était bêtement heureuse en cet instant.

Et que ce misérable Fitch aille au diable.

17

— J'espère qu'il sait ce qu'il fait.

Alex St. James était assis sur la terrasse de l'imposant manoir que les ducs de Berkeley avaient fait construire six siècles auparavant. Il contemplait l'immense pelouse et l'étang au loin, à la surface duquel un couple de cygnes qui glissaient, sereins.

Michael réfléchit un moment avant de soupirer, et d'offrir son visage à la brise, savourant l'air pur après des semaines passées en ville.

— Luke veut la protéger et, à mon avis, sa méthode serait la bonne, si on ne tenait pas compte de deux points essentiels.

— Qui sont ?

Il y avait de l'inquiétude dans le regard d'Alex. Les cheveux en bataille, vêtu d'une simple chemise blanche, d'un pantalon foncé et d'une vieille paire de bottes, il semblait détendu, mais c'était une façade.

Parfois, Michael se demandait si aucun d'entre eux se remettrait un jour de la guerre. Même Alex, qui était un jeune marié et un futur père comblé, ne baissait jamais vraiment sa garde.

— Il est clair pour n'importe quel observateur – et crois-moi, ils sont nombreux – que ses relations avec la superbe lady Brewer ne se limitent pas à des apparitions publiques. Il se justifiera en disant que c'est pour dissuader lord Fitch d'importuner la dame, mais il semble avoir perdu de vue le problème initial.

— Le problème initial ?

— Comment diable cette canaille a-t-elle pu entrer en possession du journal intime d'un gentleman mort depuis cinq ans ? Un de mes amis a soulagé Fitch de ce bien fort mal acquis pour le rendre à lady Brewer, mais je ne cesse de m'interroger… comment Fitch l'avait-il obtenu ? C'est une crapule dépourvue de tout sens moral, mais le vol ne fait pas partie de ses maigres talents.

— Je te connais suffisamment pour savoir que tu ne te livres jamais à ce genre de spéculations sans raison. Et je ne pense pas que tu sois venu jusqu'ici juste pour me dire que Luke sert de cavalier à une dame qui pourrait enfin assouplir son attitude quelque peu rigide. La nouvelle vaudrait, certes, le voyage, mais j'ai l'impression que ce n'est pas là ta raison. Tu as tendance à garder tes secrets, pas à les révéler.

— À vrai dire, je ne crois pas que son attitude vis-à-vis du mariage se soit assouplie. Mais je suis, en effet, venu discuter de cet aspect de l'affaire.

— Tu ne te mêles jamais de la vie des autres, à moins qu'on ne te le demande, ou qu'un danger menace. Des éclaircissements seraient les bienvenus.

Michael s'autorisa un sourire.

— Et si je te disais que le mari de lady Brewer était parent avec une personne que la Couronne soupçonne de collaboration avec les Français pendant la guerre ?

Il y eut un silence. Son ami semblait consterné.

— Je répondrais, fit Alex, que tu as, comme d'habitude, plus d'un vilain tour dans ton sac. Qui est-ce ?

— La cousine de lord Brewer.

— Je… vois. Quand l'as-tu appris ?

— Il y a deux ans. À l'époque, nous étions en Espagne et il ne s'agissait, pour moi que d'un nom sur un bout de papier. À présent, cette histoire prend un relief particulier.

— Il y a deux ans ? Luke est au courant ?

— Je ne lui en ai pas parlé, car j'ignore encore si cela a de l'importance, répondit Michael en observant d'un air absent un papillon qui butinait des petites fleurs jaunes. Mon hypothèse est que le journal pourrait avoir été volé par crainte que la cousine de Brewer n'y soit mentionnée d'une façon qui pourrait lui être dommageable. Peut-être une visite qui mettrait notre suspecte au mauvais endroit, au mauvais moment, et ruinerait ainsi un alibi, ou alors un indice qui prouverait qu'elle avait accès à certaines informations. Les cas de figures ne manquent pas.

— Tu soupçonnes lord Brewer d'avoir pris part à des activités d'espionnage pour le compte de l'ennemi ?

Après y avoir longuement réfléchi, Michael en était arrivé à la conclusion que Colin May avait dû être, au pire, un complice involontaire. Il secoua la tête.

— Non. Il n'y a rien dans le journal qui aille dans ce sens. Je l'ai lu avec attention. Je me suis même demandé si un code n'y avait pas été intégré, mais pour autant que je puisse en juger, il s'agit uniquement des divagations d'un homme menant une vie ordinaire, et un homme comblé qui plus est.

— Tu as lu son journal intime ?

— Bien sûr.

Alex le fixa un instant avant d'éclater de rire.

— J'oublie parfois que ta profession exige que tu saches des choses que peut-être tu ne devrais pas. Continue.

— Crois-moi sur parole, j'ai sauté les détails concernant les moments d'intimité avec sa femme. Je ne suis pas un voyeur. Du reste, ajouta Michael avec un sourire narquois, comme nous le savons tous les deux, il est autrement plus satisfaisant de participer à un acte sexuel que d'en lire la description. En dehors des récits détaillés de lord Brewer des joies qu'il éprouvait à profiter des charmes de son épouse, je n'ai rien trouvé de répréhensible dans son journal. Pas plus d'ailleurs que la personne qui l'a volé, puisqu'elle s'en est séparée, en le donnant ou en le vendant à Fitch, ou peut-être même à un troisième larron dont nous ne savons encore rien. Ce qui est sûr c'est que le comte pervers a fini par entrer en sa possession, mais il n'est en rien l'initiateur de cette affaire. Je parie même qu'il n'y est pas mêlé. Le journal en lui-même n'est pas le problème. Contrairement au mobile de son vol.

Alex fronça les sourcils.

— Je suppose que tu as raison. Et je comprends à présent ton dilemme. Pourquoi le journal a-t-il été dérobé si récemment ?

— Nous ne savons pas avec certitude quand ce vol a eu lieu. Si j'en crois Luke, lady Brewer elle-même ne l'a recherché qu'après avoir été la cible de certains commentaires de Fitch. Ils étaient si précis qu'elle s'est demandé où il s'était procuré de telles informations. C'est alors qu'elle a découvert que le journal ne se trouvait plus dans le tiroir fermé à clé où elle l'avait rangé. Donc, oui, la question est : pourquoi a-t-il refait surface si récemment ?

— Pourquoi ne pas demander à Fitch comment il se l'est procuré ?

Michael secoua la tête.

— Tu resteras toujours un soldat – marcher droit sur l'ennemi. Mon approche est un peu moins directe. Il est probable que Sa Seigneurie nierait avoir été en sa possession, et l'idée qu'il établisse un lien entre la disparition du journal et ma personne me déplaît. Peu m'importe à vrai dire qu'il m'attribue le cambriolage chez lui – après tout, il détenait un bien volé dont il se servait pour faire du chantage –, mais il reste quelques problèmes en suspens que nous devons encore régler, même maintenant que Bonaparte est vaincu.

Il observa une pause avant de poursuivre :

— Il y a eu de l'espionnage des deux côtés, bien sûr. Dans une guerre, il en va toujours ainsi. L'Angleterre a eu sa part de traîtres que nous n'avons pas encore coincés. C'est irritant de les savoir libres.

— C'est donc là ton rôle pour la Couronne à présent ? Retrouver ces traîtres ?

Michael ne répondit pas.

Son ami laissa échapper un rire ironique.

— Je me demande pourquoi je te pose la question. D'accord, restons-en là. Qu'attends-tu de moi ? Dieu sait que j'ai une dette envers toi. Tes talents très spéciaux m'ont été d'une aide précieuse pour régler ce petit différend entre la famille d'Amelia et la mienne.

— Tout le plaisir était pour moi.

Et c'était bel et bien un plaisir de voir Alex si profondément amoureux de sa belle et jeune épouse. Michael était heureux d'avoir pu les aider à régler la querelle qui opposait leurs deux familles.

— Et il me semble, ajouta-t-il, que ma dette à ton égard est bien plus importante. Tu m'as sorti de cette prison française.

St. James balaya cet exploit d'un geste négligent.

— C'était la guerre. Je faisais mon devoir.

Oui, c'était la guerre, mais cela confirmait aussi à quel point leur amitié était profonde. Si Luke et Alex n'avaient pas à ce point insisté pour lancer une mission de sauvetage, il serait mort. Les espions opérant derrière les lignes françaises étaient tous passibles de la peine capitale. Mais seulement après avoir été torturés afin de leur extorquer tous leurs secrets. Sans la ténacité d'Alex et l'influence de Luke auprès de Wellington, il exercerait aujourd'hui ses « talents » en enfer.

Le plus bizarre était que s'il se rappelait sa capture – il y avait eu un agent double parmi eux et il ignorait toujours lequel de ses camarades l'avait trahi –, il se souvenait très peu des supplices eux-mêmes. Seules ses multiples cicatrices en portaient témoignage. À vrai dire, il se rappelait surtout ce jour gris et froid, et la pâle lueur du soleil quand Alex l'avait porté dehors après l'avoir hissé sur ses épaules, le vent glacé s'engouffrant dans sa chemise en loques, son ami titubant sous son poids. Michael avait perdu connaissance, et quand il s'était réveillé dans une tente avec un chirurgien penché sur lui, il avait compris, malgré la douleur, que seule la persévérance de ses amis lui valait d'être encore en vie.

Non, Alex St. James ne lui devait rien.

— Je pensais à John, dit-il d'un ton neutre. Lui seul pourrait, je le crois, m'aider dans cette délicate affaire.

Alex parut amusé.

— Mon tristement célèbre frère travaillant pour la Couronne ? Je suis sûr que l'idée lui plaira. Que peut-il faire que tu ne puisses accomplir ? Après tout, tu es marquis toi aussi. Pourquoi son aide est-elle requise ?

— Il connaît la baronne Schaeffer. Je crois qu'ils étaient en bons termes autrefois.

— Une façon polie de dire qu'ils étaient amants.

— Je suis poli à l'excès, comme tu le sais.

— Surtout quand cela t'aide à atteindre tes buts, répliqua Alex, narquois. Alors, dis-moi, que doit-il demander à son ancienne conquête ? J'ai peine à imaginer en quoi la dame pourrait t'être utile.

L'enveloppe se trouvait dans la poche intérieure de sa veste taillée sur mesure. Michael la sortit.

— Donne-lui juste ceci, si cela ne t'ennuie pas.

Alex considéra ladite enveloppe avec curiosité, mais ne posa pas de questions.

— Bien sûr, dit-il. Tu restes dîner ? Amelia adorera jouer les hôtesses, même si elle se repose en ce moment. Son état fait qu'elle a souvent sommeil l'après-midi.

— J'aimerais rester, fit Michael en se levant. Puis-je accepter l'invitation pour un autre jour ?

— Une affaire urgente ?

— On peut le dire.

— Je transmets ceci à John sur-le-champ, déclara Alex en indiquant l'enveloppe. Mais avant que tu disparaisses, juste une petite chose : au début de cette conversation, tu as évoqué deux points essentiels qui te faisaient t'interroger au sujet de la liaison de Luke avec Madeline May. Le premier concernait le vol du journal. Quel est le second ?

Michael réfléchit un moment avant de répondre :

— Il n'est pas libre.

Une lueur apparut dans le regard d'Alex.

— À cause de ce qui s'est passé en Espagne.

— À cause de ce qui s'est passé en Espagne, oui.

— Je sais, bien sûr, qu'il fréquentait Maria, et qu'elle a été tuée après Badajoz.

— Fréquentait ? On peut le dire : il l'a épousée.

— *Épousée ?* répéta Alex, choqué.

Michael hésita, mais il en avait déjà trop dit, et puis, c'était Alex, l'autre meilleur ami de Luke.

— Ils ont déniché une petite église avec un prêtre qui a accepté de célébrer la cérémonie, mais elle se situait beaucoup trop près des lignes françaises. À leur retour au couvent où elle avait trouvé refuge, ils sont tombés sur une patrouille. Maria a été tuée et Luke si gravement blessé qu'on l'a laissé pour mort. Les Français ont incendié le couvent et l'ont réduit en cendres.

— Bonté divine, souffla Alex en se laissant aller dans son siège, le regard sombre. Le jour de leur mariage. Il ne me l'a jamais dit.

— Il ne me l'a pas dit non plus.

Michael avait appris le drame par l'un de ses informateurs. Luke n'en avait jamais fait mention en sa présence et il ne l'avait jamais interrogé.

— Je savais qu'elle était morte, reprit Alex. Mais j'ignorais qu'il l'avait épousée. Pas étonnant qu'il soit si... fermé. Elle a été tuée le jour de leur mariage. Comment peut-on se remettre d'un drame pareil ?

J'aime ma femme et je n'ose imaginer dans quel état je serais si j'étais victime d'une telle atrocité. Comment se fait-il que je n'en ai rien su ?

— Il n'en parle à personne. On ne peut le lui reprocher.

Alex acquiesça.

— Non, en effet. Non. Pourquoi se remémorer une telle douleur ? Je n'aurais pas été capable de supporter cela. Comment fait-il ?

— Je n'ai jamais été marié, il m'est donc difficile de te répondre, déclara Michael, mais si je devais formuler une opinion, je dirais qu'il ne le supporte pas non plus. Cependant, il n'est pas impossible que lady Brewer puisse l'aider.

— Je croyais que nous allions à l'opéra.

Quelque peu surprise, Madeline regarda par la fenêtre de la voiture, prenant enfin conscience de la longueur du trajet.

Luke sourit.

— J'ai eu envie de vous surprendre avec quelque chose de plus divertissant. Je ne devrais sans doute pas le reconnaître, mais les amants maudits et le pathos m'agacent. Ce déferlement de sentiments à l'italienne me gâche le plaisir que j'ai à écouter la musique, aussi superbe soit-elle.

— Et qu'avez-vous en tête ? demanda-t-elle non sans une certaine crainte.

Elle était époustouflante, ce soir, en robe de satin blanc dont le décolleté était orné d'un liseré d'or et les manches d'une écume de dentelle. Son éventail, une véritable œuvre d'art, était muni d'une poignée en ivoire sculptée et de motifs exotiques représentant des léopards et des éléphants. Les boucles d'oreilles qu'il lui avait offertes oscillaient d'une façon délicieuse au gré des mouvements de la voiture, et le regard qu'elle tourna vers lui était empli de la plus charmante confusion.

Bien. Elle aussi avait semé une certaine confusion dans son esprit. La voir porter ces boucles d'oreilles suscitait en lui un sentiment de possessivité tout à fait déraisonnable, comme si elles étaient le symbole d'un lien qu'il aurait préféré ignorer.

Les faits étaient très simples. Il était profondément attiré par cette femme, tout en sachant qu'une liaison avec elle était la pire des choses, parce qu'avec Madeline, le mot *liaison* avait une signification effrayante.

Pourtant, il était là.

— Ce soir, je voulais vous avoir pour moi seul, avoua-t-il avec une candeur qui ne lui ressemblait pas. Je cède à un caprice.

— Vous n'êtes jamais capricieux, Altea.

— Vous croyez ?

L'éventail s'ouvrit abruptement.

— J'en suis sûre, murmura-t-elle, les yeux mi-clos. C'est moi qui, en cédant à un caprice, ai provoqué tous ces problèmes.

— Nous avons des problèmes ?

Il regretta cette question à la seconde où elle franchit ses lèvres.

— Je ne sais pas. Selon vous ?

Il n'était pas question qu'il réponde à une telle question.

— Si nous parlons par sous-entendus, puis-je avouer que j'avais énormément apprécié notre première rencontre ? Trop sans doute, car j'ai été incapable de résister à votre proposition. Je n'avais pas l'intention de vous revoir après cette nuit, l'an passé.

Voilà qui était honnête.

— Puis-je avouer à mon tour combien je suis ravie que vous ayez changé d'avis ?

Ironie du sort, lui aussi était ravi. Et il avait bien l'intention de l'être plus encore au cours de cette nuit qu'il espérait très longue.

— J'ai l'impression que nous sommes d'accord sur ce point.

— Me direz-vous alors où nous nous rendons ?

— Non. Vous n'aimez pas les surprises ?

— Seulement quand elles sont agréables, Altea.

Il réprima un rire.

— Je cherche toujours à vous être infiniment agréable. Aurais-je échoué ?

Elle l'étudia un moment avant de murmurer finalement :

— Au contraire, vous avez réussi à un degré troublant.

— Est-ce un compliment ou une critique ?

— Les deux, je suppose. Je ne sais pas.

— Dans ce cas, accordez-moi votre confiance et, si je vous déçois, sentez-vous libre de manifester votre désapprobation. Cela vous convient-il ?

— Ce n'est pas un secret, dit-elle avec calme. Si je suis allée si loin, c'est que j'ai confiance en vous.

Si je suis allée si loin...

L'auberge, discrète, se trouvait un peu en dehors de Mayfair. Luke ayant pris toutes les dispositions par avance, ils étaient attendus. Il aida Madeline à descendre de voiture. Découvrant la façade peu engageante, elle lui adressa un regard incertain.

— Vous pouvez me faire confiance, lui glissa-t-il à l'oreille en lui prenant le coude pour la guider vers l'entrée..

Et il était sincère.

À l'intérieur, l'établissement était silencieux. Une délicieuse odeur de nourriture flottait dans l'air et, comme il avait demandé le meilleur salon, on les installa dans une petite pièce basse de plafond et dotée d'une cheminée massive. Des chandelles étaient allumées et les fenêtres ouvertes sur un petit jardin clos. Luke avait aussi choisi le menu : une soupe de concombre froide, des soles de Douvres, un confit de canard au vin de Porto, du bœuf et, réalisée par son chef personnel, une crème fouettée au caramel. À cela s'ajoutaient quelques vins sélectionnés avec soin et du champagne, qui fut servi après le dernier plat.

Louer toute l'auberge pour la nuit avait été un coup de génie, décida-t-il en regardant Madeline se délecter de son dessert. Le quartier n'était pas fréquenté par la haute société et, vu la somme qu'il avait reçue, le propriétaire de l'établissement ne risquait pas de se répandre en ragots. Pour une fois, ils allaient donc pouvoir passer la nuit entière ensemble. Il avait organisé tout ceci à l'instant où Madeline lui avait appris que sa belle-sœur emmenait Trevor à la campagne pendant quelques jours. Dès que l'idée lui en était venue, il n'avait eu de cesse de la mener à bien.

C'était parfait. Il ne lui aurait jamais demandé de passer du temps avec lui au détriment de son fils, mais l'occasion s'étant présentée de l'avoir pour lui seul, comment résister ?

C'était bien là le problème : il ne pouvait pas.

— Il n'y a personne d'autre ici, observa-t-elle en reposant son verre. Hormis le personnel en cuisine, on n'entend pas le moindre bruit.

— Les murs sont épais.

— Je ne suis pas stupide, rétorqua-t-elle. Nous sommes les seuls clients, n'est-ce pas ? Pourquoi vous donner tant de mal et consentir à une telle dépense alors que nous aurions pu aller chez moi ?

— Un dîner tranquille où nous ne sommes que vous et moi n'a pas de prix. En outre, je ne tiens pas à partir à l'aube.

Elle haussa un sourcil. Ses yeux en amande semblaient encore plus exotiques dans la douce lueur des chandelles.

— Ma femme de chambre sait déjà. Elle ne m'a rien dit, bien sûr, mais j'ai eu droit à quelques sourires entendus.

— Mais elle ne m'a jamais vu dans votre lit, répondit-il, plus conscient qu'elle des codes en vigueur dans leur monde. Ce qui fait une belle différence. Si elle nous prenait sur le fait, imaginez le scandale.

— Vous êtes trop galant.

— Je suis un fichu imbécile.

Il n'avait pas eu l'intention de le dire à voix haute, mais être là, les yeux plongés dans les siens et savoir – *savoir* – ce qui allait se produire dans les heures à venir le rendait quelque peu imprudent. Aussi sentimental, absurde et simple que cela paraisse, il rêvait de se réveiller auprès d'elle.

— Ne le sommes-nous pas tous les deux ? dit Madeline avec un petit rire qui fit s'accélérer les battements de son cœur.

Bon Dieu, son cœur.

Non. Il n'en avait plus depuis longtemps. Le sien était enterré dans une tombe sur le flanc d'une colline espagnole. À la mort de Maria, il était tellement sûr d'être mort avec elle.

Et s'il s'était trompé ?

— Si, acquiesça-t-il avant de se lever et de lui tendre la main. Nous montons ? La surprise ne fait que commencer.

18

C'était une scène de conte de fées. Des chandelles allumées sur le manteau de la cheminée, un lit confortable occupant presque toute la pièce, des fenêtres ouvertes laissant entrer l'air tiède de la nuit et des pétales de roses éparpillés… partout : sur les draps, sur le sol et même sur le rebord des fenêtres. Leur parfum était pour le moins entêtant.

Madeline réprima un rire devant l'expression consternée de Luke.

— J'avais dit romantique, marmonna-t-il. Je ne pensais pas qu'ils allaient saccager une roseraie.

Il avait dit romantique. Cela seul était romantique en soi, songea-t-elle. Sans parler de la proximité de son grand corps dans cette petite pièce. Sa tête frôlait presque les poutres du plafond, et son élégante tenue de soirée formait un contraste saisissant avec cet environnement relativement modeste.

— Tant d'efforts valent une récompense, je pense, déclara Madeline d'une voix soudain enrouée.

Elle combla la distance qui les séparait et lui caressa la lèvre inférieure du bout du doigt.

— Avez-vous une idée de ce qui vous plairait ? souffla-t-elle.

— Je devrais en trouver une ou deux.

Il l'attira contre lui, et sa bouche trouva la sienne.

Oui, se dit-elle, en savourant la sensation de son corps contre le sien et la lenteur implacable de son baiser, il avait peut-être eu une idée brillante. Cette fois, c'était en effet différent : ils avaient tout leur temps. Il n'était plus question de secret ou d'interdit...

— Et si nous nous déshabillions ? murmura-t-il contre ses lèvres. Nous serons plus à l'aise pour discuter de la façon d'occuper le reste de la soirée.

Comme toujours, elle avait éprouvé un sentiment de perte quand Trevor était parti avec Marta et ses cousins, mais elle aimait sa belle-sœur et avait confiance en elle. De plus, la famille de Colin méritait de faire partie de la vie de son fils. Jusqu'à présent, elle subissait le vide que l'absence de son fils laissait dans la maison, même si c'était toujours pour une courte durée. Devait-elle se sentir coupable de ce bonheur qu'elle éprouvait en cet instant avec Luke ?

Non, décida-t-elle, car sa propre vie aussi était importante. Même si elle était prête à mourir pour son fils, elle ne l'aimait pas moins parce qu'elle aimait quelqu'un d'autre.

Aimait. Oui, c'était le terme qui convenait, craignait-elle. Ses sentiments allaient bien au-delà d'un simple engouement, et si elle était honnête avec elle-même, elle devait reconnaître qu'elle l'avait toujours su. Pourquoi n'avait-elle jamais été tentée par qui que ce soit d'autre ? Mis à part l'attirance physique qu'il exerçait sur elle, elle sentait chez Luke une âme sœur... un homme qu'elle appréciait pour ce qu'il était, pas juste un amant mais quelqu'un qui pourrait aussi être un ami, un partenaire, un compagnon pour le restant de ses jours...

Non pas qu'admettre être amoureuse de l'inaccessible lord d'Altea fût raisonnable ou prudent, mais en sa présence elle ne l'était jamais, ce qu'elle savait sans doute déjà un an auparavant, sans quoi elle ne se serait jamais retrouvée de nouveau dans ses bras. Oui, se dit-elle tandis que Luke la faisait pivoter doucement pour lui dégrafer sa robe, ils avaient mérité cette nuit ensemble.

Elle en avait besoin et avait l'intuition que lui aussi.

Une seconde chance en amour était sûrement un cadeau rare, et s'il ne partageait pas ses sentiments, Like avait tout de même fait des pieds et des mains pour qu'ils puissent passer la nuit ensemble. Et cela la remplissait d'une joie toute particulière.

Ensemble.

Sa bouche lui butinait la nuque tandis que ses doigts étaient occupés par les boutons qui cédaient l'un après l'autre. Elle sentit enfin la chaleur de ses mains sur ses épaules nues.

— Vous m'ensorcelez.

Madeline laissa aller sa tête contre son torse en prenant une lente inspiration. La douce chaleur se répandit en elle tandis qu'il déposait des baisers légers sur sa clavicule – il émanait de ses cheveux qui lui frôlaient la joue un parfum boisé.

— Suggérez-vous que je vous ai jeté un sort, milord ?

Il éclata d'un rire grave, aussi excitant que le contact de sa bouche.

— Il est bel et bien arrivé *quelque chose* à mon bon sens.

Au sien aussi, pensa-t-elle vaguement, alors qu'un flot de sensations délicieuses l'envahissait. Les pointes de ses seins se dressaient déjà, et un doux froissement retentit dans la chambre quand il fit glisser sa robe jusqu'au sol. Le murmure de la soie contre sa peau provoqua un nouveau soupir haletant.

— Vous êtes un délice, murmura-t-il en prenant ses seins en coupe par-dessus la fine dentelle de sa camisole.

Il les souleva à peine, tandis que ses index venaient en effleurer les pointes érigées.

— J'ignore si je suis un délice, murmura-t-elle d'une voix haletante, mais ce que vous êtes en train de faire en est un.

— Vous cédez à mon charme ? hasarda-t-il, ses pouces venant rejoindre ses index pour la pincer avec une infinie délicatesse.

— Ce doit être ça, chuchota-t-elle en se laissant aller contre lui.

Elle ferma les yeux lorsqu'il la souleva dans ses bras pour la porter vers le lit. Le moment était d'autant plus bouleversant qu'elle savait qu'elle *l'aimait*. En dehors du chœur d'insectes dans le jardin ou du chant occasionnel d'un oiseau nocturne, la pièce était silencieuse. Cette fois, quand il se dévêtit, puis la dépouilla de ses derniers vêtements avant de s'allonger près d'elle, peau contre peau, leurs bouches se goûtant avec lenteur, leurs mains s'explorant mutuellement, elle imagina non seulement le plaisir, mais… tellement plus encore.

Et c'était bien là, le danger.

— Les boucles d'oreilles te vont bien, dit-il avec un sourire. Surtout maintenant qu'elles sont le seul ornement de ton incomparable beauté.

— Un compliment très fleuri de votre part, milord, observa-t-elle en glissant la main entre eux pour caresser son sexe dressé. D'autant qu'il est évident que vous désirez moins parler qu'agir.

— Belle et intelligente. Je ne connais pas de combinaison plus délicieuse.

Luke la touchait et la caressait, l'excitait avec une habileté et une facilité confondantes. Quand il se plaça entre ses cuisses, ce fut sa langue et non son sexe qui l'assaillit. Son orgasme fut rapide, intense et si bruyant qu'elle fut ravie qu'ils aient l'auberge pour eux seuls. Après avoir déposé un dernier baiser sur sa cuisse, Luke se redressa, le sourire aux lèvres, et plongea avec lenteur son sexe dans le sien.

Si seulement unir leurs vies était aussi facile, songea-t-elle, en creusant d'instinct les reins pour le prendre plus profondément en elle, les mains accrochées à ses épaules puissantes.

En cet instant, alors qu'ils ne faisaient plus qu'un, il n'était que trop facile de se laisser emporter par le plaisir, par la sensation de son corps sur elle, de son sexe en elle, par la communion rythmée de leurs deux corps…

L'explosion survint de nouveau et, cette fois, il laissa échapper un son rauque et inarticulé. Les yeux fermés, il se figea tandis que sa semence jaillissait en un long jet brûlant. Madeline se cramponna à lui comme la jouissance la balayait avec la force d'un raz-de-marée…

Il était en elle, tout au fond. Ils étaient aussi unis qu'un homme et une femme pouvaient l'être, ses hanches dures contre ses cuisses ouvertes.

Il ne s'était pas retiré, et elle sut à quel moment il s'en rendit compte à son tour, car il se raidit et retint son souffle avant de laisser finalement échapper un long soupir de… quoi ? Frustration, peur, colère contre lui-même ?

« Ne fais pas cela, le supplia-t-elle en silence. Ne gâche pas cet extraordinaire moment en t'excusant. » Si elle tombait enceinte, sa vie – *leurs vies* – en serait irrémédiablement transformée. Jusqu'à présent, il avait fait preuve de toute la prudence nécessaire, mais s'il le regrettait, tout ce qui venait de se passer serait gâché.

— Regarde-moi, dit-il d'une voix douce.

Lentement, elle ouvrit les paupières pour découvrir qu'il la fixait du regard, les cheveux en bataille, leurs deux corps toujours intimement unis.

La question qui suivit, posée tout aussi doucement, la surprit :

— Que ressens-tu, là, tout de suite ? Dis-le-moi.

Que je t'aime. Que je veux avoir ton enfant, si tu viens de m'en donner un.

Non, impossible de lui avouer cela, elle avait trop peur que ce ne soit pas ce qu'il veuille entendre.

— La vie emprunte parfois des chemins tortueux, murmura-t-elle en esquissant un sourire. Nous ne pouvons pas tout contrôler. Alors, aussi banal que cela paraisse, ce qui sera sera.

Le regard de Luke était indéchiffrable, mais au moins n'était-il pas empli de regret.

— Tu as un effet déplorable sur mes capacités de contrôle.

Pas tout à fait une déclaration d'amour fleurie, mais c'était une concession.

— Il est évident que toi aussi tu affectes mon jugement, murmura Madeline.

— J'essaie d'être prudent avec toi.

Qu'est-ce que cela signifiait ?

— Je ne suis pas une fleur délicate, milord.

Il lui sourit, et parut soudain plus jeune, plus insouciant.

— Non, en effet, acquiesça-t-il. Vous êtes une femme indépendante et passionnée, lady Brewer. Je voulais simplement dire que j'essaie de faire en sorte que cela ne soit pas compliqué, mais je crains que ça ne le soit quand même.

Elle lui sourit à son tour.

— C'est ce que je disais, je crois.

Il la scruta, puis :

— Le mal est fait, dis-tu. S'il y a un enfant, nous nous occuperons de cette situation en temps utile ?

— Une femme ne conçoit pas chaque fois, murmura-t-elle, s'efforçant de ne pas paraître perturbée par cette possibilité. Il nous a fallu, à Colin et à moi, plus de six mois avant que je tombe enceinte.

— Très bien, je veux bien admettre que cela gâcherait quelque peu la soirée de s'en inquiéter dès maintenant.

Avec un petit rire étouffé, il se retira et bascula sur le dos.

— L'anticipation est un puissant aphrodisiaque apparemment. Cela a été rapide. Dois-je en être embarrassé ?

— Selon moi, dans certains cas, être rapide a quelques mérites, déclara Madeline, adoptant le même ton léger.

Elle faisait de son mieux pour maîtriser le tumulte d'émotions qui la submergeaient, mais elle ne se sentait pas tout à fait capable de faire preuve de détachement, pas après avoir fait l'amour avec une telle fièvre.

— Dans certains cas, le choix nous échappe, observa-t-il, narquois. Cette performance un peu précipitée porte un coup à ma fierté. Que dirais-tu, à présent, d'opter pour un rythme lent, long et… lascif ?

— Je suis sûre qu'avec toi, quel que soit le rythme, l'expérience sera inoubliable.

Quelque chose passa dans ses yeux, et elle comprit qu'elle avait prononcé ces mots avec trop de tendresse et de sincérité. Elle chercha donc à se rattraper en ajoutant d'un ton taquin :

— Quand bien même vous n'avez pas encore fait un grand étalage de votre lascivité, Altea.

— Ah bon ? dit-il tandis qu'un coin de sa bouche se relevait paresseusement.

Les bras repliés derrière la tête, il offrait sa nudité à son regard sans la moindre gêne. Son sexe à présent au repos était niché entre ses cuisses musclées, et en contemplant son corps athlétique, Madeline ne put s'empêcher de penser à un guerrier de Sparte.

— Voilà donc un oubli que je vais devoir réparer, ajouta-t-il.

— J'attends cela avec impatience.

Voilà, elle avait retrouvé un peu de sang-froid et pouvait à nouveau feindre l'insouciance. Elle s'étira, et éprouva un petit sentiment de triomphe quand le regard de Luke se riva aussitôt sur ses seins.

— Je doute qu'il te faille attendre longtemps, murmura-t-il en tendant la main vers le doux triangle au creux de ses cuisses. Même un ange ne te résisterait pas, et nous savons tous les deux que je n'ai rien d'un ange…

Cette position, se dit Luke en proie à un plaisir insensé, était très satisfaisante, mais il regrettait de ne pas voir son visage s'empourprer, ou la façon dont ses paupières frémissaient juste avant qu'elle ne s'abandonne à l'orgasme. Et puis, ainsi, il ne profitait pas de la morsure éloquente de ses ongles dans ses épaules. À genoux derrière elle, il lui avait empoigné les hanches à pleines mains pour aller et venir frénétiquement en elle, mais perdit à nouveau le combat qu'il se livrait à lui-même pour ne pas succomber trop vite à la jouissance quand il entendit son cri haletant.

Que diable lui arrivait-il ? se demanda-t-il après coup, quand son cœur cessa enfin de cogner comme un damné. Ils étaient en nage, les membres emmêlés, sa joue à lui reposant sur la soie de sa chevelure à elle.

La prendre jusqu'à l'épuisement ne va rien résoudre.

À peine cette pensée lui traversa-t-elle l'esprit qu'il se corrigea mentalement. Il ne l'avait pas *prise*, il lui avait *fait l'amour*, et la différence était de taille.

Tout à l'heure, elle l'avait regardé… et, oui, il avait reconnu cette douce lumière dans ses yeux. Aussi fugace avait-elle été, elle s'était gravée dans son esprit de façon indélébile, comme si sans rien dire, sans prononcer le moindre mot, elle lui avait offert un présent qu'il ne pourrait jamais lui rendre. Ni oublier. S'il l'avait évitée pendant plus d'un an, c'était pour une bonne raison, et maintenant qu'il ne parvenait plus à garder cette indispensable distance à laquelle il était pourtant déterminé à s'accrocher, il lui fallait affronter les conséquences possibles de ses actes.

Il se pouvait qu'il lui ait fait un enfant. Et comme si une fois ne suffisait pas, il avait recommencé…

— Lord Fitch m'a envoyé quelque chose.

Cette simple déclaration le ramena brutalement au présent. Il souleva la tête et scruta le visage de Madeline.

— Quoi ?

Elle esquissa une grimace.

— Cela lui ressemble bien. Des bas et des jarretières. Colin… eh bien, Colin aimait que j'en porte… sans rien d'autre. Je n'ai pas encore lu tout le journal – je n'y parviens pas –, mais il y fait allusion. Ce doit être Fitch. Personne d'autre ne peut savoir.

Michael le pouvait, mais c'était bien la dernière personne qui tourmenterait Madeline ainsi, bien au contraire. Spontanément, Luke l'attira contre lui en un geste instinctivement protecteur.

— Le comte n'a apparemment pas envie de faire de vieux os, déclara-t-il d'un ton dépourvu d'inflexions. Ses lubies commencent à me fatiguer.

— Il ne vaut pas une rencontre à l'aube, murmura-t-elle en lui caressant le dos de la main avant de nouer ses doigts aux siens. Mais ta galanterie me touche.

Il ne se sentait nullement galant, mais bien plutôt furieux contre Fitch.

— Ce sale type a besoin d'une correction et tout le plaisir sera pour moi.

Elle se retourna dans ses bras, petite et chaude contre lui.

— Non, je t'en prie, dit-elle d'une voix légèrement ensommeillée. Je t'en ai parlé, car je n'ai personne d'autre à qui le dire et que cela me bouleverse.

— N'y pense plus, ne pense plus à lui, dit-il en déposant un baiser dans le creux sous son oreille. Ces vilaines petites plaisanteries sont terminées. Tu as ma parole.

— Hmm…

Ce n'était pas vraiment une réponse et il s'aperçut qu'elle s'était endormie. Dans le clair de lune, ses cheveux brillaient d'un pâle éclat et il la tenait dans ses bras avec une tendresse infinie qui contrastait avec leur étreinte explosive.

Si seulement il pouvait effacer le passé...

Mais c'était impossible.

Maria lui avait accordé sa confiance, elle aussi, avec la même douceur, la même générosité. Elle avait porté son enfant, il l'avait épousée, et elle était morte...

Ce cycle le terrifiait.

En Espagne, par une froide nuit de printemps, il avait appris à ne plus rêver.

Mais, songea-t-il tandis que les chandelles commençaient à crachoter, signe qu'elles allaient bientôt s'éteindre, s'il n'était pas capable de lui offrir son amour, il pouvait au moins protéger Madeline des machinations de ce triste sire.

Si magique qu'ait été cette nuit, il leur fallait se séparer.

Le petit-déjeuner avait eu lieu dans la même petite salle à manger toujours aussi déserte : du café, de délicieux petits pains au lait, du jambon de pays et des œufs en meurette qui avaient un goût bien différent avec Luke de l'autre côté de la table, en chemise blanche toute simple déboutonnée au col. La conversation avait été banale, chacun évitant prudemment d'envisager le moindre projet, et d'amant passionné Luke s'était transformé en interlocuteur poli avec une aisance troublante.

Pour Madeline, il n'était pas aussi facile de faire abstraction de l'intimité qu'ils avaient partagée. Et du fait qu'elle était peut-être déjà enceinte.

Mais peut-être n'était-ce pas facile pour lui non plus, car il se montra remarquablement silencieux quand ils regagnèrent la voiture et durant tout le trajet de retour.

— Merci de t'être donné toute cette peine, murmura-t-elle quand il l'aida à descendre de voiture devant sa porte.

— Merci *à toi*, dit-il doucement. Ma « peine » a été plus que largement récompensée.

— Si, jusqu'à présent, on ne pouvait que spéculer quant à notre relation, j'imagine que ce ne sera plus le cas maintenant, alors que tu me raccompagnes chez moi au matin et que je porte ma robe de la veille.

Elle était assez résignée pour parvenir à sourire.

— Je crains d'avoir été insouciant. Je voulais me réveiller dans tes bras et je n'ai rien prévu au-delà. La société ne surveille pas les faits et gestes des hommes avec la même attention que ceux des femmes. Cela t'ennuie ?

Non. Cela ne l'ennuyait pas dans la mesure où elle venait de vivre la nuit de ses rêves.

— Je ne suis pas aussi indifférente que toi au qu'en-dira-t-on, mais j'apprends assez vite.

Il hocha la tête, puis son expression changea.

— Je quitte Londres pour quelques jours demain. Je te rendrai visite dès mon retour.

Le cœur de Madeline se serra.

— Dans ce cas, je te souhaite un bon voyage.

Il acquiesça, impassible, avant de grimper dans sa voiture qui s'ébranla aussitôt.

Se rendant compte qu'elle était toujours plantée sur le trottoir, Madeline se secoua et gravit rapidement les marches du porche. Elle ne voulait pas suivre du regard sa voiture qui s'éloignait. Rien ne devait ternir le souvenir des heures qu'ils venaient de vivre.

L'insaisissable vicomte d'Altea avait organisé un rendez-vous romantique.

Voilà qui constituait, à n'en pas douter, une sorte de victoire.

19

Le bruit de la petite fontaine était discret, le ruissellement de l'eau évoquant la campagne dans ce jardin de ville. Et puis, il y avait les oiseaux, des pinsons, qui voletaient parmi les massifs de fleurs, et d'autres qui lançaient des trilles mélodieux, paravent sonore aux bruits de la rue tandis qu'un véhicule invisible y passait.

Assise sur le rebord en marbre du bassin, Elizabeth laissait traîner ses doigts dans l'eau. L'air était tiède en ce bel après-midi d'été, et seules quelques volutes blanches flottaient dans le ciel d'azur.

D'ordinaire, elle adorait ce genre de temps. Mais aujourd'hui, il lui paraissait aussi sinistre qu'un hiver dans le Yorkshire.

Miles l'évitait. C'était évident, et elle n'était pas la seule à s'en être aperçue. Sa mère ne s'était pas privée de lui en faire la remarque, et même Luke, malgré ses préoccupations, lui avait demandé si quelque chose n'allait pas.

La réponse était simple. *Rien n'allait.*

Une cascade jaillissait de la bouche ouverte d'un poisson en pierre. Cette fraîcheur était assez tentante pour qu'Elizabeth remonte ses jupes, se débarrasse de ses souliers et de ses bas. Elle testa l'eau de la pointe du bout des orteils avant de s'y plonger jusqu'à mi-mollets.

La sensation était délicieuse mais elle ne dissipa en rien sa tension.

Elle s'était conduite comme une idiote et maintenant elle en payait le prix. Pourquoi avait-elle éprouvé le besoin de défier Miles, de se montrer aussi agressive et directe ?

— Tu n'aurais pas dû laisser ça dans ma chambre.

La voix calme la fit sursauter. Elle se retourna. L'objet de ses pensées – qui les occupait en permanence depuis une semaine – se tenait là, son message à la main. À son grand soulagement, il avait l'air... normal. Enfin, comme Miles quoi, avec ses cheveux châtain foncé et ses yeux d'ambre, son expression un peu inquisitrice.

— J'aurais préféré te le remettre en personne, répliqua-t-elle, mais tu boudais.

Il haussa les sourcils. Il ne portait pas de veste, sans doute en raison de la chaleur.

— Je *boudais* ? Au risque de paraître impoli en contredisant une dame, je ne boudais pas. Un homme adulte ne boude pas. Il peut nous arriver de broyer du noir, d'être maussades, mais bouder n'est pas le mot approprié. Tu veux bien m'expliquer ? demanda-t-il en agitant la feuille de papier.

La situation l'avait assez irritée pour qu'elle lui écrive ce mot. Mais elle ne tenait pas vraiment à en *discuter*. Elle secoua les mains pour chasser quelques gouttes d'eau et se força à sourire.

— Je tentais d'exprimer mes regrets à propos de notre incompréhension l'autre jour.

— Il n'y avait aucune incompréhension. J'ai juste refusé de coopérer et ça t'a énervée. Mais, ajouta-t-il, moqueur, j'ai trouvé ton mot très émouvant. Depuis que je te connais, c'est bien la première fois que tu présentes des excuses.

— Ce n'est pas vrai, se défendit-elle avec chaleur.

— Donne-moi un seul exemple.

Oui, bon, d'accord, elle avait peut-être un peu de mal à reconnaître ses torts. Non pas qu'il en soit davantage capable qu'elle, mais il avait peut-être raison sur ce point : rien ne lui venait à l'esprit.

— C'est bien ce que je pensais, reprit-il devant son silence.

Ah, cette expression satisfaite ! Elle l'agaçait depuis qu'elle avait cinq ans.

— Puisque nous vivons sous le même toit, j'ai cru bon de faire un effort pour qu'au moins nous nous adressions la parole, rétorqua-t-elle.

— J'ignorais que nous ne nous parlions plus.

— Quand m'as-tu parlé pour la dernière fois ?

— Je suis occupé.

— Donc, tu ne m'évites pas ?

S'il y avait bien une chose dont elle était certaine à propos de Miles, c'était de son honnêteté. C'était du reste à cause d'elle qu'il avait été puni beaucoup plus souvent qu'elle lorsqu'ils étaient enfants. Quand leurs transgressions étaient découvertes et qu'on lui posait une question directe, il disait la vérité.

Son hésitation fut palpable et il évita son regard.

— C'est bien ce que je pensais, répéta-t-elle, accusatrice.

Il semblait soudain fasciné par la fontaine. Non, en fait, il contemplait ses jambes visibles dans l'eau si limpide.

Il avait déjà vu ses chevilles, se rappela-t-elle, attendant qu'il se décide à répondre. Mais… pas ces derniers temps.

— Je pensais que cela valait mieux, dit-il enfin en se risquant à la regarder.

Elle tapa du pied dans l'eau, soulevant une petite gerbe argentée.

— Pourquoi ?

— Mais j'accepte tes excuses, éluda-t-il poliment, l'expression soigneusement indifférente.

Elizabeth le dévisagea, exaspérée et frustrée. Soudain, sans réfléchir, elle se pencha, récupéra de l'eau dans sa main en coupe et l'aspergea.

Il était assez proche pour que sa chemise blanche soit éclaboussée. Quelques gouttes ruisselèrent sur sa joue.

— Mais qu'est-ce que j'ai fait pour mériter ça ! marmonna-t-il en sortant un mouchoir pour s'éponger.

Au lieu de lui répondre, elle recommença, avec plus de vigueur encore.

— Elizabeth ! s'exclama-t-il.

Elle l'aurait bien éclaboussé une troisième fois, mais il ne lui en laissa pas le temps. S'avançant vers elle, il la prit par la taille, la hissa sans effort hors du bassin et la déposa dans l'herbe.

— Nous ne sommes plus des enfants, alors arrête de te comporter comme une gamine, déclara-t-il d'un ton mordant.

Non seulement, il n'avait pas de veste, mais il ne portait pas non plus de cravate, si bien que le col ouvert de sa chemise laissait voir son cou sur lequel une goutte solitaire courait encore. Fascinée, Elizabeth la suivit du regard. Ils étaient si proches qu'elle sentait son odeur où se mêlaient celles du bois de santal et de linge propre. C'était… troublant.

— Non, nous ne sommes plus des enfants, acquiesça-t-elle doucement avant de commettre l'erreur de plonger son regard dans le sien.

Il avait envie de l'embrasser. S'en rendre compte ne fut même pas un choc. C'était évident à la façon dont ses mains s'étaient refermées sur ses épaules, dont il avait abaissé les paupières en prenant une brève inspiration.

La surprise venait du fait que, si Miles et elle étaient rarement d'accord, en cet instant, ils l'étaient. C'était exactement ce qu'elle voulait, elle aussi.

Le soleil était sans doute responsable de la couleur qui lui était montée aux joues, se dit Miles. Ou alors, c'était à cause de son petit éclat. Mais ni l'un ni l'autre ne pouvaient expliquer ce regard mi-inquisiteur, mi-entendu, comme si elle devinait ce qu'il avait en tête, les envies scabreuses qui lui traversaient l'esprit en cet instant.

Maudite intuition féminine.

Et pourtant, elle ne cherchait pas à mettre la moindre distance entre eux. Au contraire, elle le fixait comme si elle attendait quelque chose, les lèvres entrouvertes. Elle était délicieuse dans cette robe de mousseline, ses cheveux attachés par un simple ruban de satin blanc. Quand, en sortant sur la terrasse, il l'avait vue debout dans l'eau, les jupes remontées jusqu'aux genoux, le cœur de Miles avait failli s'arrêter de battre.

Ses mains glissèrent lentement de ses épaules pour aller s'arrimer à sa taille tandis qu'ils continuaient à se fixer sans mot dire.

Je t'aime.

Ces mots demeurèrent suspendus au bord de ses lèvres, mais résonnèrent dans son esprit telle une incantation. *Je t'aime même quand tu te moques de moi, même quand nous ne sommes pas d'accord, surtout quand tu pointes mes défauts avec ce sourire si particulier qui reflète le mien...*

— Miles...

Sans lui laisser le temps de continuer, il s'inclina et cueillit son nom sur ses lèvres.

Elle lui rendit son baiser, les mains à plat sur son torse. Il sentit son incertitude quand il insista pour qu'elle accueille sa langue, puis elle entrouvrit les lèvres et il envahit sa bouche, explorant, savourant, partageant. Il interrompit leur baiser pour mieux l'embrasser encore, tout en l'enveloppant de ses bras afin de la plaquer contre lui comme s'ils étaient amants.

Bien évidemment, son corps réagit de façon prévisible à cette proximité. Son pénis durcit et il se demanda si elle sentait son excitation.

Sans doute, car soudain ses paumes exercèrent une pression affolée contre sa poitrine et il la laissa s'écarter. Haletants, ils se fixaient du regard, si proches qu'il lui suffirait de tendre la main pour…

— Non, l'arrêta-t-elle d'unc voix trcmblante en reculant, les yeux écarquillés. Qu'est-ce que c'était ?

— C'était un baiser, dit Miles, probablement encore plus secoué qu'elle ne l'était, mais s'efforçant de paraître impassible.

— Je sais ce que c'était… je veux dire… je sais que c'était un baiser, bon sang, mais je ne sais pas ce que *c'était*.

Une vraie lady ne jurait pas, mais dans la mesure où c'était lui qui lui avait appris tous les jurons qu'elle connaissait, il s'abstint de le lui faire remarquer. Elzabeth se tenait devant lui, les joues empourprées, échevelée, pieds nus…

— C'était ce que tu veux que ce soit, murmura-t-il.

— Pardonnez l'intrusion, mais puis-je te dire un mot, Miles ?

La voix sèche fit voler l'instant en éclats. Tournant la tête, Miles découvrit Luke à quelques pas à peine et éprouva soudain le besoin de respirer un grand coup. Qu'espérait-il ? Le jardin était parfaitement visible de la maison, et le bureau de Luke se trouvait de ce côté. Par une aussi belle journée, ses fenêtres devaient être ouvertes.

Elizabeth semblait désorientée, comme si elle n'avait pas entendu son frère. Elle continuait de fixer Miles comme si elle le voyait pour la première fois de sa vie.

Malgré la présence de Luke, et sa désapprobation évidente, il dut faire un effort sur lui-même pour ne pas la reprendre dans ses bras.

— Bien sûr, répondit-il.

Luke les dépassa pour aller ramasser les bas et les souliers de sa sœur qui gisaient près de la fontaine.

— Mieux vaut que tu emportes ceci avec toi.

— Je reste, fit-elle d'un ton de défi en ignorant les affaires que son frère lui tendait. Si tu comptes te lancer dans je ne sais quel sermon, il me semble que je dois l'entendre moi aussi, non ?

Luke se contenta de lui fourrer les objets dans les mains et d'indiquer la maison du menton.

— Non. Pas à moins que tu saches avec certitude la nature de tes sentiments à propos de ce qui vient de se passer. Et j'ai l'impression que ce n'est pas le cas.

Tout autre argument, devina Miles, n'aurait pas fonctionné. Elizabeth hésita puis, après lui avoir adressé un regard étrange, tourna les talons et remonta à toute allure sur la terrasse avant de disparaître dans la maison.

Tendu, Miles attendait. Nul doute qu'il méritait une bonne remontrance, mais il était hors de question de s'excuser d'être amoureux d'Elizabeth. Autant dire qu'il regrettait de respirer.

— Bon, maintenant que c'est arrivé, j'aimerais t'entendre, dit Luke en le fixant d'un air indéchiffrable. Et peut-être vaudrait-il mieux que tu déclares tes intentions avant même que nous commencions cette discussion.

— Bon sang, Luke, tu sais que je ne traiterais jamais Elizabeth d'une façon qui ne soit pas honorable, commença Miles, les mâchoires serrées. Je l'aime.

— Oui, nous l'avons tous remarqué. Sauf elle. Mais je présume qu'après cette étreinte, elle aussi sait à quoi s'en tenir.

Le choc fut réel pour Miles. Il croyait avoir réussi à masquer ses sentiments.

— Tous ? répéta-t-il.

— Tous ceux en tout cas qui sont un peu attentifs. À l'exception de ma sœur qui est bien trop concernée. Que comptes-tu faire ?

C'était rassurant de ne pas devoir affronter le courroux – qui pouvait être assez impressionnant – de Luke, mais répondre à cette question n'était pas simple non plus. Miles se passa la main dans les cheveux.

— Je n'en ai aucune idée, avoua-t-il. Je ne suis pas...

Il s'interrompit et Luke acheva sa phrase :

— Lord Fawcett ? Non, et c'est apparemment un point en ta faveur. Elizabeth m'a informé de façon très ferme qu'un engagement avec le marquis ne l'intéressait pas.

— C'est ce que j'avais cru comprendre aussi, mais a-t-elle dit quoi que ce soit à propos de *moi ?*

— Non, du moins pas au sens où tu l'espères.

Ce qui était décevant, contrairement à ce baiser qui, lui, avait été *très* satisfaisant. Elle y avait répondu. Peut-être juste par curiosité, se dit-il. Il était assez intelligent pour se rendre compte que les jeunes filles étaient aussi curieuses des choses de l'amour que les jeunes garçons. Elle l'avait même *interrogé* à ce sujet.

— Elle pourrait trouver mieux, dit-il.

— Socialement, oui, je suis d'accord, admit Luke. Mais, très franchement, je me soucie davantage de son bonheur que de la marier à un homme qui possède un titre plus illustre ou une fortune plus confortable. La vraie question est : que veut-elle ?

Miles se tourna vers la maison dans laquelle elle avait disparu.

— Que devrais-je faire, selon toi ? Si je lui avoue mes sentiments, cela pourrait tout gâcher. Au moins, maintenant, j'ai une place particulière dans sa vie. Si je me déclare, je risque de la perdre.

— Cela m'ennuie de te le faire remarquer, mais je pense que tu l'as déjà perdue, déclara Luke, goguenard. Quant à ce que tu devrais faire, je n'en ai pas la moindre idée. Tu me demandes de prédire les réactions d'une femme. C'est un pari que le joueur que je suis ne se risquerait pas à prendre. Tu ne peux compter que sur toi-même, Miles.

— Avec ta bénédiction ?

C'était peut-être une erreur de le demander, mais Miles préférait savoir à quoi s'en tenir.

Le regard de Luke resta impénétrable.

— Je crois avoir été clair : je veux qu'elle soit heureuse. Je dois m'absenter quelques jours. Je vous fais donc confiance à tous les deux pour vous conduire convenablement. Dans le cas contraire, Miles, je t'en tiendrai pour responsable.

Pas exactement un encouragement, mais pas un refus non plus. Après avoir suivi des yeux la haute silhouette de son cousin qui regagnait la maison, Miles alla s'asseoir à l'endroit où il avait aperçu Elizabeth un peu plus tôt. Le rebord du bassin était humide, mais il s'en moquait.

Il avait besoin de réfléchir.

Les oiseaux chantaient toujours, l'eau continuait de cascader, le ciel demeurait d'un bleu paradisiaque, mais le monde – son monde – avait changé.

Tout avait changé.

Elizabeth se laissa choir sur son lit. Tremblante, le visage en feu, elle essaya de remettre un peu d'ordre dans le chaos qui régnait dans sa tête.

Dieu du ciel, elle avait embrassé Miles.

Non, pardon, c'était *lui* qui l'avait embrassée. Et elle lui avait indéniablement rendu son baiser.

L'expérience n'avait pas été du tout ce qu'elle attendait. Cela avait été beaucoup plus intime, plus fascinant, plus… elle ne trouvait pas les mots, mais la réalité avait été fort différente de ce qu'elle imaginait.

Il l'avait goûtée. Elle ne voyait pas d'autre façon de décrire ce qui s'était passé quand sa langue avait cherché la sienne, quand sa bouche avait pris possession de la sienne. Elle avait senti son corps dur, musclé lorsqu'il l'avait attirée contre lui, et en avait été… bouleversée.

Il lui faudrait au moins une semaine avant de cesser de rougir.

Sans compter que Luke les avait vus. Ce qui était mortifiant. Cela dit, il ne lui avait pas demandé de s'expliquer, ce dont elle aurait été incapable.

S'agissait-il d'une catastrophe ?

Ou d'une révélation ?

20

Ils se heurtèrent sur le seuil de l'hôtel. Lord Fitch marmonna une excuse tandis que Luke, qui avait délibérément provoqué cette collision, le dévisageait avec un mépris non dissimulé.

— Nous pouvons discuter de notre affaire ici ou vous pouvez m'accompagner discrètement. Que choisissez-vous ?

Station thermale prisée par l'élite de la société britannique, Bath était très fréquentée en été. Le pont Pulteney, notamment, grouillait de monde par cette belle matinée. Se remettant du choc de cette rencontre, Sa Seigneurie s'éclaircit la gorge – elle avait visiblement senti la menace dans le ton de son interlocuteur.

— Pas le temps pour cela, j'en ai peur. Bonne journée, milord.

— Notre affaire, c'est le journal de lord Brewer, articula Luke. Celui que vous avez volé ou acquis de façon détournée. Celui que vous tentez d'utiliser pour faire chanter sa veuve.

— Je ne vois absolument pas de quoi vous parlez, Altea.

Il voulut continuer son chemin.

La main de Luke jaillit et lui agrippa le bras d'une poigne de fer.

— Vraiment ? Il y a une petite taverne un peu plus bas dans la rue, mais si vous préférez que nous trouvions un endroit plus isolé…

— Non.

L'idée de se retrouver seul avec Luke ne semblait pas convenir au comte dont le teint avait soudain pris une teinte verdâtre.

— Allons boire un verre, acquiesça-t-il finalement, puisque vous tenez tant à me parler, Altea. J'ignorais que vous étiez à Bath.

— De même que j'ignorais que vous aviez quitté Londres, répliqua Luke. Ce qui s'est avéré une bonne décision, car j'ai eu tout le temps du trajet pour décider que vous tuer n'en valait pas la peine. Non pas, ajouta-t-il avec un sourire, que je n'en tirerais pas satisfaction, mais quelqu'un que je tiens en grande estime pourrait en être troublé. Elle a eu plus que sa part d'angoisses ces derniers temps, la plupart à cause de vous.

— De… de quoi parlez-vous ? bafouilla Fitch.

Il se libéra d'un geste brusque, mais comprit qu'il n'avait d'autre choix que de lui emboîter le pas.

La foule était nombreuse sur le trottoir mais, comme par magie, les passants s'écartaient devant Luke. Et tandis qu'ils franchissaient le pont, certains leur adressèrent des regards emplis de curiosité, le teint cireux de lord Fitch n'y étant peut-être pas étranger.

— Je pensais avoir été clair, déclara Luke d'une voix égale. Et pourtant vous avez décidé de poursuivre vos jeux malsains.

— Je ne vois pas du tout à quoi vous faites allusion.

— Lady Brewer n'a pas apprécié votre cadeau.

— Quel cadeau ?

Si son air outré était censé convaincre de sa sincérité, il n'eut aucun effet sur Luke. Au lieu de répondre à sa question, ce dernier se dirigea vers le petit établissement installé sur les rives de l'Avon. Il était encore assez tôt pour que de nombreuses tables soient libres, et il en choisit une au fond de la salle. Celle-ci sentait un peu trop la bière à son goût, mais il ne comptait pas s'éterniser. Il n'était là que pour faire passer un message.

Quand la serveuse accourut, il lui annonça d'un ton crispé :

— Mon ami aura besoin d'un whisky. Je ne bois pas.

Il garda le silence jusqu'à ce que la fille revienne. Celle-ci, faisant preuve pour son jeune âge d'une sagesse surprenante sans doute due à sa profession, leur laissa la bouteille avant de battre en retraite.

La main de Fitch n'était pas très assurée quand il se servit un verre.

Tant mieux. L'homme avait senti le danger.

Luke se pencha vers lui et le fixa d'un regard belliqueux.

— Comment avez-vous pu croire que je vous permettrais d'envoyer à Madeline un paquet aussi inconvenant sans envisager des représailles ? C'est une insulte à la dame ainsi qu'à mon sens de l'honneur.

— Vous faites erreur, Altea, dit Fitch avant de boire une gorgée de whisky, le verre cognant contre ses dents.

— Certainement pas, rétorqua Luke. Ne me poussez pas à bout, Fitch. Il serait tentant de régler cette affaire sur-le-champ, mais les duels suscitent toujours une déplorable agitation et, très franchement, vous n'en valez pas la peine. Vous avez cru pouvoir vous en tirer en quittant la ville juste après lui avoir envoyé ce cadeau. Peut-être pensiez-vous que je ne l'apprendrais jamais. Après tout, il était un peu gênant pour elle d'expliquer la situation. Croyiez-vous qu'elle ne m'en parlerait pas ?

Fitch secoua la tête. La journée était chaude, certes, mais il transpirait anormalement. Des gouttes de sueur lui perlaient au front.

— Désormais, lady Brewer et vous ne vivez plus dans le même univers. Tout contact vous est impossible, vous comprenez ? Ayant manifesté mon intérêt pour elle, je pensais que cela suffirait. Si je suis ici, c'est en raison de votre échec à reconnaître la gravité de vos actes. Je veux croire que cela ne se reproduira plus.

Comme la plupart des brutes, il était clair que lord Fitch ne s'attendait pas à devoir rendre des comptes.

— Je ne m'intéresse nullement à lady Brewer, articula-t-il d'une voix faible. Nullement.

— Ah... enfin ce que je désirais entendre. Mais si, à l'avenir, vous tentez la moindre incursion dans son monde, il n'y aura aucune discussion et nous réglerons notre différend d'une façon beaucoup moins civilisée, d'homme à homme. Ceci étant clair, il reste un dernier point à éclaircir. Comment êtes-vous entré en possession du journal ?

— Je n'ai jamais...

Fitch s'interrompit, comprenant sans doute que nier pouvait s'avérer très dangereux. Son verre tremblant dans sa main, il lâcha :

— Je l'ai *trouvé,* bon sang, Altea.

— Où cela ?

— Au club. Il traînait sur une table. J'étais l'un des premiers ce jour-là et il était là. Je l'ai ramassé.

— Quand ?

Fitch haussa les épaules, mais était visiblement soulagé : Luke semblait le croire.

— Il y a trois mois, peut-être.

Madeline avait donc dû supporter les insinuations de cet individu pendant *trois* mois ?

— Il ne vous est pas venu à l'esprit de le rendre à lady Brewer ? fit Luke en se levant, l'air dégoûté. Ne vous donnez pas la peine de vous chercher une excuse, nous savons vous et moi ce qu'il en est.

Sur ce, il s'éloigna, laissant Fitch à son verre de whisky.

Quelqu'un avait donc laissé le journal de lord Brewer dans leur club ? Volontairement ? Par accident ? Et comment diable cette personne était-elle parvenue à entrer en sa possession ?

Si le problème Fitch semblait réglé, voilà qu'il en surgissait un nouveau.

Bonté divine.

Cette présence inattendue n'était pas vraiment la bienvenue. Non pas que Madeline détestât Alice, mais en dépit de leur lien de parenté, elle ne s'était jamais sentie très proche d'elle.

— Vous avez bonne mine, déclara sa cousine en prenant place dans la loge de la famille May.

Marta et son mari étant à la campagne, Madeline avait invité sa mère et tante Ida à l'opéra, sans envisager qu'elles viendraient accompagnées. Alice était la fille de l'oncle de Colin et, elle aussi, une jeune veuve.

— Cela fait si longtemps que nous ne nous sommes pas vues, Mad, reprit-elle.

Le surnom que lui avait donné Colin sonnait étrangement dans sa bouche.

« Maintenant, c'est Madge, songea-t-elle. Le nom qu'a choisi Luke pour m'agacer et auquel je me suis habituée… »

Il était même possible que ce surnom lui plaise, surtout quand il le prononçait d'une voix rauque, alors que leurs corps se mouvaient en une communion sensuelle…

Non, ne pas penser à *cela* maintenant.

— J'ai entendu dire que vous aviez voyagé, fit-elle d'un ton neutre.

Alice Stewart était une amie mais il y avait toujours eu une certaine distance entre elles sans qu'elle ait jamais compris pourquoi.

— Un peu, ici ou là, répondit Alice avec un sourire.

C'était une belle femme aux cheveux sombres et aux traits fins qui avait sensiblement le même âge qu'elle.

Son mari était mort brutalement, comme Colin, peu de temps après leur mariage.

— Nous sommes heureuses de vous revoir à Londres, déclara la mère de Madeline avec chaleur.

— Et je suis heureuse d'être de retour, mais il semble que j'aie raté certains événements. Où est lord d'Altea ? demanda-t-elle d'un ton enjoué.

— Il s'est absenté, expliqua Madeline en réprimant une pointe d'agacement. J'admets cependant que je ne surveille pas son agenda personnel. J'ignore où il est allé.

— Tout le monde est curieux, intervint sa mère. Remarque tous ces regards tournés vers nous.

Oh, Madeline les avait remarqués ! Sans parler des jumelles de théâtre braquées dans sa direction.

— C'est peut-être ma nouvelle robe, observa-t-elle, pince-sans-rire.

Elle lui avait été livrée le matin même, et elle en avait été ravie car la teinte était parfaitement assortie aux boucles d'oreilles offertes par Luke.

— Mais j'avoue que je ne comprends pas cette attention alors que mon décolleté est très sage comparé à celui de Gabrielle Fontaine.

— Serait-ce à elle que tu souhaites être comparée ? ironisa tante Ida.

— Pas vraiment, admit Madeline. Même si elle est très belle, je suppose.

— Nous n'avons certes aucun mal à juger de l'ampleur de ses charmes, reprit Ida, à voir comme ils débordent de sa robe. Nul doute qu'elle s'est habillée pour faire sensation. Tout le monde est là. Sauf Altea, bien sûr.

D'où le problème, se dit Madeline. C'était le premier événement mondain auquel elle assistait sans lui depuis des semaines. S'ils attiraient l'attention quand ils se montraient ensemble, c'était pire encore quand elle était seule.

— Nul doute que tout le monde doit se demander s'il ne m'a pas déjà délaissée, commenta-t-elle avec flegme. Faudrait-il que je publie une annonce dans le *Times* pour expliquer qu'il a simplement dû quitter Londres pour quelques jours ?

— Une annonce de fiançailles serait encore mieux, répliqua sa mère en refermant son éventail d'un petit geste du poignet. Trevor est un ange, mais il n'a que sept ans. Un homme dans la famille lui ferait le plus grand bien.

— C'est si sérieux que cela ? murmura Alice.

Mieux valait ne pas répondre à ce genre de question.

— Je connais votre opinion, Mère, et vous connaissez la mienne. Le vicomte et moi sommes amis. Ne vous bercez pas de faux espoirs.

Madeline avait parlé avec fermeté mais, intérieurement, elle n'était pas du tout aussi sûre d'elle. C'était effrayant de constater à quel point le voyage de Luke avait affecté son existence. Après la mort de Colin, elle était restée seule pendant des années… comment une absence de quelques jours pouvait-elle avoir un tel impact ?

La réponse était l'amour, bien sûr. Un mélange de plaisir et de douleur assez différent de ce qu'elle avait éprouvé avec Colin, mais tout aussi excitant.

En vérité, elle était impatiente de revoir Luke.

— Tu imagines ce que tout le monde pense, Madeline ? demanda sa mère, le ton pincé.

— Je crois en avoir une assez bonne idée. Pouvons-nous changer de sujet ? fit-elle tandis que, à son grand soulagement, le rideau se levait.

— Cela vaudrait mieux en effet, déclara Alice avec un amusement non dissimulé, les yeux tournés vers l'entrée de leur loge. Et quand on parle du loup…

— Pardonnez-moi. Je suis en retard, mais je vois que le deuxième acte commence à peine. Puis-je me joindre à vous ?

Au son de cette voix, un frisson la parcourut. Ce ton légèrement traînant, cette ironie à peine voilée, cette sensualité lui étaient désormais très familiers. Comme si elle l'avait connu toute sa vie, songea Madeline en se retournant pour regarder Luke pénétrer dans leur loge et se pencher d'abord sur la main d'une Ida choquée, avant de saluer sa mère avec la même courtoisie.

— Lord d'Altea… Bien sûr, je vous en prie, installez-vous, dit cette dernière, déconcertée, car elle ne s'attendait sûrement pas à voir surgir ainsi le sujet de leur conversation.

— Milord, le salua poliment Alice en inclinant la tête, les yeux brillants.

La musique qui reprenait interdisait toute conversation, aussi Madeline se contenta-t-elle de sourire tandis qu'il s'asseyait près d'elle, mais s'il avait pris sa main gantée dans la sienne, il aurait senti à travers le satin les battements accélérés de son pouls.

Cette réaction de petite fille aurait pu – aurait dû – l'irriter, mais elle était trop heureuse, trop consciente de la proximité de son corps élancé installé avec une nonchalante élégance dans le siège qui avait toujours été celui de Colin, comme si c'était là sa place, et plus encore, comme si elle l'avait invité.

Ce qu'elle n'avait pas fait. Pas alors qu'elle se trouvait avec sa mère et sa tante. Et la présence d'Alice n'arrangeait rien. Avait-il la moindre idée de ce qu'il faisait ? Arriver en retard à l'opéra et se joindre à sa famille dans leur loge privée, au vu et au su de tous… voilà qui était pire que téméraire.

Sauf, bien sûr, si ses intentions étaient honorables, ce qu'elles n'étaient pas, comme il le lui avait dit clairement.

— Qu'ai-je manqué ? demanda-t-il en se penchant vers elle d'une façon scandaleuse. Laissez-moi deviner. Une débâcle sentimentale est sur le point de se produire sur cette scène.

Elle sentait son souffle sur sa joue.

— Je croyais que vous n'aimiez pas la tragédie italienne, chuchota-t-elle, les mains crispées sur ses jumelles de théâtre.

— Pour toi, ma douce, je consens à quelques sacrifices.

Ce terme affectueux la laissa sans voix, jusqu'à ce qu'elle se souvienne que cela faisait partie de son charme, que ce n'était qu'une façade.

Combien de personnes dans la salle avaient remarqué l'arrivée du vicomte d'Altea dans sa loge ? Madeline mit un point d'honneur à garder les yeux rivés sur la scène.

— J'espère que vous ne le regretterez pas, murmura-t-elle.

— J'ai déjà vu un ou deux opéras et j'ai survécu.

— Allez-vous souvent à l'opéra avec des veuves, leurs mères et leurs matrones de tantes ?

— À vrai dire, jamais.

Du coin de l'œil, elle le vit esquisser un sourire.

— Dans ce cas, pourquoi êtes-vous là ?

— Je n'en suis pas sûr.

— Voilà qui est assez mystérieux. En attendant, vous venez de faire sensation.

— En venant à l'opéra ? s'étonna-t-il. Comment est-ce possible ?

Imitant tante Ida, elle adopta sa voix la plus guindée.

— En vous joignant à nous de façon aussi ostentatoire.

— Nous avons déjà fait quelques apparitions publiques ensemble.

— Ceci est différent et vous le savez. Ma mère et ma tante sont là.

— En effet. Et ?

— Cette innocence feinte ne vous convient pas.

— Chère Madge, dites-moi donc ce qui me convient ?

Il était bien plus près d'elle que ne l'exigeaient les convenances, et sa voix était beaucoup trop taquine.

Dieu du ciel, cet homme possédait la beauté du Diable et les promesses qu'elle lisait dans son regard gris auraient tenté n'importe quelle femme…

— Ce qui vous conviendrait peut-être, fit Madeline toujours à voix basse, c'est que je vous verse ma coupe de champagne tiède sur le crâne si vous ne cessez pas de donner du grain à moudre aux commères, Altea. Cela n'a pas suffi à convaincre lord Fitch de me laisser tranquille, alors ne me dites pas que vous êtes ici pour…

— Fitch ne vous importunera plus jamais. Nous pourrons en discuter plus tard.

Il semblait si sûr de lui qu'elle le crut sur-le-champ. À vrai dire, elle lui faisait confiance depuis longtemps déjà.

Sinon, elle n'aurait pas été aussi impatiente de partager son lit. Mais peut-être que ceci n'expliquait pas cela… Elle avait du mal à penser de manière rationnelle en sa présence.

De la scène montait le chant superbe de la soprano, mais Madeline était incapable de l'apprécier. Elle ne pensait qu'à l'homme assis à ses côtés.

La sortie du théâtre s'annonçait délicate, elle le savait, car elle était venue dans la même voiture que sa mère et sa tante. Si elle leur annonçait qu'elle rentrait par ses propres moyens, autrement dit en compagnie de Luke, elle franchirait un autre point de non-retour.

Ils étaient à deux doigts du scandale le plus extrême.

21

Il n'avait été absent que quatre jours, se rappela Luke en patientant dans la file d'attente devant l'opéra tandis qu'on avançait les attelages. Le voyage dans le Somerset n'avait, du reste, pas été inutile puisqu'il lui avait permis de montrer à Fitch combien il était sérieux. Madeline se tenait à ses côtés, ses superbes épaules nues, ses cheveux blonds retenus sur le sommet de son crâne par quelques épingles dorées, les topazes qu'il lui avait offertes comme unique ornement, en dehors bien sûr de sa beauté parfaite. Mais, néanmoins, ces quatre jours avaient été beaucoup, beaucoup, trop longs.

— Je suppose, déclara Madeline avec calme, que personne ne sera dupe si je rentre avec ma mère et ma tante.

— Pour ma part, je m'en moque, mais pour sauvegarder votre réputation, je me contenterai de vous escorter jusqu'à votre équipage puis de partir de mon côté.

Elle arqua un sourcil et lui sourit.

— Pas trop loin, j'espère.

Comme si je le pouvais.

— Vous risquez de me revoir un peu plus tard.

— Je suis impatiente, dit-elle avant de lever les yeux vers le ciel piqueté d'étoiles. C'est une belle nuit.

— Je ferai mon possible pour être à la hauteur de ce décor céleste. Cela ne devrait pas être trop difficile, car je serai inspiré par la plus belle femme d'Angleterre.

Ils discutaient à voix basse, les bavardages de la foule autour d'eux leur assurant un peu de discrétion. Heureusement, le fait que tous ces gens les dévisagent ne signifiait pas qu'ils entendaient ce qu'ils se disaient. Les joues de Madeline se colorèrent devant ce compliment inattendu mais, en dehors de cela, si elle était troublée, cela ne se voyait pas.

— Quelle désinvolture, milord !

— Mais quelle sincérité, Madge !

L'arrivée de sa voiture l'empêcha de répondre, et Luke aida poliment sa tante, puis sa mère à y monter avant de lui offrir sa main en lui souhaitant une bonne soirée. L'autre occupante de la loge, une cousine de lord Brewer, une certaine Alice quelque chose, s'était excusée dès le baisser de rideau.

À présent, se dit-il en reculant, il ne lui restait plus qu'à compter les heures jusqu'à ce qu'il puisse s'introduire dans la maison de Madeline, puis se glisser dans sa chambre à coucher…

Perspective agréable, mais pas autant qu'elle pourrait l'être.

Cette clandestinité l'agaçait de plus en plus, et c'était la raison pour laquelle il avait organisé cette nuit à l'auberge. Au réveil, ils avaient bu du café et mangé des scones au lit, nus tous les deux, et il avait découvert que même ensommeillée et décoiffée elle lui plaisait plus que de raison. Quand ils avaient fait l'amour ce matin-là, cela avait été avec une lenteur et une douceur exquises, et le plaisir avait été intense. Après, tandis qu'ils se rhabillaient et se préparaient à quitter l'auberge, Madeline était restée très silencieuse.

Pas étonnant. Elle avait un fils, et une existence très respectable jusqu'à ce qu'il y fasse irruption.

— Milord ?

Il leva les yeux et s'aperçut que son cocher lui tenait la portière de sa voiture. S'ébrouant mentalement, il grimpa à bord. D'abord, au club, décida-t-il en donnant ses instructions, car il avait des questions à poser à propos du journal. S'il avait été trouvé là-bas, cela signifiait que celui qui l'avait détenu avant Fitch était lui aussi membre du club, ce qui réduisait considérablement la liste des suspects. Mais la tâche n'était pas simple pour autant. Comment diable retrouver celui qui avait abandonné un livre sur une table plusieurs mois auparavant ? Il l'ignorait, mais cela ne coûtait rien de poser quelques questions. Une chose était certaine, les serveurs des établissements que l'élite masculine de la haute société fréquentait connaissaient parfaitement leurs clients. Ils les accueillaient par leur nom, les installaient à leur table préférée et leur servaient leur breuvage de prédilection avant même qu'ils le leur aient commandé.

L'un d'entre eux devait bien savoir quelque chose.

Que Luke l'ait rejointe aussi ouvertement à l'opéra avait été une surprise. Qu'il puisse ne pas la rejoindre dans sa chambre était encore plus inattendu.

S'était-il passé quelque chose ? Pour la centième fois, Madeline alla à la fenêtre, souleva le rideau et balaya du regard la rue déserte. Avait-elle mal compris ? *Vous risquez de me revoir un peu plus tard.* C'était assez clair, non ?

Bien sûr, il avait utilisé le mot *risquez.* L'avait-elle sciemment négligé et…

Elle entendit un petit *clic* et la porte s'ouvrit. Elle se figea, contemplant dans la vitre son propre reflet que la blancheur de sa chemise de nuit et la pâleur de ses cheveux dénoués rendaient fantomatique.

Luke apparut derrière elle, son léger sourire désormais familier. Il posa les mains sur ses épaules.

— Tu me guettes ?

— Ne vous flattez pas, milord.

Sans savoir comment, elle parvenait à paraître calme alors que sa simple présence affolait son cœur et que le son de sa voix déclenchait des frissons au creux de ses reins.

Il rit, son souffle lui caressant les cheveux.

— Il me semble que nous avons déjà discuté de mon arrogance.

— Et aucun progrès à signaler de ce côté-là, à ce que je vois.

Elle frémit quand il pressa la bouche dans son cou.

— Aucun, murmura-t-il contre sa peau.

Elle avait un point faible, avait-elle découvert ces dernières semaines, là, quelque part entre sa nuque et sa gorge.

Et, bien sûr, il le savait.

Ses lèvres effleurèrent sa clavicule, descendirent plus bas et vinrent la butiner juste au-dessus du col de sa chemise de nuit. Le vêtement était modeste mais léger. Avec une audace typique, il tira sur le ruban qui le maintenait avec les dents, ses cheveux lui frôlant la joue.

Un soupir lui échappa.

Une main se glissa dans son corsage et se referma sur son sein, qu'elle pétrit doucement, lui arrachant un nouveau soupir. Madeline pivota entre ses bras pour l'embrasser, leurs corps se plaquant l'un contre l'autre. Si elle avait pu s'insinuer sous sa peau, elle l'aurait fait, se dit-elle, éperdue, tandis que leurs langues se mêlaient délicieusement.

Luke la souleva sans mal – et sans rompre leur baiser –, et elle ne tarda pas à sentir le matelas sous son dos tandis que sa main remontait le long de sa jambe et de sa cuisse avec une possessivité et une assurance qu'elle aurait pu trouver irritantes si sa caresse n'avait pas été aussi habile et… parfaite.

Absolument parfaite.

— Ne t'arrête pas, murmura-t-elle quand il s'approcha de sa hanche. Tu es tout près.

— Tu veux dire... de là ?

Elle poussa un petit cri quand il posa la main à plat sur son mont de Vénus tout en glissant un doigt en elle.

— Peut-être, souffla-t-elle avant de se cambrer en réaction à cette invasion intime. Tu pourrais aussi te servir de quelque chose de... plus grand ?

— Montre-moi ce que tu veux.

Son murmure était brûlant contre son oreille.

— Touche-moi, reprit-il. L'initiative ne doit pas toujours me revenir. Je suis à ta merci.

Pas tout à fait, pas quand elle était aussi fascinée par les mouvements si excitants de son doigt en elle... mais, à sa grande déception, il retira sa main et se contenta de la regarder, un sourire paresseux aux lèvres. La nonchalance de son attitude était démentie par la bosse caractéristique qui déformait son pantalon.

— Faites de moi ce que vous voulez, milady.

Il la mettait au défi de s'aventurer en territoire inconnu. Mais il lui inspirait une telle confiance qu'elle se sentait soudain pleine d'une audace qu'elle ignorait posséder, même avec Colin. Cela dit, elle avait toujours pensé que les femmes devaient se montrer soumises au lit.

— Je... je ne sais pas si je pourrais.

Son sourire devint rayonnant.

— Je te demande de faire comme tu le souhaites. En amour, il n'y a pas de gêne.

Il avait de nouveau prononcé ce mot. Si seulement, c'était bien d'amour dont il s'agissait, elle aurait été prête à accepter cette demande comme un petit triomphe. À vrai dire, elle était en train de se rendre compte que l'idée d'être celle qui décidait lui plaisait assez, surtout quand il était aussi évident qu'il avait envie d'elle.

— Lève-toi et ne bouge pas.

Il obéit, l'air gourmand.

— Je ne bougerai pas un muscle à moins que tu ne me l'ordonnes.

À genoux sur le lit, elle commença par faire glisser sa veste sur ses épaules avec une lenteur délibérée. Puis elle posa les mains à plat sur son torse, les fit courir jusqu'à son ventre ferme pour libérer sa chemise. Les boutons sautèrent les uns après les autres, et elle fut récompensée par le rythme de plus en plus rapide de son souffle. Le vêtement tomba à terre, et elle s'attaqua à son pantalon. Son érection, longue et dure sous ses doigts, déformait le tissu et la tâche n'était pas facile. Il exhala un soupir quand son sexe enfin libéré de sa prison se retrouva dans sa main.

Elle le caressa sur toute sa longueur, depuis les testicules jusqu'au gland, guettant sa réaction entre ses cils.

— Dis-moi ce que tu ressens.

Il soupira de nouveau avant de répondre :

— Je suis au paradis.

Elle se pencha afin que ses seins lui frôlent le torse.

— Tu préférerais ma bouche ?

Elle frotta doucement l'extrémité engorgée de son sexe et ajouta :

— Ici ?

Il se raidit.

— Non.

— Non ?

— Si tu fais ça, expliqua-t-il d'une voix sourde, notre soirée sera terminée avant d'avoir commencé.

— Et ce serait fort dommage, n'est-ce pas, Altea ? articula-t-elle d'une voix sensuelle et provocante qu'elle ne reconnut pas.

Jamais encore, elle ne s'était comportée ainsi, mais avec Luke... tout était différent.

Ils s'entendaient bien, et pas simplement sur le plan physique. Cette idée la prit de court, et elle leva les yeux pour l'observer. Il n'était pas parfait... loin de là. Il était cynique, réservé, expérimenté au lit mais inaccessible émotionnellement. C'était aussi un homme chaleureux et bon, quand bien même il ne se voyait sûrement pas ainsi. Lorsqu'elle avait eu besoin de lui, il était venu sans hésiter, et elle avait su qu'il la protégerait. S'il y avait une chose dont elle était certaine en ce monde, c'est qu'elle était en sécurité avec lui.

Je t'aime.

Elle avait failli le dire à voix haute. Les mots étaient là, au bord de ses lèvres, et elle en était bouleversée.

— Loin de moi la pensée de te dire ce qu'il faut faire, mais nous pourrions peut-être nous mettre au lit, suggéra-t-il en lui soulevant doucement le menton pour frôler sa bouche de la sienne. Mais ce n'est qu'une suggestion.

— Oui, acquiesça-t-elle d'une voix enrouée.

La réponse pouvait être interprétée de deux façons, et peut-être s'en aperçut-il car il plongea son regard dans le sien durant quelques secondes.

La bouche soudain très sèche, Madeline s'humecta les lèvres.

— Au lit, répéta-t-elle.

— Bonne idée, je t'approuve.

Il sourit.

Il était beaucoup trop séduisant et elle était incapable de lui résister, dépassée qu'elle était par son expérience. Elle le reconnaissait maintenant plus que jamais, et si cela impliquait qu'elle souffrirait plus tard, elle s'en moquait. Cela n'avait aucune importance en cet instant, alors qu'elle pouvait le tenir dans ses bras et goûter à ses baisers, à sa passion.

— Déshabille-toi.

Elle ne dit pas « s'il te plaît », mais ponctua son ordre en se débarrassant lentement de sa chemise de nuit.

— Avec plaisir.

Nullement gêné par son érection, il s'assit pour enlever ses bottes et son pantalon. Puis il se remit debout devant elle, nu et magnifiquement excité, et haussa un sourcil.

— Monte sur le lit et allonge-toi sur le dos.

Encore une fois, il obéit, le regard brillant sous ses paupières lourdes, cette posture soumise contrastant avec ce corps athlétique.

Il avait des cicatrices. Elle les avait déjà vues, bien sûr, mais n'avait jamais osé l'interroger à leur sujet. Mais puisqu'elle était aux commandes, à présent, et qu'elle pouvait lui demander tout ce qu'elle voulait... S'installant à califourchon sur lui, elle suivit le contour de son épaule du bout du doigt.

— Comment est-ce arrivé ?

— Une balle à Talavera.

Quelques centimètres plus bas et il aurait pu mourir. Elle se pencha pour embrasser la petite marque ronde, heureuse et reconnaissante qu'il fasse désormais partie de sa vie.

— Je suis désolée que tu aies été blessé.

— À la guerre, ce genre de choses arrive.

Il lui caressait le dos.

— Et celle-ci ?

Une autre cicatrice en forme de ligne brisée sur son flanc droit.

— Salamanque.

— Tu n'aimes pas en parler.

— C'est du passé. Et puis, quand une superbe femme nue est assise sur mes hanches, j'avoue avoir un peu de mal à penser à autre chose. Madge, je sais que je t'ai demandé de prendre l'initiative, mais si tu pouvais faire en sorte que...

Elle se pencha et le réduisit au silence d'un baiser, sa chevelure formant comme un rideau soyeux qui les isolait du reste du monde. Elle lui caressa la lèvre inférieure de la langue avant de plonger celle-ci dans sa bouche. L'effet fut fulgurant ; très vite, leur baiser devint féroce, passionné, d'une avidité folle, et quand

Luke se cambra sous elle, elle se redressa, empoigna son sexe qu'elle positionna à l'orée de sa fente avant de le prendre en elle centimètre par centimètre.

Fidèle à sa parole, il lui abandonnait tout contrôle, la laissant le chevaucher, décider de la cadence qui fut d'abord lente, puis plus rapide à mesure que leurs souffles s'accéléraient. Elle frémit la première, se figea quand le plaisir s'empara d'elle, et ce ne fut que lorsqu'elle s'abattit sur lui que Luke l'entoura de ses bras et jouit dans un spasme formidable ponctué d'un grondement rauque.

C'était toujours ce moment, juste après, qu'elle préférait. Cette délicieuse hébétude qui s'emparait d'elle alors qu'elle entendait les battements de son cœur, sentait l'étreinte de ses bras, savourait son odeur où se mêlaient la sueur et l'amour. Il parlait rarement après ; cette fois ne fit pas exception, et elle en fut heureuse.

Bientôt, elle devrait lui dire. Elle n'en avait pas eu l'intention, mais elle l'aimait et c'était un secret que nul ne devrait garder, se rendait-elle compte. Se taire serait une souffrance incommensurable. Luke aurait le choix : la quitter ou rester, mais ses sentiments comptaient et elle *voulait* le lui dire. Si elle se taisait, elle le regretterait toute sa vie.

Elle avait déjà perdu Colin, et avait cru ne jamais supporter cette douleur intolérable, mais elle avait fini par la surmonter. Elle n'en était pas sortie indemne ; juste plus sage.

Si elle perdait Luke simplement parce qu'elle l'aimait, cela signifiait qu'il ne la méritait pas.

— Parle-moi de l'Espagne.

Il se raidit. Ce fut presque imperceptible, mais ils étaient si intimement unis, qu'elle sentit ses muscles se tendre et ses doigts sur son dos se figer.

— Je ne sais pas trop ce que tu veux savoir, murmura-t-il.

Pouvez-vous me promettre de ne jamais mourir…

Ces mots qu'il avait prononcés après la débâcle avec lord Fitch restaient gravés en elle. Elle sentait qu'ils étaient lourds d'une histoire dont elle ignorait tout, mais ne comprenait pas ce qui l'avait poussé à les dire.

— Tu as dû perdre non seulement des camarades, mais aussi des amis, risqua-t-elle en guettant son expression. Cela n'a rien de comparable avec ce que j'ai vécu, sauf peut-être la mort de Colin.

Luke ne répondit pas.

— Je ne veux pas être indiscrète, expliqua-t-elle doucement. Je cherche simplement à comprendre.

Il n'avait pas fait semblant de ne pas saisir ce qu'elle lui demandait et c'était en soi éloquent. Ses doigts recommencèrent à la caresser, mais il lui fallut un moment avant de répondre :

— L'Espagne ne fait plus partie de ma vie désormais.

— Est-ce pour cela que tu es toujours si ami avec Alex St. James et lord Longhaven ?

— Nous nous connaissions avant la guerre.

Mais il s'était passé quelque chose. Elle le percevait dans sa voix.

— Tu ne veux pas m'en parler, dit-elle en posant la main sur son cœur.

— Non.

Mais, comme pour adoucir la sécheresse de sa réponse, il enroula le bras autour de sa taille et resserra son étreinte.

Et d'une voix méconnaissable, il ajouta :

— S'il te plaît, Madge, ne me pose pas de questions.

22

En rentrant de voyage en début de soirée, la veille, Luke avait à peine pris le temps de se changer avant de ressortir aussitôt. Elizabeth s'était interrogée sur les raisons d'une telle hâte. Il n'était pas apparu au petit-déjeuner, et quand elle avait voulu lui parler en début d'après-midi, il était enfermé dans son bureau en compagnie d'un avocat.

Quant à Miles, elle ne l'avait pas vu depuis des jours.

Il s'était transformé en fantôme, partant très tôt et ne rentrant qu'une fois tout le monde couché. Il l'évitait encore. Ce qui était pire que tout.

Il fallait qu'ils parlent de ce baiser, et la patience n'avait jamais été son fort. Donc, il était mal à l'aise. Elle l'était aussi. Ah, maudit soit Miles de se laisser ainsi intimider par son frère !

Si c'était *là* le problème.

Elle pensait à lui et à ce baiser à chaque seconde depuis qu'il s'était produit. Ce qui expliquait cette visite, une grande première pour elle. En général, ses rencontres avec sa demi-sœur se limitaient à des réunions de familles soigneusement planifiées… des invitations que, par ailleurs, Regina n'acceptait que rarement. Elle aimait vivre sans entrave, mais

Elizabeth savait néanmoins que Luke et elle se voyaient fréquemment.

Le salon était assez typique des élégantes maisons de ville londoniennes, exception faite des statues antiques auxquelles, pour la plupart, manquait une partie de leur anatomie, et des œuvres d'art de tous styles qui étaient pour le moins fascinantes. Elizabeth devait fournir un réel effort pour ne pas les détailler et rester concentrée sur la conversation.

— Ta mère n'aimerait pas te savoir ici.

Regina avait probablement raison, se dit-elle.

— Je ne vois pas pourquoi. Luke vient bien, lui.

Aujourd'hui Regina portait une robe vert sombre ornée d'un liseré noir, son épaisse chevelure flottait librement sur ses épaules. Sa tenue était incroyablement élégante et le contraste avec ses pieds nus d'autant plus saisissant.

— Luke est vicomte, il peut faire ce qu'il veut.

— Tu es ma sœur.

— Ta demi-sœur illégitime née d'une liaison que ton père a eue avant de se marier, lui rappela Regina sans le moindre ressentiment. Ta mère et moi demeurons polies l'une avec l'autre, et je crois même que nous nous apprécions mutuellement, mais je ne recueille pas son approbation pour tout un tas de raisons, ma naissance n'étant pas la plus importante.

— C'est son problème, pas le mien. Je suis venue te demander conseil.

Cette déclaration parut amuser Regina. Une tasse en porcelaine à la main, elle était adossée à son fauteuil, l'air détendu.

— Je vois. Luke et ta mère savent-ils que tu es ici ?

— Mère n'était pas à la maison quand je suis partie, donc elle ne sait rien. Quant à Luke, il ne fait plus beaucoup attention à moi, maugréa Elizabeth. Ce dont, je suppose, je devrais être ravie.

Regina éclata de rire et, à sa place, Elizabeth en aurait peut-être fait autant.

— Oui, j'imagine que tu n'accapares pas ses pensées en ce moment. Il est amoureux de lady Brewer et ça lui est très difficile à admettre en raison de son passé.

Luke ? Amoureux ? C'est vrai, il semblait très distrait ces derniers temps mais… *amoureux* ?

— Quel passé ?

C'était une question qu'elle n'aurait sans doute pas osé poser en d'autres circonstances, mais elle était à l'aise avec Regina. Il y avait quelque chose chez elle qui invitait aux confidences. Peut-être était-ce dû au fait qu'elle s'était toujours moquée des conventions. Sa naissance, bien sûr, lui interdisait de faire *vraiment* partie de la haute société, mais cela ne semblait nullement la déranger, au contraire. Elizabeth ne savait trop quoi penser du fait que sa sœur aînée était née d'un premier lit. Cela signifiait que son père adoré avait eu une maîtresse – même si cela s'était passé avant qu'il ne rencontre sa mère –, mais l'existence même de sa demisœur lui apprenait quelque chose sur lui en tant qu'homme – plutôt jeune homme, en fait, puisque deux décennies la séparaient de Regina.

Celle-ci refusait de se plier aux règles, et parfois Elizabeth lui enviait son indépendance. Elle semblait n'avoir aucune obligation envers le nom des Daudet.

Peut-être y avait-il quelques avantages à être la fille illégitime. En tout cas, Regina ne semblait pas en souffrir et, très franchement, elle jouissait d'une liberté qu'Elizabeth ne s'était jamais vu offrir.

— Je ne connais pas les détails et je ne les lui ai jamais demandés, mais cela a un rapport avec la guerre et une femme, dit Regina, pensive, avant d'ajouter d'une voix très douce : Il l'aimait et elle est morte.

Le choc pour Elizabeth fut total. Luke semblait toujours si serein, si invulnérable.

— Comment le sais-tu ? Il ne m'en a jamais rien dit.

— Bien sûr qu'il ne t'en a pas parlé. À moi non plus, du reste. Et il est peu probable qu'il le fasse un jour. Pourquoi se souvenir de la douleur alors qu'on peut l'éviter ? Mais cela ne change rien, elle est toujours là, en lui. Il la porte avec lui et maintenant il va devoir prendre une décision à propos de lady Brewer et cela lui occupe l'esprit en permanence. Mais, au moins, il a retrouvé le sommeil.

— J'ignorais qu'il l'avait perdu, marmonna Elizabeth. Apparemment, je ne suis pas très observatrice. Comment le sais-tu ? Tu vis ici.

— C'est pour cela que je le sais. Il ne vient plus me rendre visite au milieu de la nuit.

Malgré elle, Elizabeth ne put s'empêcher d'être un peu jalouse de cette relation qui semblait aller de soi.

— Luke ne me dit rien, admit-elle. Mais je suppose que ce n'est pas une excuse pour ne pas avoir essayé davantage de comprendre pourquoi il est si distant. Il m'est arrivé de le lui demander, mais il a toujours esquivé mes questions.

— Tu as dix-neuf ans. À cet âge, il est permis de penser à soi, répondit Regina avec un sourire empreint de sérénité. C'est sans doute pour cette raison que tu n'as jamais remarqué que Miles avait le béguin pour toi. Non, reprit-elle en fronçant les sourcils, je ne suis pas juste envers lui. Cela dure depuis bien trop longtemps pour n'être qu'une simple fascination de nature sexuelle.

Elizabeth sursauta. D'abord en raison de la franchise du propos et, surtout, parce qu'elle ne s'attendait pas que sa sœur évoque Miles, même si c'était justement pour parler de lui qu'elle était là.

— Depuis trop longtemps ?

— Réfléchis. Il était toujours fourré avec toi, non ?

— Nous avons passé notre enfance ensemble et il est plus âgé que moi, il est donc naturel qu'il ait veillé sur moi.

— Quand vous étiez plus jeunes, oui. Les choses ont changé maintenant.

En effet, et si elle n'en était pas persuadée, elle ne serait pas là, dut admettre Elizabeth. Elle éprouva le besoin soudain de se lever. Elle traversa la pièce pour s'arrêter devant un croquis accroché au mur qui semblait être celui d'un bison américain. Le dessin était d'un réalisme saisissant.

— Il m'a embrassée, avoua-t-elle d'une voix sourde.

— Tant mieux pour lui. Comment était-ce ?

Elizabeth se retourna en rougissant.

— Comment le saurais-je ? On ne m'avait encore jamais embrassée.

— Il ne me semble pas qu'une expérience précédente soit nécessaire pour savoir si un baiser t'a coupé le souffle ou pas.

Il était évident que Regina avec son opulente chevelure sombre et sa silhouette voluptueuse n'avait jamais manqué – et ne manquait toujours pas – de soupirants. Elizabeth s'était toujours demandé pourquoi elle ne s'était jamais mariée. Légitime ou pas, elle demeurait la fille d'un vicomte.

— J'ai peut-être un peu perdu mon souffle, reconnut-elle. Et le fait que Luke nous ait vus et soit sorti n'a rien arrangé. Je ne sais pas ce qu'il lui a dit, mais depuis, Miles m'évite.

— Et il te manque.

C'était une affirmation.

Lui manquait-il ? Oui, absolument.

Elle acquiesça.

— Donc… que dois-je faire ?

— Tu sembles croire que je ne suis pas simplement plus âgée mais aussi plus sage, fit Regina en haussant un sourcil. Je suis sûre de l'un, pas du tout de l'autre, surtout quand il s'agit des hommes. Mais je peux te donner une opinion, si tu veux.

— Je suis là pour cela.

— Tout dépend de ce que tu veux, Elizabeth. Qu'est-ce qui est plus important ? Les titres ? L'argent ? Le statut social ?

— Rien de tout cela.

— Quand vous étiez enfants, Miles semblait être le compagnon parfait. Personne ne pouvait vous séparer. Une amitié comme celle-ci est différente de l'amour, mais si vous parvenez à combiner les deux… ce pourrait être vraiment miraculeux.

Miraculeux. Elle sentait encore la caresse de ses lèvres sur les siennes, ses mains chaudes et possessives sur sa taille.

— Ça pourrait l'être, acquiesça-t-elle dans un murmure. Mais tu ne m'as toujours pas dit quoi faire. Je… eh bien, je n'ai pas la moindre idée de *comment* m'y prendre.

Regina laissa échapper un petit rire.

— Ma chérie, tu le connais mieux que personne. Si je me fie à cette conversation, il ne faudrait pas grand-chose pour convaincre Miles que s'il souhaite te déclarer son ardente dévotion, tu seras tout à fait réceptive.

— L'ardente dévotion n'est pas son genre.

Ou l'était-elle ? Elizabeth savait qu'elle n'oublierait jamais le regard poignant qu'il lui avait lancé quand ils s'étaient séparés.

— La seule façon d'en être sûre, déclara Regina avec conviction, c'est de lui parler.

La dernière fois qu'elle avait tenté de lui parler, cela s'était terminé par un baiser.

En y repensant, c'était une bonne raison d'essayer à nouveau.

Luke regarda sa sœur ajuster son gant de soie ivoire, et se demanda pourquoi diable il se retrouvait dans cette fichue situation.

— Tout ce que je demande, reprit-elle, c'est quelques minutes seule avec lui.

— La plupart des tuteurs, répondit-il, conscient que la plupart des tuteurs n'avaient pas sa réputation, considèrent qu'il est de leur devoir d'empêcher leurs vulnérables pupilles de tomber entre les griffes d'un admirateur mal intentionné.

— Tu penses que Miles est mal intentionné ? Il t'en a parlé ? Que lui as-tu répondu ? Comment…

Il leva la main pour mettre un terme à la rafale de questions.

— Elizabeth, arrête.

Elle se tut, et soudain elle lui parut très jeune là, debout à côté de son bureau, vêtue d'une robe de soirée coupée dans un tissu étincelant qui, c'était certain, allait mettre Miles au supplice. En tant que frère aîné, Luke n'était pas sûr de partager l'avis de sa mère qui avait donné son approbation à un vêtement aussi révélateur. Non pas qu'il fût très provocant, devait-il admettre à contrecœur, mais Elizabeth était sa sœur et il aurait préféré un truc boutonné jusqu'au cou et, pourquoi pas, un voile opaque drapé sur l'ensemble.

Oui, c'était une chose fort différente de se retrouver de l'autre côté de la barrière. Il avait vu les regards que lui avaient lancés la mère et la tante de Madeline quand il les avait rejointes à l'opéra.

Il réfléchirait à sa propre situation plus tard. Pour le moment, Elizabeth attendait.

— Pourquoi désires-tu parler de toute urgence à Miles ?

— Regina me l'a suggéré.

— Elle a fait cela, vraiment ?

Comment diable leur sœur aînée se retrouvait-elle mêlée à cette affaire ? Quoique, maintenant qu'il y songeait, il lui avait lui-même demandé conseil à ce sujet.

— J'ignorais qu'elle était passée.

— Elle n'est pas passée. C'est moi qui suis allée la voir, déclara Elizabeth en haussant imperceptiblement le menton. Mère ne le sait pas. Je ne comprends ses réticences dans la mesure où Regina est souvent invitée ici.

Il était tout à fait d'accord avec elle, mais même si leur famille – et leur mère – acceptaient Regina, la société ne lui pardonnait pas sa naissance et, sans doute, encore moins son style de vie. Cela dit, Elizabeth n'était pas censée sortir sans chaperon.

— Si tu souhaites lui rendre visite, je n'y vois pas d'objection, mais permets-moi de t'accompagner la prochaine fois.

Une lueur rebelle étincela dans ses yeux, mais elle finit par acquiescer.

— Pouvons-nous en revenir à ma requête, à présent ? J'ai à peine vu Miles depuis… eh bien, *depuis*, et je suis d'accord avec Regina : il faut que nous parlions.

Depuis signifiait depuis ce tendre baiser qu'il avait surpris par la fenêtre ouverte de son bureau. Elle avait raison, bien sûr, ils devaient se parler, mais pas avant qu'il ne sache avec certitude ce qu'elle voulait réellement.

— Assieds-toi, s'il te plaît. Bien que je n'aie pas l'intention de te répéter précisément ce qu'il m'a dit cet après-midi-là, je te promets que je n'ai que votre bien-être à tous les deux en tête.

— Tu as l'air si sérieux, soupira-t-elle en prenant place sur une des chaises à haut dossier. Mais il ne s'agit pas de « bien-être », il s'agit… d'amour.

Voilà, elle l'avait dit. À haute voix.

— Tu aimes Miles ? Tu en es sûre ? Ou bien est-il possible que ce que tu prends pour de l'amour ne soit que la nouvelle forme d'une vieille amitié.

— Est-ce que tu aimes lady Brewer ?

La question le prit par surprise et il demeura silencieux, les yeux rivés sur sa sœur.

— J'ai autant que toi le droit de poser ce genre de question, murmura-t-elle, le dos droit, le maintien assuré, et le menton haussé de cette façon caractéristique qui précédait un éclat.

En outre, elle n'avait pas tout à fait tort.

— J'ai la charge de ton avenir, rétorqua-t-il, conscient d'être affreusement pompeux. Cela me donne le droit de m'enquérir de tes sentiments.

— Et je n'ai la charge de l'avenir de personne, pas même du mien ?

— Tu te trompes, Elizabeth. Je t'en prie, admets que je ne me soucie pas seulement de ton bien-être mais aussi, et surtout, de ton bonheur.

Elle baissa la tête pour contempler ses mains croisées.

— Je le sais. Mais ce que je ne sais pas, je crois, c'est comment te répondre. À propos de Miles, je veux dire. Est-ce que tomber amoureux implique forcément des quantités de battements de cœur, du flirt et des fanfares ?

— Je l'ignore.

Il s'efforçait d'être aussi franc et honnête que possible. Ce qui s'était passé entre Maria et lui était assez différent de ce qu'il ressentait pour Madeline.

— Je crois, reprit-il, que chaque expérience est unique. Je crois aussi que tenter de l'analyser est un exercice futile. Les poètes essaient depuis la nuit des temps, sans y parvenir véritablement, il me semble. La question que tu dois te poser c'est : est-ce que Miles tient une place à part dans ta vie ?

— Permets-moi de lui parler et peut-être que je pourrais y répondre.

— Il a, au mieux, des revenus modestes, se sentit-il obligé de souligner.

— Et pas de titre.

Son ton désinvolte lui disait qu'elle s'en moquait éperdument, et il devait reconnaître qu'elle pourrait faire pire que de choisir un jeune homme intègre et honorable, et qui l'adorait de surcroît.

— Comment veux-tu que j'organise cette rencontre ?

— À moins de me glisser dans sa chambre au milieu de la nuit, je ne vois pas comment je pourrais le voir. Il n'est jamais à la maison.

La lueur dans son regard lui disait que sa sœur avait une idée en tête.

Pauvre Miles. Il n'avait pas la moindre chance devant pareille détermination.

— Se glisser dans sa chambre au milieu de la nuit n'est pas une option que j'approuve. Quelle autre alternative as-tu envisagée ?

— S'il m'évite, j'ai bien l'impression que c'est à cause de toi.

— Je ne lui ai jamais dit de t'éviter.

— Dans ce cas, cela ne te dérangera pas de nous arranger un entretien. Et, comme je l'ai dit, en privé, s'il te plaît.

Devant la fermeté de son ton, il ne put s'empêcher de se demander si les hommes dirigeaient autant ce monde qu'ils aimaient à le croire.

— Je vais voir ce que je peux faire, répondit-il.

— Merci.

Elizabeth se leva dans un tourbillon de soie. Elle hésita puis, à sa grande surprise, contourna le bureau et le serra dans ses bras. Des larmes brillaient dans ses yeux.

— Cela me rend terriblement nerveuse. Tu imagines ? Ce n'est que Miles, quand même.

Quand elle fut partie, Luke s'adossa à son siège, le regard fixé sur la cheminée.

Es-tu amoureux de lady Brewer ?

La question innocente avait jailli de nulle part. Ou pas. Il était normal que sa famille soit curieuse. Sa mère n'en avait pas fait mystère. Et à dix-neuf ans, Elizabeth avait, bien sûr, un point de vue romantique sur la question.

Il avait naïvement cru que sa liaison avec Madeline demeurerait une affaire privée. Et s'il s'était inquiété des répercussions pour elle, il ne s'était pas vraiment soucié de savoir comment sa propre famille verrait sa relation avec lady Brewer, qui n'avait rien de commun avec ses habituelles partenaires de lit.

Et maintenant la question se posait. Et elle n'était pas la seule. Madeline avait un passé. Et un fils.

Lui aussi avait un passé.

Un secret.

23

Il recommençait. Toujours de façon aussi maladroite, mais la chance était avec lui, car, pour autant qu'il sache, personne ne lui accordait la moindre attention et ne remarquait qu'il la surveillait subrepticement.

En tout cas, Elizabeth, elle, ne paraissait pas s'en rendre compte.

Alors qu'il n'avait pas bu une goutte depuis une semaine, Miles feignait de s'intéresser au buffet, tout en jetant des regards furtifs du côté de la piste de danse. Elle virevoltait gracieusement dans un tourbillon de soie argentée assortie à ses yeux, et il était tout simplement incapable de s'arracher à sa contemplation.

Même si elle se trouvait dans les bras d'un autre. C'était une pure idiotie de sa part que d'être venu à ce bal.

— Whisky ?

Pris sur le fait, Miles sursauta et tourna la tête. Luke se tenait près de lui, le sourire aux lèvres.

— Non merci, maugréa-t-il.

— Je pourrais en vouloir un, suggéra son cousin d'un ton sec.

— Ah.

Miles attrapa une bouteille et un verre, et remplit ce dernier.

— Je ne t'ai pas beaucoup vu ces derniers temps, reprit Luke en acceptant le verre qu'il lui tendait. Ton valet m'a dit que tu comptais venir ici ce soir. Tu as été ostensiblement absent.

Dans la mesure où ils vivaient sous le même toit, ils ne s'étaient pas croisés, c'était vrai. Mais tous deux avaient des emplois du temps très différents, quoique, de manière assez ironique, pour une raison identique.

Une femme. Luke passait ses nuits ailleurs et Miles faisait en sorte de rentrer très tard et partir très tôt pour éviter Elizabeth.

— J'ai gardé mes distances, répondit-il en s'efforçant de ne pas paraître sur la défensive. Pas que pour elle, d'ailleurs. Tu connais mes sentiments. Peux-tu me le reprocher ?

— Je ne te reproche rien. Mais est-ce ainsi que tu envisages de résoudre ton dilemme ? Tu ne pourras pas l'éviter toute ta vie.

Il avait raison, bien sûr, même si c'était ce qu'il tentait de faire. Le regard de Miles retourna, morose, vers la piste de danse.

— Elle est ravissante.

— Elle veut te parler.

Miles s'arracha abruptement à la contemplation d'Elizabeth.

— Pourquoi ?

— Pourquoi ? Bon sang, Miles, tu la connais. Bien sûr qu'elle veut discuter de ce baiser que je vous ai vus échanger près de la fontaine, et de bien d'autres choses, selon moi. Elizabeth a grandi, mais elle n'est pas très différente de cette gamine effrontée avec qui tu as passé ton enfance. Je suis sûr que tu te rappelles très bien que lorsqu'elle est agacée, elle affronte le problème de manière on ne peut plus directe.

Les mots « agacée » et « problème » n'étaient pas très flatteurs.

— Je ne suis pas certain d'avoir envie de cette conversation.

— Et moi, je suis certain que tu n'as pas le choix. Elle a menacé de faire irruption dans ta chambre en pleine nuit, une tactique que je n'approuve pas. Donc, pourquoi ne pas nous épargner à tous les deux une bonne dose de soucis et simplement accepter de lui parler. Ce qui, ajouta Luke, impassible, te donnerait une chance de plaider ta cause.

Miles sentit quelque chose en lui se détendre. Ce n'était pas un réel soulagement, car il lui fallait encore entendre ce qu'Elizabeth avait à dire, mais au moins il pouvait cesser de s'imposer cette distance qu'il avait instaurée entre eux. À vrai dire, cette séparation était une souffrance, une agonie qui durait depuis une semaine.

— Elle peut être assez têtue parfois.

— C'est à son tuteur que tu dis cela ? Et si tu allais décharger son partenaire actuel de ses obligations pour l'emmener prendre l'air dans le jardin ? Je peux vous faire confiance pour ne pas céder à un élan de passion dans les parterres de roses de lady Roteger, je pense.

— Mieux vaut éviter les épines, répondit Miles avec un calme feint. Je crois que nous devrions être capables de discuter en adultes.

— En adultes ? Oui, je t'en prie, concentre-toi sur ce nouvel aspect de votre relation, déclara Luke en l'observant avec attention. Il ne s'agit pas d'un jeu d'enfant. Sois prudent et fais en sorte de la ramener avant qu'on remarque votre disparition.

— C'est promis.

— La musique s'achève, observa Luke, le moment me semble idéal.

Miles ne se fit pas prier.

— Tu es très rouge.

Au son de cette voix si familière, Elizabeth se força à prendre une longue inspiration. Miles venait de se matérialiser au milieu des danseurs, grand et élégant dans son habit de soirée.

— Non pas que ce ne soit pas seyant, enchaîna-t-il, mais un peu d'air frais ne te ferait pas de mal.

Son partenaire, un jeune homme aux allures de dandy avec ses favoris imposants, ses cheveux pommadés et ses chaussures ornées de boucles en diamant, comprit apparemment que sa présence n'était plus souhaitée et s'inclina.

Miles le suivit d'un regard amusé fort irritant.

— En fait, grinça Elizabeth, il est tout à fait charmant, et très doué pour la valse.

— Je n'en doute pas, fit-il en se tournant vers elle. Tu veux bien aller faire un tour dans le jardin avec moi ?

Une fois de plus, elle sentit son cœur s'affoler et eut l'impression étrange que plus rien n'existait puisqu'il la regardait.

À moins que ce ne soit sa *façon* de la regarder.

Il haussa un sourcil, attendant sa réponse.

Après tout, c'était elle qui souhaitait lui parler, sauf qu'elle ne savait toujours pas ce qu'elle voulait lui dire.

Elle hocha néanmoins la tête, et quand il lui offrit son bras, elle l'accepta et se laissa entraîner sur la terrasse. Ils n'étaient pas les seuls à fuir l'étouffante salle de bal : plusieurs autres couples étaient là, accoudés à la balustrade ou assis sur les bancs de pierre. Miles choisit de descendre les marches et d'emprunter le chemin dallé. Ni l'un ni l'autre ne prononçaient le moindre mot.

Poussés par un vent léger, des nuages bas voilaient la lune par intermittence. Dans cet éclairage changeant, il lui était difficile de déchiffrer l'expression de Miles. Elle essaya de faire preuve de la même impassibilité et résista à l'impulsion d'entrer dans le vif du sujet. En l'embrassant, c'était lui qui avait pris l'initiative de changer le cours de leur existence.

À jamais.

Ils s'arrêtèrent à un endroit où deux allées se croisaient dans la pénombre. Il pivota vers elle, ses cheveux agités par la brise.

— Luke m'a dit que tu voulais me parler.

Son ton formel était irritant, mais, en fait, Elizabeth lui en était reconnaissante. Être irritée par Miles n'avait rien de nouveau, alors que sentir son pouls s'emballer en sa présence l'était complètement.

— Je pensais que nous pourrions peut-être discuter de ce qui s'est passé.

— Ce qui s'est passé ?

— Miles, ne fais pas exprès d'être obtus. Tu m'as embrassée.

— Comme ceci ?

Sa main vint doucement cueillir son menton et il posa sa bouche sur la sienne si soudainement qu'elle laissa échapper un petit cri… son autre main caressa son bras nu… et il continua à l'embrasser… à l'embrasser… les nuances de son baiser changeant à chaque seconde. D'abord, il fut d'une tendresse désespérée, puis exigeant, puis doux à nouveau, et il entremêla ses doigts aux siens tandis qu'il relevait enfin la tête.

— Tu disais ?

Sans cette infime nervosité dans sa voix, elle aurait été furieuse contre lui. Elle l'avait accompagné pour avoir une discussion calme et rationnelle sur les raisons qui l'avaient poussé à l'embrasser cette première fois. Et voilà qu'il avait recommencé.

En prenant son temps.

Et en la mettant dans un tel état qu'elle était incapable de la moindre pensée cohérente.

— Oui, comme cela, exactement. Enfin, non, cette fois, c'était différent… oh Miles, *pourquoi* ?

Il arborait ce sourire en coin, celui qu'il adoptait quand il avait joué un tour particulièrement pendable.

— Tu me croirais si je te disais que c'est parce que je t'adore ? Que je trouve que tu es sans doute la plus belle femme du monde... Attends, j'ai dit sans doute ? Non, *la* plus belle femme sur cette terre, et que même quand tu me traitais de rustre et de goujat et que tu me vouais à l'enfer, je le pensais déjà.

Elle en resta sans voix. Elle ne pouvait que le dévisager... Ces traits qu'elle connaissait si bien ; le nez un peu long, la mâchoire bien dessinée, la nuance dorée de ses yeux qu'elle discernait à peine dans la pénombre, et elle se rendit soudain compte que son cœur battait à tout rompre et que le flirt et la fanfare étaient là eux aussi.

C'était l'amour. Bonté divine, elle aimait Miles. Bien sûr, une part d'elle savait qu'elle l'avait toujours aimé. Mais pas ainsi. Il y avait eu l'affection, et maintenant, il y avait *ceci*.

— Quand tu es parti à l'université, je... j'étais si malheureuse, articula-t-elle d'une voix hachée. Je ne pouvais pas le croire.

— Et moi donc. Je savais déjà que je t'aimais. Je n'avais pas envie de partir, sachant que je ne te verrai pas pendant des mois, mais Chas a insisté et ma mère était de son avis, et je suppose qu'ils avaient deviné mes sentiments. De toute manière, tu étais trop jeune... ils avaient raison, mais c'était dur.

Elizabeth était sidérée : tout le monde semblait avoir deviné, sauf elle.

— Tu aurais dû me le dire.

Il secoua la tête.

— Non. Absolument pas. Pour de nombreuses raisons, la plus importante étant que tu devais d'abord faire ton entrée dans le monde, il fallait que tu sois courtisée, que tu reçoives des fleurs et que tu décides par toi-même si tu désirais la compagnie d'un homme qui ne jouit pas d'une position élevée dans la société, ne dispose pas d'une immense fortune, n'a rien de particulier à t'offrir en dehors de son amour.

Soudain, elle tremblait, elle avait tout à la fois chaud et froid, et elle s'accrochait à sa main comme si elle ne comptait jamais plus la lâcher.

— Je pense que tu as plus que cela à offrir, murmura-t-elle, la gorge serrée. Tu sais grimper aux arbres mieux que personne.

Il esquissa un sourire.

— Une qualité indispensable pour faire un bon mari.

Un mari. Elle frémit. Allait-elle vraiment épouser Miles ?

Oh oui !

— Mais tu as des tas de défauts, souligna-t-elle, fascinée par la façon dont il la fixait, comme si, oui, il l'adorait vraiment…

Comment avait-elle pu être aussi aveugle.

— Des dizaines, confirma-t-il. Peut-être même des centaines, mais le côté positif, c'est que tu les connais déjà tous.

Ses yeux se rivèrent à sa bouche.

— Je ne sais pas si c'est un point en ta faveur.

— Peut-être que ça l'est, murmura-t-il en l'attirant contre lui pour faire quelque chose de démoniaque avec ses lèvres juste sous son oreille. Je promets de satisfaire toutes tes curiosités, Elizabeth. Toutes les questions auxquelles je ne pouvais pas répondre avant. Tous les secrets que ta mère ne te révélera pas à propos de ce qui se passe entre un homme et une femme dans l'intimité. Ça t'intéresse ?

Il le savait, bon sang, que cela l'intéressait, mais il avait fallu qu'il le demande. Elle noua les bras autour de son cou.

— Peut-être devrais-tu clarifier tes intentions. Dans l'état actuel des choses, tu risques de te trouver dans la ligne de mire du pistolet de Luke.

— Consens-tu à être ma femme ? fit-il d'une voix rauque qui lui arracha un frisson. Je jure que je t'emmènerai pêcher la truite, que nous ferons des promenades interdites au clair de lune et que nous pourrons nous allonger quand il nous plaira au bord de la rivière et fabriquer des rêves. Ce n'est pas grand-chose, je sais, mais…

Elle l'interrompit en le forçant à baisser la tête pour l'embrasser. Elle apprenait encore, mais c'était merveilleux de découvrir ce que ce simple contact déclenchait en elle.

— Tais-toi, Miles, chuchota-t-elle contre ses lèvres. Tu peux être tellement bête, parfois. Pas grand-chose ? Mais c'est tout, gros balourd.

— C'est un oui ?

Il riait à présent – de ce rire mélodieux et moqueur qu'elle adorait.

— Tu ne peux pas accepter une demande en mariage en traitant ton futur époux de gros balourd.

— Bien sûr que je peux, répliqua-t-elle, espiègle. J'ai le don de briser les règles quand je suis avec toi, tu te souviens ?

C'était bien la peine d'avoir demandé à Miles de ramener Elizabeth avant qu'on remarque leur absence. Cela dit, songea Luke, c'était plutôt bon signe.

— Je pensais bien te trouver ici.

Luke pivota sur ses talons.

— Michael.

— J'ai reçu ton mot.

Et il en avait déduit où il se trouverait ce soir, ce qui n'était en rien un secret dans la mesure où il devait escorter Elizabeth lors des événements mondains les plus courus – et celui-ci en était un.

Madeline ne viendrait pas ce soir. Elle l'avait fait prévenir qu'elle allait passer quelques jours à la campagne avec Trevor avant de le ramener à Londres. La nouvelle n'avait pas été la bienvenue. L'ennui insupportable dont il avait souffert l'année passée s'était miraculeusement dissipé depuis qu'il la revoyait. Bref, elle allait lui manquer.

Énormément.

— Je me demandais simplement si tu n'aurais pas une idée, dit Luke, tout en s'interrogeant sur l'apparition soudaine de son ami. Puisque tu as récupéré le journal, j'ai pensé que ce nouveau mystère t'intéresserait peut-être.

Il lui avait envoyé une brève missive pour lui expliquer comment Fitch prétendait être entré en possession du journal, mais il ne s'attendait pas que Michael trouve l'information suffisamment intéressante pour assister à ce bal dans le simple but d'en discuter avec lui. Son ami n'appréciait guère les mondanités.

Pour l'heure, son regard noisette semblait pensif.

— Donc, Fitch dit l'avoir *trouvé* ? Voilà qui explique comment il s'est retrouvé entre les mains d'un homme par ailleurs dépourvu d'imagination mais ne nous apprend pas grand-chose. Comme il est peu probable que le fantôme de lord Brewer ait dérobé son propre journal pour aller le déposer au club afin que ses pensées les plus intimes hantent ses respectables membres, nous pouvons l'écarter de la liste des suspects. Aucun domestique, non plus, ne pourrait avoir accès au club et, de toute manière, si l'un d'entre eux l'avait trouvé, il aurait sans doute préféré le vendre au plus offrant ou l'utiliser pour faire chanter lady Brewer.

— J'ai interrogé le personnel du club dans l'espoir que quelqu'un se souviendrait de l'incident. Sans succès.

— Je pourrais faire ma petite enquête de mon côté.

Luke recula soudain pour éviter un groupe de jeunes femmes qui passaient, pépiant et gloussant derrière leurs mains gantées. Michael, un marquis célibataire, et lui-même – même s'il n'était que vicomte – pouvaient fort bien être les cibles de cette parade assez délibérée. Tous deux inclinèrent la tête poliment et reprirent leur conversation.

— Pourquoi cet intérêt ? s"enquit Luke.

— J'ai mes raisons.

Cela allait de soi. Michael avait toujours ses raisons. Il ne battait pas des paupières sans avoir un excellent motif.

— Qui sont ?

— Ce journal pourrait être lié à une autre enquête.

— Comment est-ce possible ?

Michael le regarda droit dans les yeux.

— Tu as travaillé avec lord Wellington. Tu as sûrement entendu parler de Roget.

C'était le cas, mais cela remontait à l'Espagne. Entendre le nom du célèbre espion mentionné ici, dans une salle de bal londonienne, était assez incongru.

— Pourquoi un homme tel que lui s'intéresserait au journal intime du mari de Madeline ?

— Je pense qu'il pourrait être à l'origine de son vol, déclara Michael, et qu'il a fait en sorte que quelqu'un d'autre le trouve. La question qui se pose est : pour quelle raison ? Raconte-moi de nouveau ta conversation avec Fitch. Si possible, mot pour mot.

24

Des hurlements ravis retentissaient sur la pelouse tandis qu'une bande de petits garçons, auxquels deux chiots s'étaient joints, se disputaient un ballon qui semblait trouver le chemin de l'étang avec une précision infaillible, obligeant l'un d'eux à y patauger. Résultat, tous les enfants étaient plus ou moins couverts de boue et en paraissaient ravis.

Si seulement la vie pouvait être de nouveau aussi simple, songea Madeline.

— Dieu que l'été aura été chaud, commenta Marta, assise près d'elle et surveillant ses rejetons avec un sourire maternel. Tant mieux pour les garçons, cela dit. Ils détestent devoir rester à l'intérieur.

À coup sûr, Trevor semblait s'amuser. Le jeu auquel ils se livraient n'était pas très clair, et Madeline soupçonnait les enfants d'inventer les règles au fur et à mesure, à moins qu'elles n'existent pas du tout.

— Ce séjour fait du bien à Trevor. Je ne vais plus beaucoup dans notre propriété à la campagne. Elle est si grande et nous ne sommes que tous les deux.

— Langley Hall est un peu moins ostentatoire.

— Peut-être quitterons-nous plus souvent la ville l'an prochain.

— Trevor est toujours le bienvenu ici, déclara sa belle-sœur en plissant les yeux à cause du soleil. Il ressemble chaque jour davantage à Colin.

— Je sais, murmura Madeline avec tendresse.

Sa liaison avec Luke lui avait apporté ceci, parmi d'autres joies. La douleur d'avoir perdu son mari n'avait pas disparu – elle ne disparaîtrait jamais –, mais elle était différente. Elle n'était plus synonyme de solitude et de peine. Elle pouvait désormais se souvenir de Colin avec affection et nostalgie, et plus seulement avec chagrin.

— Parle-moi du vicomte d'Altea qui ne semble plus désormais aussi inaccessible, dit Marta sur le ton qu'elle aurait employé pour demander une autre tasse de thé. Tout le monde est en effervescence. Même David y a fait allusion, or tu sais qu'il ne remarque jamais rien.

Madeline aimait beaucoup le très sympathique mais très distrait mari de Marta. Elle sourit, examina un instant le bout de ses souliers visibles sous l'ourlet de sa robe en mousseline jaune, puis :

— À vrai dire, le décrire est assez difficile. Si je devais le faire, je dirais que c'est un homme complexe qui préfère voir les choses de façon simple.

— Ce qui signifie ?

Madeline avait toujours su qu'il lui faudrait avoir cette conversation à un moment ou à un autre. Marta était une amie très chère et elle était la tante de Trevor, le mieux était de se montrer honnête.

— Il m'a dit que le mariage ne l'intéressait pas. Pas entre nous. Nous sommes donc amis et ça se limite à cela.

Un pli apparut sur le front de Marta.

— Amis ? Je doute qu'un homme ayant la réputation de lord d'Altea a des amies femmes au sens strictement platonique.

Madeline rougit, mais elle n'avait pas l'intention de mentir à Marta.

— Je suis veuve, commença-t-elle, prudente. Je ne suis pas soumise aux mêmes restrictions qu'une débutante. De temps à autre, il m'accompagne à une soirée, et il nous a rejointes, ma mère, tante Ida et moi, à l'opéra l'autre soir. Sinon, nous sommes très discrets.

— Je… vois.

— Vraiment ?

Il était important qu'elle comprenne.

— Il est extrêmement séduisant, bien sûr, répondit Marta sur un ton quelque peu hésitant, comme si elle tentait d'excuser sa belle-sœur d'avoir succombé.

Oui, il l'était, mais Luke était beaucoup que cela.

Admettre une liaison torride avec l'un des célibataires les plus célèbres de Londres n'était pas une confession des plus faciles, d'autant que l'opinion de Marta comptait beaucoup à ses yeux, mais ce qu'elle s'apprêtait à lui dire maintenant était encore plus difficile. Madeline contempla le parc, la pelouse sur laquelle les enfants s'ébattaient, les aulnes au loin qui se balançaient dans la brise.

— Je suis très amoureuse de lui.

Seul le bruit de la balle tombant une fois de plus dans l'eau brisa le silence qui suivit. La jeune gouvernante gronda le coupable qui accepta la remontrance de bonne grâce, mais avec un sourire suspect.

— J'en suis heureuse, dit finalement Marta d'une voix douce. Mais, te connaissant, je m'en doutais déjà. Tu ne te serais jamais laissé entraîner à la légère dans une liaison. Le mariage est vraiment hors de question ?

— Il est catégorique… ou du moins, il l'était au début, répondit Madeline. Je me suis lancée dans cette liaison en connaissant sa position sur le sujet. Ne lui reproche pas de m'avoir trompée ou de m'avoir séduite. J'ai fait ce choix librement. Il s'est montré extrêmement honnête avant même que tout commence.

— Et Trevor ?

Deux mots simples pour une situation qui ne l'était pas.

— J'ai pensé à lui, bien sûr, assura Madeline. Mais il est encore très jeune, et l'intérêt que Luke me porte ne durera pas…

Elle faisait de son mieux pour accepter ce qui lui brisait le cœur chaque fois qu'elle y pensait.

— … et ne peut durer en raison même de la façon dont nous avons choisi de vivre cette liaison. Par conséquent, tout éventuel scandale se sera depuis longtemps dissipé lorsque Trevor sera en âge de comprendre. Peut-être en entendra-t-il parler ou pas. Je n'ai pas la moindre intention de m'embarquer dans une carrière de veuve joyeuse, Marta. Je ne dirais pas que c'est ma façon de me remettre de la mort de Colin… c'est impossible, et ce qui est en train de se passer est beaucoup trop complexe pour être défini si facilement, mais cela m'a d'une certaine manière libérée. J'ai de nouveau l'impression d'être une femme.

Madeline se tut, et attendit.

Se confesser ainsi était bien plus difficile que d'apparaître en public au bras de Luke pour la première fois, parce que, maintenant qu'elle y songeait, il lui avait semblé assez naturel qu'ils soient ensemble.

— Je comprends tout, sauf une chose, dit enfin Marta. Oh, je vois pourquoi tu es attirée par le vicomte, et, bien sûr, pourquoi il l'est par toi ! Tu es très belle, Madeline, et tu as beaucoup à offrir à un homme. De l'esprit, du charme, du style et, plus que tout, un cœur chaleureux. Colin te vénérait. Je crois qu'il t'aurait vénérée toute sa vie, eût-il vécu cent ans. Et si je suis heureuse que tu aies trouvé l'amour de nouveau, pourquoi faudrait-il que tu te contentes d'une portion congrue ? Par ailleurs, Trevor devrait avoir des frères et sœurs.

— Apparemment, murmura Madeline avec un sourire tremblant, je dois me contenter de ce qu'il peut m'offrir.

Quant aux frères et sœurs, il y en avait peut-être déjà un en route, mais il était difficile de s'en réjouir alors qu'elle ignorait quelle serait la réaction de Luke. C'était un homme d'honneur et il lui proposerait peut-être le mariage malgré sa répugnance. En tout cas, il ne l'abandonnerait pas, elle le savait, mais même s'il acceptait de l'épouser pour le salut de l'enfant, ce n'était pas du tout ce qu'elle désirait. Elle voulait être sa femme, mais seulement s'il l'aimait.

— S'il ne comprend pas que tu es un trésor, alors Altea est un idiot, déclara Marta, un éclair dans le regard.

— En fait, il n'est pas opposé au mariage par principe. C'est juste moi qu'il ne veut pas épouser, précisa Madeline, qui se demandait comment elle supporterait qu'il épouse une femme plus jeune simplement pour qu'elle lui donne un héritier.

— Mais ça n'a aucun sens si toi et lui, vous... enfin... eh bien, ça n'a aucun sens.

Malheureusement, Madeline commençait à croire que cela avait beaucoup de sens, pour Luke.

— Il ressent la même chose que moi. La première fois que nous nous sommes rencontrés, c'était là entre nous, et je ne parle pas simplement de l'attirance physique. Je ne sais pas comment l'expliquer, mais nous nous *connaissions* lui et moi. Nous nous ressemblons sur bien des points et être ensemble nous paraît très naturel. Je suis convaincue que nous serions très heureux si nous nous mariions.

Marta la fixait d'un air perplexe.

— Si ce que tu dis est vrai, cette discussion devient de plus en plus étrange.

— Épouser une femme qu'il n'aime pas, expliqua Madeline calmement, signifie que s'il la perdait, la douleur serait négligeable. Je pense qu'il a très peur d'être amoureux de moi.

« Que se passera-t-il, pensa-t-elle, quand il se rendra compte que c'est déjà le cas ? »

Elle le perdrait. Il prendrait ses distances sur-le-champ.

À moins qu'elle ne trouve un moyen de l'aider à exorciser ses démons, quels qu'ils puissent être. Elle avait perdu Colin en raison de sa maladie, un combat qu'elle n'avait pas pu livrer. Elle aimait trop Luke pour le laisser se contenter de moins que ce qu'elle pouvait lui offrir.

Que ce qu'ils pouvaient s'offrir mutuellement.

— Si tu es sûre de pouvoir le rendre heureux, comment peux-tu accepter l'idée d'un futur sans lui, Madeline ? dit Marta en tendant la main au-dessus de la petite table qui les séparait pour presser doucement la sienne. Pas pour toi, mais pour lui. C'est *cela*, l'amour.

Au moins, l'avenir de sa sœur était assuré.

Luke ne pouvait s'empêcher d'être amusé par la différence d'attitude de Miles comme d'Elizabeth, l'ambiance à la table du dîner étant festive pour la première fois depuis que sa sœur avait fait son entrée dans le monde. Même sa mère, une fois qu'il lui avait expliqué, avec toute la prudence nécessaire, qu'il était en faveur de cette alliance, s'était finalement rendue à ses arguments. Certes, elle n'appréciait toujours pas l'absence de titre et de fortune dans la corbeille de mariage, mais il avait fait valoir que Miles n'était nullement pauvre et qu'il était doté d'un remarquable sens des affaires. Et puis, il fallait aussi compter avec le caractère d'Elizabeth : si on ne lui accordait pas le mari de son choix, elle était fort capable de rester célibataire jusqu'à la fin de ses jours.

Il était heureux pour elle, et une partie de lui-même dont il n'était pas conscient qu'elle existât encore enviait leur bonheur.

— J'aimerais un mariage en hiver, annonça Elizabeth en piquant délicatement un petit morceau de poulet.

— En hiver ? répéta Miles, que la perspective d'une aussi longue attente peinait visiblement.

Elizabeth avait fait cette suggestion dans ce but, devina Luke, car elle dissimula aussitôt son expression en portant son verre de vin à ses lèvres.

— Il faudra au moins cela pour les préparatifs, déclara leur mère. Il n'est pas question de se précipiter quand il s'agit d'organiser un mariage ; en outre, Elizabeth est ma seule fille.

Le problème, c'était que Luke ne croyait pas une seconde – après avoir été témoin de leur impétueux baiser – que ces deux-là attendraient six mois sans se rendre coupables de quelque acte imprudent. Quoi qu'en dise Elizabeth.

— L'automne me paraît plus judicieux, suggéra-t-il. Cela nous laisse amplement le temps et le temps sera plus agréable pour les invités qui devront voyager.

Miles parut reconnaissant, sa mère indignée et Elizabeth prit son temps avant d'afficher un sourire espiègle.

— Oui, il faut penser aux invités.

— N'est-ce pas ? fit Luke.

— À l'automne ? s'exclama leur mère, incrédule. De toute évidence, tu ne connais rien à l'organisation d'un mariage.

Elle avait raison, bien sûr. Il ne connaissait pas grand-chose en matière de cérémonie, mais il n'ignorait rien de l'impatience d'un jeune fiancé.

— En effet, acquiesça-t-il, mais cette décision revient à Elizabeth *et* à Miles.

L'arrivée du dessert mit un terme au débat, et quand les deux hommes se retirèrent dans le bureau de Luke pour boire un porto, Miles se laissa choir dans un fauteuil avec un long soupir.

— J'apprécie tes efforts en ma faveur.

— Il va falloir te montrer ferme si tu ne veux pas que ton mariage devienne l'événement le plus grandiose de toute l'histoire de l'aristocratie britannique, l'informa Luke. Mais tu dois déjà t'en douter, tu connais ma mère.

— Oui, je la connais, fit Miles en fixant son verre d'un air maussade. Mais je peux attendre, si c'est ce que souhaite Elizabeth.

Luke ricana.

— Je pense que six mois, c'est très optimiste.

— Moi aussi, admit Miles en étirant ses longues jambes.

À en juger par son sourire effronté, mieux valait célébrer ce mariage au plus vite, décida Luke qui, en l'occurrence, redoutait davantage Elizabeth que Miles. Elle avait toujours su le persuader de commettre les pires méfaits.

— Je te conseille de mettre au plus tôt un terme à cette campagne pour un mariage grandiose.

— Si je parviens à la convaincre, tante Suzette ne résistera pas à Elizabeth.

— Elle n'a encore jamais marié de fille. Fais attention.

— Ni de fils, plaisanta Miles.

— J'ai déjà été marié.

À l'instant où les mots franchirent ses lèvres, Luke ne sut pourquoi il les avait prononcés. Peut-être était-ce l'absence de Madeline, mais il se sentait nerveux et démuni. Ou bien le bonheur communicatif de sa sœur.

Ou peut-être était-il temps d'entendre ces mot dits à voix haute, tout simplement.

Miles, quant à lui, était sidéré et semblait avoir perdu l'usage de la parole. Il but une gorgée de vin, s'étrangla et toussa, puis se redressa sur son siège.

— Quoi ?

— En Espagne.

Cette fois, Miles eut le bon sens de ne rien dire. Luke ne comprenait toujours pas pourquoi il avait éprouvé le besoin de confier ce secret. Il n'en avait jamais parlé, pas même à Alex ou à Michael. Ils savaient, ou du moins il était certain que Michael était plus ou moins au courant, mais ils avaient toujours respecté son silence.

— Elle était espagnole, reprit-il avec un sourire doux-amer. Une *señorita*. Une vraie dame. Belle, courageuse. C'était la fille d'un noble, mais elle était aussi très impliquée dans la résistance, dans cette zone que les Britanniques tentaient d'arracher à Bonaparte. Nous étions alliés.

— Je vois.

Non, il ne voyait pas, songea Luke. Personne ne voyait.

— Je l'ai épousée. Elle a été tuée par les Français ainsi que l'enfant qu'elle portait.

Fin de l'histoire.

Non, pas tout à fait.

— Seigneur, Luke, je suis désolé.

— Moi aussi, répliqua Luke en se servant un autre verre avec une nonchalance feinte.

— Elizabeth ne le sait pas.

— Non.

Miles hocha la tête.

— Bien sûr que non. Elle me l'aurait dit.

Cette conviction suscita de nouveau une pointe d'envie. C'était exactement pour cela qu'Elizabeth et Miles étaient faits l'un pour l'autre, parce qu'ils étaient *amis*.

Madeline était-elle son amie ?

Peut-être, se dit-il. Une amante passionnée, oui. L'amitié était différente. Encore plus intime. Il ne lui avait pas dit ce qu'il venait de révéler à Miles.

Il devrait.

Peut-être.

— Pourquoi l'aurais-je dit à ma sœur ? s'enquit Luke d'une voix dépourvue d'émotion alors même qu'il avait la gorge nouée. C'était fini, terminé, quand je suis revenu en Angleterre.

— Pourquoi me le dire maintenant ?

— Je n'en ai aucune idée.

— Vraiment ?

Miles était jeune et, pourtant, son expression n'était pas dépourvue de sagesse.

— Cela n'aurait-il pas un rapport avec toutes ces discussions à propos de mariage et une certaine lady Brewer ? hasarda-t-il.

25

Trevor s'était endormi pendant le trajet, et bien qu'il ne cessât de déclarer qu'il était trop vieux pour les témoignages d'affection, il s'était confortablement blotti dans ses bras. Madeline savourait le plaisir simple de le tenir contre elle tandis que la voiture cahotait sur la route.

... des frères et des sœurs pour Trevor...

Elle lui caressa les cheveux. Il était si précieux, une miniature de Colin, mais d'elle aussi, avec son esprit curieux et ses yeux sombres. Elle avait de la chance, et Marta avait raison : elle voulait d'autres enfants. Elle aimait être mère, contempler le sourire de son fils, l'entendre rire, le regarder grandir.

Si Luke et elle avaient un enfant, aurait-il sa blondeur à elle et les étranges yeux gris de son père ? se demanda-t-elle rêveusement, les paupières closes.

Non. Elle chassa abruptement ce rêve et rouvrit les yeux.

Le temps était devenu maussade, avec des nuages bas et menaçants qui charriaient une odeur de pluie. Elle avait fait remonter le rideau, car l'air était chaud et humide, et contempla la campagne qui défilait, le trafic grandissant sur la route annonçant qu'ils approchaient de Londres.

Et de Luke.

Se berçait-elle d'illusions ? La nuit après l'opéra, elle avait surpris son reflet dans la vitre quand il était entré dans sa chambre. Alors qu'il ignorait qu'elle le voyait, elle avait perçu dans son regard une vulnérabilité et une tristesse qu'il dissimulait d'ordinaire avec tant de soin et de facilité.

Non, cela n'avait pas été une illusion.

À présent, décida-t-elle, le moment était venu de l'aider à comprendre que ce n'était pas la passion seule qui les avait réunis.

Et alors que la pluie commençait à tomber, un sourire se dessina sur ses lèvres.

Michael avait la liste, les noms des membres du personnel et un semblant d'emploi du temps.

C'était un début.

— Le mobile, annonça-t-il, ne paraît toujours pas très clair. J'aimerais parler à lady Brewer si possible. Ou peut-être serait-il préférable que tu t'en charges. Si l'un des membres du club entretenait des liens particuliers avec son mari cela pourrait énormément m'aider.

Le cheval de Luke contourna un arbre aux branches basses encore dégouttant de pluie.

— Mais naturellement, elle ne doit pas savoir pourquoi je l'interroge sur les fréquentations de son défunt mari ?

— Naturellement, répliqua Michael. Souhaites-tu l'informer qu'un membre de sa famille pourrait être un traître qui sera pendu dès que nous aurons la preuve de ses agissements contre la Couronne ?

Les sabots de leurs montures émettaient des sons disgracieux sur le chemin boueux.

— Non, admit Luke. Mais je doute qu'elle sache quoi que ce soit. Madeline n'est pas le genre de femmes qui protégerait un traître.

— Il arrive souvent que nous connaissions des faits insignifiants dont nous ne savons pas qu'ils sont importants.

— Des faits dont nous autres, communs des mortels, sommes incapables de reconnaître l'importance, tu veux dire. Nous qui ne possédons pas tes pouvoirs de déduction.

— Tout le monde n'en a pas besoin.

Une déclaration désinvolte venant d'un homme qui n'était en rien désinvolte.

— Exact, acquiesça Luke, se remémorant la capture de Michael par les Français.

C'était un miracle que leur ami ne soit pas mort, mais Alex, commandant d'un régiment à l'époque, et lui-même, aide de camp de Wellington, avaient remué ciel et terre pour le retrouver et le libérer.

— Et tu as ton utilité, ajouta-t-il, sarcastique.

Autour d'eux, le parc était désert, la plupart des membres de la bonne société préférant s'abstenir de sortir par un temps aussi exécrable.

— Alors, reprit-il, tu l'as lu ?

Michael ne fit pas semblant de ne pas comprendre.

— Oui.

Donc, son ami avait lu le journal intime de lord Brewer. Luke lui lança un regard en coin.

— Et ?

— Et… rien. Je cherchais si un code ou une information quelconque y étaient cachés, pas à fouiller dans la vie privée de la dame de tes pensées.

— C'est néanmoins ce que tu as fait, rétorqua Luke tandis que Michael immobilisait sa monture près d'un petit bouquet d'arbres. C'est ton métier, je ne te le reproche donc pas, mais je veux juste savoir une chose : Brewer a-t-il écrit quoi que ce soit qui humilierait Madeline si Fitch choisissait de renoncer à la vie en en faisant état ?

Michael parut d'abord surpris, puis amusé.

— Voilà une déclaration plutôt sérieuse.

— Je prends cette affaire très au sérieux, répliqua Luke sans hésiter. Et il le sait. J'ai été on ne peut plus clair lors de notre petit entretien à Bath.

— Malheureusement, ce n'est peut-être pas lui qui lui a envoyé ces bas et ces jarretières.

— Comment diable sais-tu…

— J'enquête, l'interrompit Michael. Quand j'enquête, je tâche…

— … de tout savoir, conclut Luke sombrement. J'imagine que tu as un espion dans la maison ?

— Si on veut.

Les mains de Luke se crispèrent sur les rênes.

— Pourquoi ?

— Tu ne vas pas tarder à le savoir.

Comme toujours, Michael faisait preuve d'un calme absurde. Nul doute qu'il avait parlé sur le même ton quand on l'avait extrait à moitié mort d'une cellule sordide dans une forteresse en ruine après que les Français avaient tout tenté pour lui extorquer des informations.

Luke se souvenait clairement du récit d'Alex qui avec ses hommes avaient attaqué et pris le fortin, comment ils avaient découvert Michael enfermé dans une cellule où il était impossible de tenir debout, et l'état atroce dans lequel il se trouvait, couvert de sang et de crasse. Luke ne l'avait vu que quelques jours plus tard à son arrivée au camp. À demi inconscient, il avait été lavé et soigné, et pourtant il faisait pitié.

On prétendait que trois jours de torture suffisaient à briser l'homme le plus fort ; pourtant, et tous les rapports concordaient sur ce point, Michael n'avait rien dit. Ses os avaient été rompus en de si multiples endroits que les chirurgiens estimaient qu'il resterait handicapé à vie, ce dont personne ne se douterait en le voyant maintenant, assis bien droit sur sa selle.

Inutile de dire que lord Wellington avait été ravi de récupérer son meilleur agent. Luke, quant à lui, avait cru que tout ceci appartenait au passé.

Il semblait bien qu'il se trompait.

La haute silhouette qui se matérialisa dans la brume qui avait remplacé la pluie se révéla être un jeune homme portant une tenue d'ouvrier. La dégaine maladroite, le dos voûté, il toucha le rebord de sa casquette avant de s'incliner profondément.

— Mes seigneurs.

— Inutile d'en faire trop, Lawrence, répliqua Michael.

Le nouveau venu se redressa subitement, son dos ayant miraculeusement perdu sa bosse, pour les saluer cette fois d'un air moqueur. Il avait des traits forts, des cheveux bruns bouclés qui s'échappaient de son couvre-chef et une intéressante cicatrice lui entaillait la moitié du visage. Heureusement pour lui, la lame avait raté l'œil.

— Je croyais que c'était ce que vous autres, les rupins, attendaient de nous autres, les p'tits gars du peuple.

Michael se laissa glisser à terre d'un mouvement fluide.

— Très drôle. Laissez aussi tomber l'accent cockney, d'accord ? Qu'avez-vous ?

Luke descendit de selle à son tour. Si Michael l'avait invité, c'était pour une bonne raison. L'herbe couina sous ses bottes, et sa veste était de plus en plus détrempée, mais ce curieux début de conversation l'intriguait.

Le dénommé Lawrence le salua d'un signe de tête, puis répondit :

— Lord Brewer a retiré des fonds importants juste avant sa mort.

Michael ne parut pas surpris.

— Savons-nous pourquoi ?

— *Nous* ne pouvons qu'émettre des hypothèses. Nous n'avons trouvé aucune trace de transaction.

— Il y a toujours des traces.

Luke suivit ce bref échange avec stupéfaction, se demandant s'il devait s'offusquer qu'on ait fouiné dans les finances de lord Brewer sans en parler à son épouse.

— En quoi cela concerne-t-il Madeline ?

— Je m'intéresse à la famille de son mari. À l'un de ses membres, en particulier.

— Et tu penses que Brewer a donné cet argent à cet homme ?

— Qui a dit que c'était un homme ? répliqua Michael.

— Tu soupçonnes une femme ? s'étonna Luke.

— Sa cousine. Et ne sois pas si surpris. Crois-tu que les intrigues politiques et les trahisons sont réservées à un seul sexe ?

— Non, bien sûr que non, marmonna Luke. J'ai juste du mal à établir un lien entre tous ces éléments.

Lawrence intervint :

— La dame pourrait être le menu fretin qui nous conduira au plus gros poisson. Cela dit, elle ne cesse de nous glisser entre les doigts. Nous n'avons rien appris depuis que nous la faisons surveiller. Elle a dû nous repérer.

Plus perplexe que jamais, Luke se tourna vers Michael.

— Alex est intervenu auprès de son frère John afin que celui-ci demande à l'une de ses anciennes maîtresses, qui se trouve posséder la maison voisine de la dame en question, d'engager un nouveau laquais sur sa recommandation sans poser de question. Malheureusement, notre suspecte se montre très prudente. Je m'y attendais, Alice Stewart n'est pas une débutante, mais on ne sait jamais.

Luke reconnut le nom de la femme aux cheveux bruns qui se trouvait dans la loge à l'opéra.

— Alice Stewart ? Je l'ai vue récemment. Elle était en compagnie de Madeline.

— Pas surprenant, puisqu'elles sont parentes par alliance, observa Michael, qui s'était soudain tendu.

Sont-elles amies ? Mes informateurs me disent que non.

Bien sûr, il avait des *informateurs*.

— Je n'en ai aucune idée. Dois-je le lui demander ?

— À condition d'être discret, et si tu fais confiance à lady Brewer pour l'être aussi.

Il lui faisait confiance, découvrit-il. Complètement.

— Oui, dit-il, et plus qu'à la plupart des hommes que je connais.

— Vous devriez peut-être nous présenter, murmura Lawrence. Belle *et* discrète ?

Luke lorgna sa tenue minable avant de se tancer. Ce serait une erreur de le mésestimer : l'homme n'était pas un sous-fifre. À en juger par leurs échanges, c'était un collègue de Michael et s'il n'était pas de son rang, il en était très proche.

— Désolé, fit-il, elle n'est pas disponible.

— Dommage, dit Lawrence avant d'adresser un sourire à Michael. Puisque le sujet est abordé, félicitations, milord, pour vos fiançailles. Si vous avez de nouvelles instructions, vous savez où me trouver.

Quoi ?

Alors que Luke digérait la nouvelle, Michael hocha la tête pour signifier à Lawrence qu'il pouvait disposer.

— Tes fiançailles ? articula Luke, incrédule.

— Quoi ? fit Michael en suivant des yeux la silhouette de son partenaire qui disparaissait dans la brume. Ah oui ! Je suppose que ce sera annoncé dans la presse d'ici un jour ou deux.

— Tu vas te marier ?

Luke n'aurait pas été plus surpris d'apprendre qu'il venait tout juste d'être nommé héritier du trône d'Angleterre.

Michael ? Fiancé ?

Son ami offrait un visage fermé au regard indéchiffrable.

— Mes parents souhaitent que j'honore le contrat de mariage qui incombait à Harry. Comme nous le savons tous, depuis sa mort, ses devoirs sont désormais les miens.

Mais le souhaites-tu ?

Luke avait failli le lui demander à haute voix mais s'était ravisé à temps. Il savait que Michael ne souhaiterait pas répondre à une telle question : il ne parlait que très rarement de la mort de son frère aîné ; et si Alex, Michael et lui-même étaient liés par une si profonde et si longue amitié, ce n'était pas seulement parce qu'ils avaient survécu à la guerre, mais parce chacun avait l'ultime courtoisie de ne pas se mêler des affaires des autres.

Luke reprit les rênes de sa monture. La pluie s'était remise à tomber, un peu trop fort à son goût, et il avait le sentiment que Michael souhaitait finir seul cette promenade.

— Je parlerai à Madeline.

— Entre autres choses, j'imagine, répliqua Michael d'un ton léger, mais ses yeux ne souriaient pas. Dans les affres de la passion, peut-être te confiera-t-elle tous ses secrets.

À moins que ce ne soit lui qui lui avoue le sien, songea Luke.

— Si elle me parle de quoi que ce soit qui pourrait t'intéresser, je te le ferai savoir.

— Luke.

Michael hésita, puis :

— Il y a quatre ans, nous avons appris qu'une Anglaise qui avait ses entrées dans l'aristocratie agissait pour le compte des Français. Nos services ont soupçonné Alice Stewart, car à plusieurs reprises elle avait été vue en compagnie d'agents ennemis connus. Mais ces rencontres avaient toujours eu lieu dans un contexte mondain, cela ne pouvait donc constituer une preuve. Il était difficile de l'accuser, surtout en raison de ses liens familiaux. Néanmoins, l'un de nos hommes chargé de la surveiller a été retrouvé mort. Son décès avait tout d'un accident, mais disons que la coïncidence est étrange, pour le moins.

Oui, pour le moins, se dit Luke.

— Je croyais cette maudite guerre terminée, grommela-t-il.

— Les guerres ne sont jamais terminées.

Ce fut très bref, mais une lueur d'inquiétude passa dans le regard de Michael.

— Je crois cette femme dangereuse. Je n'ai rien trouvé dans le journal, mais il est évident qu'elle y cherchait quelque chose. Si elle a effectivement décelé notre filature, elle pourrait se dire que son cousin a révélé un indice quelconque à sa femme. Crois-moi, quand tu te livres à une occupation dangereuse, tu préfères limiter les risques.

— Madeline est en danger ?

— C'est possible.

Sans même prendre le temps de répondre à son ami, Luke grimpa en selle et éperonna son cheval.

Luke s'était de nouveau trompé à propos de lord Fitch. Ce dernier avait encore frappé.

Du moins, elle pensait que c'était lui.

Qui d'autre, sinon ?

Madeline contempla le dessin au fusain en se demandant comment un objet utilisé dans un but aussi immonde pouvait posséder une beauté aussi envoûtante. L'arrière-plan était sombre, de vagues draperies nimbées de reflets de lune et des murs indistincts, le seul détail visible étant une fenêtre ouverte avec des rideaux agités par la brise ; l'illusion du mouvement était rendue avec une élégance toute simple qui ne devait pas être aussi simple à exécuter. Pas plus que le personnage solitaire au premier plan.

Une femme. Immobile, à demi retournée, sa gracieuse silhouette nue dessinée avec une habileté à couper le souffle. Le port de tête curieusement digne et serein contrastait avec le fait que la ligne d'un sein, d'une hanche et de toutes les autres courbes du corps baigné d'une lueur iridescente était à la fois choquant et – Madeline devait l'admettre – fascinant. Ce n'était pas un nu à la manière des anciens maîtres. Celui-ci était... érotique. Moderne et évocateur.

La femme avait de longs cheveux blonds très clairs.

Cette femme, c'était *elle*.

— Il y a une lady qui désire vous voir, madame, annonça Herbert depuis le seuil du bureau. Elle refuse de donner son nom ou même une carte, car elle affirme...

Il s'interrompit, visiblement chagriné :

— ... que l'aristocratie britannique est rongée par des coutumes archaïques dues à une consanguinité séculaire.

Madeline fixa son majordome, ne sachant trop comment accueillir une telle déclaration, mais son expression était si comique qu'elle faillit éclater de rire. Elle se retint à temps. Hubert avait dit « lady ». Si la visiteuse n'avait pas été digne de ce titre, il aurait parlé d'une « personne ».

— Je suis navrée, se contenta-t-elle de déclarer. Le mieux serait de la conduire au salon bleu, je suppose. Je suis pour le moins curieuse.

— Très bien, madame, répliqua Herbert non sans une certaine raideur.

Prudente, elle retourna le dessin sur le bureau de Colin, et esquissa un geste pour arranger quelques mèches avant de décider qu'une visiteuse qui s'annonçait de la sorte se moquait probablement de l'état de sa coiffure. Puis elle se leva pour aller accueillir la mystérieuse inconnue.

À peine entrée dans le salon bleu, elle s'immobilisa, impressionnée par la femme de haute taille aux cheveux auburn qui examinait le tableau au-dessus de la cheminée – tableau qui représentait l'arrière-grand-père de Colin en grande tenue, bonnet de cavalier surmonté d'un plumet à la main et sourire insolent aux lèvres.

Après une hésitation, car la visiteuse lui paraissait familière sans qu'elle parvienne à retrouver son nom, Madeline la salua :

— Bonjour.

— Le visage est bon, déclara la femme en guise de salutation, continuant à étudier le portrait, mais le corps est complètement faux. Vous voyez comme son cou est trop long, et l'angle de la main sur l'épée maladroit ?

— Je n'y ai jamais pensé, avoua Madeline, sincère.

Cela incita son invitée à se retourner et, avec un petit choc, elle comprit pourquoi, même si elles ne s'étaient jamais rencontrées, cette inconnue lui avait paru si familière. Plus encore que les pommettes hautes et le nez droit, les yeux argentés étaient caractéristiques. Même voilés par de longs cils féminins, c'étaient à n'en pas douter ceux de Luke. Cette femme était donc une de ses proches parentes, et si elle n'était plus dans la fleur de sa jeunesse, elle demeurait d'une beauté saisissante.

— Je suis Regina. Et vous êtes Madeline.

Présentation informelle, pour le moins, songea Madeline, qui après s'être raclé la gorge, parvint à répondre d'une voix égale :

— Je suis ravie de faire votre connaissance.

— Avez-vous reçu mon cadeau ?

La question avait été assortie d'un sourire. À la fois originale et élégante, Regina portait une robe de soie d'un vert très sombre qui mettait en valeur la couleur de sa chevelure.

— Votre cadeau ?

Madeline devait admettre qu'elle était quelque peu déstabilisée.

Sans attendre qu'on le lui propose, Regina choisit un canapé et s'y installa avec une grâce féline.

— Le dessin. Je le trouvais assez bon. Vous avez une jolie ossature. Maintenant que je vous vois de près, je pense vous avoir rendu justice, même si je n'ai pu vous étudier que de loin.

— M'étudier ?

— Les jumelles d'opéra sont parfois utiles.

Cette conversation était, de loin, la plus bizarre qu'elle ait jamais eue, mais Madeline était tellement soulagée de ne pas avoir été de nouveau la cible de Fitch qu'elle sourit à son tour.

— Vous êtes l'auteur de ce dessin ?

— Bien sûr. Je suis une artiste.

— Vous l'êtes, en effet, si vous avez réalisé ce portrait. Il est... remarquable, déclara Madeline en prenant un siège face à son étrange visiteuse. Merci. Je me demande cependant comment vous avez fait pour...

Le rire de Regina ponctua sa phrase inachevée.

— Vous imaginer nue ? Je vous ai vue à l'opéra avec Luke. Les vêtements ne sont qu'une carapace.

Luke. Elle avait prononcé son nom avec une telle aisance. Sans leur étonnante ressemblance, Madeline aurait été jalouse.

— Vous auriez dû nous rejoindre.

— Je ne crois pas. Votre mère aurait pu s'évanouir. Je ne suis pas reçue dans le monde. Plus par choix qu'en raison de ma naissance mais, bien sûr, cela compte aussi. Savez-vous qui je suis ?

— Non.

C'était un soulagement de pouvoir l'admettre.

— La sœur aînée de Luke. Sa demi-sœur, en fait. Née bien avant lui, et dans des circonstances que les esprits étroits jugent scandaleuses. Je ne suis pas tout à fait une gêne, mais pas loin. Si j'étais moins extravagante, je pourrais m'intégrer à la famille Daudet, mais en l'occurrence, je ressemble à cette tante excentrique à côté de laquelle personne ne veut s'asseoir à la table du dîner.

La franchise de cette déclaration provoqua un tressaillement chez Madeline.

— Je vois, murmura-t-elle.

— Je crois que l'opinion générale est que je suis capable de tout. Comme... de dessiner un nu de la maîtresse de mon frère. M'en voulez-vous d'être venue de manière impromptue ?

— Bien sûr que non.

— Vous êtes polie, diplomate ou sincère ?

— Sincère, répondit Madeline sans hésiter. Je vous en prie, restez. Voulez-vous que je sonne pour du thé ou bien préférez-vous du sherry ?

— Vous êtes admirablement difficile à choquer, lady Brewer. Cela me plaît.

— Ces derniers temps, ma vie ne suit pas vraiment un cours très conventionnel et acceptable, murmura Madeline. Je ne suis pas en position d'adresser des regards désapprobateurs à qui que ce soit. Je devine que vous n'êtes pas venue à la demande de Luke.

— Oh que non ! Il se pourrait même qu'il soit furieux contre moi, avoua Regina en se laissant aller contre le dossier du canapé, le sourire aux lèvres. Fort heureusement, s'il déteste qu'on se mêle de sa vie, il n'a pas la rancune tenace. Le saviez-vous ?

Devant son ton incroyablement léger, il était impossible de ne pas s'esclaffer.

— Non. Et que ne sais-je pas encore ?

— Beaucoup de choses, j'en suis sûre. Mon frère a ses secrets, mais je ne vous apprends rien, j'en suis sûre.

— Il ne révèle que ce qu'il veut bien que vous sachiez, c'est-à-dire pas grand-chose, j'en ai peur.

Regina lui adressa un regard approbateur.

— Oui, acquiesça-t-elle. Je crois que nous allons nous entendre. Dites-moi, êtes-vous amoureuse de lui ?

Cette fois, Madeline en resta sans voix.

— Vous devez l'être, reprit Regina Daudet d'un air pensif. J'y ai beaucoup réfléchi. Ce comportement n'est typique ni pour lui ni pour vous, vous devez donc avoir une excellente raison de risquer ainsi votre réputation. Oh, ce n'est pas comme si vous couriez le risque d'être ostracisée – vous êtes veuve, après tout, mais vous avez néanmoins préservé ce statut pendant fort longtemps. Bien sûr, Luke est différent mais, je suis d'accord, il vaut bien qu'on prenne quelques risques.

— Je ne le lui ai pas encore dit.

Les mots étaient guindés, mais ils n'en constituaient pas moins un aveu.

Madeline ne savait pas pourquoi elle se confiait avec une telle facilité mais c'était… libérateur.

Regina haussa un sourcil.

— Non ? Pourtant, vous lui avez déjà fait beaucoup de bien. Le plus difficile sera de lui faire admettre que vous n'êtes pas qu'une nouvelle passade. Il fait moins de cauchemars ; en tout cas, il ne passe plus chez moi à l'aube parce qu'il n'arrive pas à dormir.

— Il a des problèmes de sommeil ?

À vrai dire, Madeline s'était toujours endormie la première, même cette nuit-là, à l'auberge. En songeant à leurs nuits passées ensemble, qui n'étaient pas si nombreuses, elle se rendit compte qu'elle ne l'avait encore jamais vu dormir.

Sa sœur acquiesça, le regard soudain lointain.

— Il a aimé une femme en Espagne et elle est morte. Cela le hante.

Sous le choc, Madeline se pétrifia.

Le tic-tac de l'horloge lui parut soudain assourdissant.

Cela expliquait tant de choses.

Et si peu.

— Pouvez-vous me parler d'elle ?

Une lueur de sympathie dans ses yeux d'argent, Regina secoua la tête.

— Non. Pour deux raisons. Je n'en sais pas assez pour vous aider et, surtout, c'est à lui de le faire.

Elle marqua une pause avant d'ajouter d'une voix très douce :

— Luke a besoin d'en parler à quelqu'un et je crois qu'il est bon que ce soit vous.

26

Il reconnaissait ce sentiment d'inquiétude qui précède la bataille.

Cette sensation qui rampe sur la peau telle une créature vénéneuse munie de griffes minuscules. Il ne s'agissait pas nécessairement du présage d'un désastre imminent – rien d'aussi dramatique –, mais de ce malaise qui vous taraude quand vous savez que quelque chose ne va pas.

Alice Stewart était à la fois la cousine de lord Brewer et la bénéficiaire possible d'un don d'argent substantiel juste avant la mort de ce dernier. La proximité de son décès et de la remise de cette somme était inquiétante. Se changeant rapidement pour enfiler des vêtements secs, il essaya de faire le point grâce au peu qu'il savait.

Le mari de Madeline avait demandé une forte somme à ses banquiers qu'il avait remise à quelqu'un – Mme Stewart, peut-être – juste avant de mourir de façon très soudaine. Ces deux événements n'avaient peut-être aucun lien, mais il y avait de quoi s'interroger.

Et voilà que cinq ans plus tard, le journal réapparaissait soudain. Pourquoi ? Il avait été abandonné là où n'importe qui pouvait le trouver, ce qui faisait de Fitch un simple accessoire dans ce curieux drame. Quelqu'un voulait-il humilier délibérément Madeline ?

En tant que membre de la famille, Alice Stewart avait accès à la demeure des Brewer. Elle pouvait avoir subtilisé le journal à n'importe quel moment au cours de ces cinq années. L'avoir laissé au club ressemblait à un acte mesquin accompli dans le seul but de faire du tort à Madeline. L'envoi des bas et des jarretières obéissait à la même logique, plus perverse que dangereuse, mais, rétrospectivement, ces actes ressemblaient peut-être davantage à ceux d'une femme inspirée par un désir de vengeance.

Michael voulait qu'il parle à Madeline, et Luke commençait à se dire qu'il devait le faire sans attendre.

Moins de quinze minutes plus tard, il sortait de sa voiture sous une pluie battante. Sans se soucier d'être vu par les voisins en cette fin d'après-midi, il gravit les marches deux à deux et manipula le heurtoir en bronze.

Le majordome de Madeline, Hubert, ouvrit et s'effaça avec résignation, avant de s'incliner poliment.

— Milord d'Altea. Je vous en prie, entrez. Je vais vous annoncer.

Luke s'avança dans le hall, déchiffrant sans peine l'expression de son interlocuteur. Existait-il un domestique dans cette maison qui ignorait ses relations avec Madeline ? Sans doute pas.

— Merci.

Il attendit avec impatience, se demandant comment il allait présenter les choses à Madeline ; comment lui expliquer qu'elle se trouvait liée à une affaire d'espionnage, de tromperie et peut-être même de meurtre.

Et qu'elle était en danger.

Ce ne fut pas Hubert qui revint dans le hall mais, à son immense stupeur, sa propre sœur qui éclata de rire en voyant son expression.

— Je l'ai dessinée, dit-elle en guise d'explication tandis qu'un valet se précipitait pour lui tendre sa cape.

Que diable se passait-il dans cette maison ?

— Regina, que fais-tu ici ? demanda-t-il en prenant le vêtement des mains du serviteur pour le poser sur ses épaules.

— Je viens de te le dire : je l'ai dessinée. J'avais envie de savoir si elle appréciait mon cadeau.

— Je ne crois pas m'être jamais mêlé de *ta* vie, dit-il.

— Cela n'a jamais été nécessaire, répliqua-t-elle, sans se soucier de la présence du valet et d'Hubert, qui était de retour et attendait. Toi, en revanche, tu souffres de manies qu'il serait bon de corriger.

Sur ces mots, elle sortit sous la pluie, non sans lui avoir adressé un sourire qui lui fit craindre le pire. Existait-il quelque chose de plus dangereux que deux femmes qui parlaient d'un homme en son absence ?

Tout ceci devenait de plus en plus compliqué.

Il se décida à suivre Hubert, qui le conduisit dans un salon assez classique. Madeline était assise dans fauteuil tapissé de velours bleu, un demi-sourire aux lèvres.

— Bonjour, milord. Quelle surprise de vous voir. Cela dit, cette journée semble m'en réserver beaucoup.

La visite de Regina avait certes dû la prendre de court.

— Pourquoi seriez-vous surprise de me voir ?

Avec tact, Hubert se retira et referma la porte derrière lui sans même y avoir été invité.

Oui, tous les domestiques savaient. Et probablement, tout Londres.

— Parce que tu n'es jamais venu me rendre visite dans l'après-midi, répondit-elle d'une voix aussi douce qu'une caresse.

Exact. D'ordinaire, il entrait par la porte de service au beau milieu de la nuit.

— Il faut que je te parle, dit-il, soudain gagné par une curieuse irritation.

Pourquoi ne se sentait-il pas autorisé à utiliser la grande porte comme n'importe lequel de ses autres visiteurs ?

En fait, il le *pouvait*. S'il le souhaitait.

Le souhaitait-il ?

Il craignait que oui. Il avait même très envie de venir dans la journée, de lui offrir des fleurs ou un collier assorti à ses boucles d'oreilles, de se réveiller dans ses bras...

— De quoi ? s'enquit Madeline.

Vêtue d'une robe bleue très simple, le regard direct, elle semblait détendue, mais il sentait qu'elle ne l'était pas.

— De quoi quoi ? demanda-t-il en se contentant de la regarder, fasciné.

Était-ce de l'amour ? Cela avait été différent la première fois. Flamboyant, explosif, dans un contexte dramatique de guerre, de danger permanent, de désir interdit... il était plus jeune, aussi, plus idéaliste ; la beauté brune de Maria et son tempérament passionné contrastaient tellement avec sa froideur toute britannique. Et puis, il y avait eu le couvent, les flammes, l'horreur...

Il s'efforçait de tenir le passé à distance. Rien ne l'effacerait jamais, mais pour la première fois peut-être, il savait qu'il pouvait le mettre de côté.

— Tu as dit que tu voulais me parler.

La voix de Madeline fit irruption dans ses pensées et elle y fut la bienvenue.

— Parle-moi d'Alice Stewart, ordonna-t-il sur un ton plus abrupt qu'il ne l'aurait souhaité.

— Alice ? répéta Madeline en ouvrant des yeux ronds. Que souhaites-tu savoir ?

— Tout.

Elle cilla.

— Pourquoi ?

— Je te l'expliquerai mais, d'abord, dis-moi tout ce que tu sais.

Madeline réfléchit quelques secondes avant de répondre.

— Elle a vécu quelques années à l'étranger et vient tout juste de rentrer. Nous ne sommes pas très proches en dépit de son lien de parenté avec Colin. Je ne vois pas ce que je pourrais te dire de plus, je le crains.

— Aurait-elle pu connaître l'existence du journal ?

Madeline tressaillit.

— Du journal de Colin ? Je... je ne sais pas. Elle est passée me voir, bien sûr, à son retour en Angleterre. Nous avons naturellement parlé de Colin. Il se peut que j'aie mentionné son journal intime. Elle savait qu'il avait tendance à coucher ses pensées sur le papier. Toute la famille le savait. Pourquoi ?

— Où se trouvait-elle à l'étranger.

— Je n'en suis pas sûre. S'agit-il d'un interrogatoire ?

— En France ?

— Bien sûr que non. Nous étions en guerre.

Il ignora cette dénégation indignée. Il commençait à y voir plus clair quant à ce qui avait pu se passer si Roget était bel et bien impliqué dans cette affaire.

— Sais-tu si elle a demandé une forte somme d'argent à ton mari avant de s'embarquer pour ce voyage qui a duré tant d'années ?

Cette fois, Madeline se figea.

— C'était donc là qu'elle était passée ? Le notaire qui s'est occupé de la succession m'a interrogée sur la disparition de cette somme. J'étais trop anéantie par le chagrin pour y accorder la moindre importance mais, plus tard, je me suis interrogée. Colin ne parlait pas de ses affaires, mais la somme était importante et j'étais surprise qu'il ne m'ait pas dit à quoi il l'avait consacrée.

L'esprit ailleurs, Luke fixait sans la voir une statuette posée sur un guéridon. Le tableau commençait à prendre forme, mais il lui manquait encore quelques éléments.

— Donc, juste avant sa mort, elle pourrait avoir reçu de l'argent de ton mari. On sait de façon certaine qu'elle a disparu pendant des années, et voilà qu'au moment où elle réapparaît en Angleterre, le journal est volé, puis abandonné là où Fitch l'a trouvé. Ai-je raison jusque-là ?

Madeline le fixait, visiblement troublée.

— Je suppose. Mais pourquoi t'intéresses-tu soudain à Alice ? Je n'ai jamais vraiment eu d'affection pour elle, mais je ne la déteste pas non plus. Colin l'aimait bien et cela me suffisait.

— Pourquoi lui aurait-il donné de l'argent ? Tu as une idée ?

Elle secoua la tête.

— Non. Mais si elle était dans le besoin, je suis sûre qu'il l'aurait aidée. Il était de nature généreuse.

À la lumière de cette déclaration, et pour l'épargner, il ne voulut pas évoquer l'éventualité d'un meurtre. Toute perte était une épreuve, mais il savait mieux que quiconque que subir les aléas du destin était une chose, et qu'affronter la vilenie des hommes en était une autre. Si lord Brewer avait succombé à une maladie aussi soudaine que fatale, il n'y avait rien qu'elle aurait pu faire pour l'empêcher. S'il avait été tué, c'était une douleur différente.

Que pouvait-il savoir ? Qu'avait-il écrit dans son journal ?

Michael avait été très clair. *Elle est dangereuse.*

Il fallait à tout prix protéger Madeline.

— Tu viens chez moi.

Elle ne savait pas ce qui était le plus stupéfiant : qu'il lui adresse cet ultimatum comme s'il avait le moindre contrôle sur sa vie, ou qu'il ai dit *chez moi*.

— Avec Trevor, bien sûr, ajouta Luke, l'air sombre. Que ta femme de chambre te prépare de quoi tenir quelques jours. Nous enverrons chercher d'autres vêtements si besoin est.

— Luke…

— Je ne tiens pas à découvrir plus tard que je n'ai pas pris les précautions qui s'imposaient. Certaines erreurs ne peuvent être réparées.

Erreurs ? Se reprochait-il ce qui était arrivé à cette femme en Espagne, celle dont sa sœur avait dit qu'il l'aimait ?

— Tu conviendras que tout ceci est assez incompréhensible, réussit-elle enfin à déclarer. Que peut-il y avoir d'aussi alarmant ?

— Je te l'expliquerai plus tard. Si j'y parviens, dit-il avant de déglutir avec difficulté. Seigneur, Madge, s'il te plaît, ne discute pas ! Qu'il me suffise de dire que je ne me sens pas à l'aise de te savoir seule ici. Viens vivre avec ma famille pendant quelques jours – du moins jusqu'à ce que je sois certain que tu ne risques plus rien.

— Je ne suis pas seule.

Pas dans une maison remplie de domestiques.

— Tu n'es pas avec *moi*. Je te veux chez moi. Dans mes bras.

Sidérée, Madeline le dévisagea. Si ces mots n'étaient pas précisément une déclaration d'amour, ils en étaient très, très, proches, et son cœur se gonfla de joie. Elle ne comprenait toujours pas le rapport entre cet affolement subit et le journal de Colin ou Alice, mais l'homme qu'elle aimait voulait l'avoir près de lui… non, il exigeait qu'elle vive sous son toit, pas moins.

Une demande un peu moins autoritaire aurait sans doute été préférable, mais sa véhémence en elle-même était émouvante.

— Tu penses réellement que c'est si urgent que cela ?

— Serais-je ici si je ne le pensais pas ?

Non, bien sûr que non. Elle n'avait pas le moindre doute là-dessus. Hochant la tête, elle se leva pour tirer sur le cordon de la sonnette. Quand Hubert apparut, elle lui donna ses instructions.

— Est-ce que ta famille est prête à voir ta maîtresse et son enfant s'installer chez toi ? demanda-t-elle ensuite, ne plaisantant qu'à demi.

Et peut-être même pas du tout.

Luke crispa la mâchoire.

— Tu n'es pas ma maîtresse.

— Que suis-je alors ?

— Ne m'oblige pas à essayer d'y voir clair maintenant, dit-il avec un sourire qui n'atteignit pas ses yeux. Tout ce que je sais, c'est que si je sors d'ici sans toi, je ne dormirais pas de la nuit. Cela n'a rien d'un jeu. Et c'est un joueur qui le dit. Il y a certaines choses dans ma vie que je ne suis pas prêt à risquer.

En faisait-elle partie ? Madeline s'interdit de le lui demander. Il en avait déjà dit plus qu'il n'en avait l'intention, visiblement.

— Je comprends que c'est important.

Elle se tenait immobile, résolue et pleine d'espoir.

— Tu fais bien. Si jamais il devait t'arriver quelque chose...

Il n'acheva pas sa phrase. L'instant s'étira, poignant, éloquent, et pourtant Madeline n'était pas certaine d'en comprendre toute la signification. Ce n'était pas elle qui avait décrété qu'un mariage était impossible.

Elle l'aimait et elle voulait être sa femme, porter ses enfants et dormir dans ses bras pour le restant de ses jours. Était-ce trop demander que d'aspirer à une seconde chance, de vouloir être heureuse avec un homme qu'elle adorait ? Peut-être, mais après s'être montré très cruel envers elle, le destin lui offrait à nouveau l'amour. Saurait-elle le garder ?

Elle n'eut pas le temps de répondre, car Hubert revenait, l'air encore plus chagrin que d'habitude.

— Madame, j'ai transmis vos instructions mais je crains que lord Brewer ne soit pas à la maison.

Elle ne s'était pas encore habituée à ce qu'on appelle ainsi Trevor, mais en dépit de son jeune âge il avait hérité du titre.

— J'ignorais que Mlle Chaucer comptait l'emmener au parc. Le temps ne me paraît pas idéal.

— Mlle Chaucer est ici, milady. Le jeune maître est parti avec Mme Stewart il y a quelques heures, alors que vous étiez sortie.

Un froid glacial envahit Madeline.

— *Quoi ?*

— Mme Stewart fait partie de la famille, milady. Je suis sûr que...

Luke l'interrompit.

— Quand ? Comment sont-ils partis ? Alice Stewart a-t-elle dit où ils allaient ? Était-elle seule ou accompagnée ?

— Je... je l'ignore, milord, bredouilla Hubert, en proie au plus grand désarroi.

— Faites venir la gouvernante sur-le-champ, je vous prie.

— Oui, milord.

Un instant plus tard, Luke attirait dans ses bras le corps tremblant de Madeline. Même si elle n'avait pas été soumise à cet interrogatoire troublant un instant plus tôt, elle n'aurait pas été ravie d'apprendre qu'Alice avait emmené son fils sans sa permission. Chose qui n'était encore jamais arrivée. Jusqu'à présent, la cousine de Colin s'était tout au plus contentée de s'enquérir poliment de la santé de Trevor.

Ce qui signifiait, comprit-elle avec terreur, que cet événement n'avait rien de normal. Un petit sanglot lui échappa.

La bouche de Luke était contre ses cheveux, ses bras forts, protecteurs, l'enveloppaient.

— Tout ira bien. N'aie pas peur, ma chérie. Michael la fait surveiller. Nous la retrouverons et nous ramènerons Trevor.

Michael Hepburn, le marquis de Longhaven ? Que venait-il faire dans cette histoire ? Il surveillait Alice ?

— Pourquoi a-t-elle emmené Trevor ?

Sa voix était inaudible, et elle fut surprise que Luke lui réponde :

— Je n'en sais rien. Mais je te promets que je vais le découvrir.

Il y avait peut-être deux énigmes.

Écoutant la pluie marteler les vitres, Michael réfléchissait.

Il savait que Roget avait une complice en Angleterre, une femme. Des communiqués décryptés faisaient mention de celle-ci et Mme Stewart avait le profil adéquat. Jeune et jolie, elle fréquentait la bonne société sans en être une figure éminente, et connaissait du monde. Lord Brewer lui avait donné cet argent, Michael en était désormais convaincu, car elle avait réglé toutes ses dettes et réservé sa traversée pour l'Italie le lendemain de ses funérailles.

Cette femme avait, c'était probable, tué son généreux cousin. La coïncidence était pour le moins suspecte.

Ensuite, au pire de la guerre, ces quatre années atroces, elle avait disparu pour ne revenir qu'une fois la paix rétablie. Et elle était rentrée avec assez d'argent pour louer une maison dans un quartier à la mode et commencer à se montrer de nouveau en société. Juste après avoir volé le journal.

Cela aussi semblait probable. S'il devait formuler une hypothèse, Michael estimait qu'elle n'avait découvert son existence qu'à son retour. Il lui avait été facile de découvrir où il se trouvait et elle l'avait dérobé ; après avoir vérifié qu'il ne contenait aucun indice l'incriminant, elle l'avait laissé là où on le trouverait.

Les femmes n'y étant pas admises, ce n'était donc pas elle qui l'avait introduit au club. Il y avait un complice quelque part.

Risqué, ça. Un complice pouvait parler.

Sauf s'il était mort, bien sûr. Son enquête lui avait permis de découvrir que, trois mois plus tôt, un jeune serveur avait été frappé par une mystérieuse maladie qui ressemblait étrangement à celle qui avait tué lord Brewer.

Tout cela n'était que suppositions bien sûr, mais mises bout à bout, elles devenaient accablantes.

Énigme numéro un. Alice Stewart était-elle une traîtresse ? Si oui, pourquoi avait-elle tué son cousin ? Il lui avait donné de l'argent, ce n'était donc pas par cupidité. Il devait savoir quelque chose dont elle redoutait qu'il ne le mette par écrit. La raison de son retour en Angleterre n'était pas aussi mystérieuse. La guerre était terminée, sa mission accomplie, et la France ne devait pas être un lieu de résidence très agréable après la défaite.

Énigme numéro deux. Si elle avait volé le journal et qu'il ne contenait rien de dangereux pour elle, pourquoi ne pas l'avoir remis tranquillement à sa place ? Sa réapparition faisait songer à une vengeance toute féminine : essayer de révéler d'une façon aussi détournée les secrets les plus intimes du mariage de Madeline May... la plupart des hommes n'y songeraient même pas. L'envoi des bas et des jarretières était aussi particulièrement troublant et malveillant.

Donc, et pour conclure, deux choses étaient évidentes. Alice Stewart était capable de tromper et de tuer, et elle haïssait lady Brewer.

Une combinaison pas rassurante.

— La situation évolue.

Nullement surpris, Michael se tourna vers la porte.

— J'ai failli ne pas vous entendre.

Lawrence s'appuya au chambranle, le visage impassible.

— Ne soyez pas trop suffisant, je n'essayais pas d'être discret. Nous avons un problème.

27

La gouvernante, une jeune femme mince aux cheveux roux, ne savait rien. Sous le feu des questions de Luke, elle était passée de la stupeur à la terreur.

Des heures. Alice Stewart avait enlevé le garçon depuis des heures. Il s'accroupit près de la chaise de Madeline et lui prit la main.

Il lui fallait agir sans attendre.

— Avant de céder à la panique, l'étape la plus logique est d'aller chez la cousine de ton mari. Je m'y rends sur-le-champ et je reviens très vite ou alors je t'envoie un mot.

Livide, Madeline murmura :

— Je viens avec toi.

— Ma chérie, quelqu'un doit rester ici au cas où nous nous serions alarmés sans raison et qu'Alice ramène Trevor.

Ni l'un ni l'autre ne croyaient cependant à cette possibilité.

— Je vais envoyer chercher ma mère.

Alors qu'il parlait avec la gouvernante, elle s'était mise à pleurer sans bruit, les larmes laissant une trace brillante sur ses joues pâles. Ses yeux étaient immenses.

— Je ne peux pas rester ici à attendre, Luke, c'est au-dessus de mes forces.

Il envisagea de la soulever dans ses bras et de l'emmener de force dans l'hôtel particulier des Daudet dans Mayfair, puis de l'enfermer dans sa suite sous bonne garde. Il voulait qu'elle soit en lieu sûr, qu'elle ne risque absolument rien, mais il comprenait qu'une telle solution n'apaiserait que lui.

— Comme tu veux, dit-il doucement en lui soulevant le menton pour croiser son regard.

Si difficile à croire que ce fût, elle lui parut plus belle que jamais avec ses joues mouillées et son nez rougi.

— J'envoie un mot à ma mère, dit-elle.

— Bien.

Sans se soucier de la présence d'Hubert, il se pencha et déposa sur ses lèvres un baiser destiné à la réconforter et à la rassurer.

— Demande à ta femme de chambre une cape légère. Il fait humide ce soir.

Elle acquiesça, les muscles de son cou frémissant tandis qu'elle ravalait la boule qui sans doute lui obstruait la gorge.

Mieux que quiconque, il savait ce que l'on éprouvait lorsqu'on se retrouvait réduit à l'impuissance alors qu'un être cher courait un grave danger. À l'époque, il n'avait pas pu intervenir. Cette fois, ce serait différent, se jura-t-il.

Le trajet en voiture fut bref, Mme Stewart demeurant non loin de chez son cousin. La femme d'âge mûr qui leur ouvrit la porte secoua la tête quand on lui demanda si sa maîtresse était présente.

Luke, qui faisait rarement usage de son titre pour intimider, déclara sèchement :

— Je suis lord d'Altea et voici lady Brewer, la cousine de Mme Stewart. Où est-elle allée ?

— Elle a fait ses bagages, répondit la femme en s'essuyant les mains sur son tablier déjà souillé. Il n'y a plus que moi, milord, je finis de nettoyer la maison.

Madeline laissa échapper un cri étouffé.

— Où ? répéta-t-il.

— Je… j'en sais fichtre rien, bredouilla la femme. Je le jure, milord. Je crois bien qu'elle compte prendre un bateau. Je l'ai entendue dire à sa femme de chambre de sortir sa robe de jour la plus chaude parce qu'en mer le vent souffle fort. Nous avons tous reçu notre congé et une semaine de gages.

Dût-il fouiller tous les navires amarrés à Londres, décida Like tandis qu'ils regagnaient la voiture au pas de charge, ils retrouveraient Trevor.

— Au port, ordonna-t-il au cocher.

Elle n'y comprenait rien. Absolument rien. Pourquoi Alice enlèverait-elle Trevor ? Et pourquoi quittait-elle de nouveau l'Angleterre de façon aussi précipitée ? Pourquoi Luke avait-il déboulé chez elle avec toutes ces questions ? À l'évidence, il savait quelque chose qu'elle ignorait et ce qui était en train de se passer justifiait cette inquiétude qu'il ne cherchait même pas à dissimuler.

Sans lui, elle n'aurait pas su quoi faire.

Et, paralysée par la peur, elle ne le savait toujours pas. Les mains serrées au point d'en avoir mal aux doigts, elle était si raide qu'à une ou deux reprises les cahots du véhicule faillirent la faire tomber à terre.

Curieusement, elle était reconnaissante à Luke de ne pas essayer de lui dire que tout irait bien. Il ne déversait pas un flot de platitudes ou de faux espoirs et, en dépit du gouffre qui s'ouvrait dans son esprit quand elle songeait à Trevor, seul et effrayé, il était apaisant de ne pas s'entendre dire de ne pas s'inquiéter.

À vrai dire, elle était terrifiée.

Mais elle n'était pas seule. Luke était avec elle.

— Pourquoi lord Longhaven fait-il surveiller Alice ?

— Je n'en suis pas sûr. Michael…

Une hésitation puis :

— … n'est pas celui que l'on croit. Oui, il est bien le fils du duc de Southbrook, désinvolte quand il le veut, charmeur à l'occasion, et les femmes le poursuivent de leurs assiduités, mais elles ne savent pas grand-chose de lui et, très franchement, je n'ai jamais été aussi heureux qu'il soit ce qu'il est.

Ce n'était pas une réponse, mais Madeline avait néanmoins l'impression de comprendre. Il avait des choses qu'il ne pouvait lui révéler. C'était important, autrement cela n'aurait pas été un secret, mais pas nécessaire pour retrouver son fils.

— Il nous aidera ?

— Nul n'est mieux placé que lui pour nous aider, confirma-t-il, laconique.

Et c'était tout ce qui comptait.

Dès que la voiture s'immobilisa, Luke bondit à terre et la souleva de son siège sans cérémonie.

— Si elle a réservé une place sur un bateau, nous le découvrirons.

Au bout de trente minutes, ils n'avaient toujours rien trouvé, et n'avaient pu s'entretenir qu'avec trois commandants de navires différents. Il se faisait tard.

Il y avait de la brume, l'air s'était rafraîchi et des odeurs de poisson flottaient dans l'air… Madeline se sentait glacée à l'intérieur.

La chance leur sourit enfin au quatrième bâtiment. Pas sous la forme d'un officier bavard, mais sous celle de l'homme – cicatrice et sourire ironique – qui lui avait remis le journal en mains propres. Il surgit de la pénombre, ses bottes claquant sur les pavés humides du quai.

— Lord d'Altea, je vous cherchais. Je crois que nous sommes sur la même piste.

Luke hocha la tête et pressa la main de Madeline.

— Alice Stewart ?

— Nous la tenons. Longhaven la faisait suivre par un agent qui l'a arrêtée alors qu'elle tentait d'embarquer à bord de ce navire. Il doit lever l'ancre à la marée du matin pour la France.

Madeline eut l'impression que son cœur battait à nouveau. Elle en aurait pleuré de joie.

— Avait-elle un enfant avec elle ? Un petit garçon ?

L'homme balafré la dévisagea brièvement avant de se tourner à nouveau vers Luke.

— Non. Elle veut négocier.

La joie disparut. *Négocier ?*

— Négocier quoi ? demanda Luke d'une voix sourde.

— Un sauf-conduit en échange de l'endroit où se trouve l'enfant.

Madeline chancela.

— Vous n'avez pas Trevor ?

— Un seul homme la surveillait, milady, répondit le balafré d'une voix douce et avec un accent cultivé qui contrastait avec ses vêtements élimés. Après avoir quitté votre résidence en compagnie du jeune vicomte, elle a rencontré quelqu'un à qui elle a laissé l'enfant. Notre agent était confronté à un choix. Il avait pour ordre de ne pas lâcher Mme Stewart, c'est donc ce qu'il a fait. Mais il a pris le temps de nous envoyer un message dès qu'il a compris qu'elle allait embarquer à bord du bateau.

Luke articula entre ses dents un mot que Madeline n'avait encore jamais entendu, mais dont elle était certaine qu'il n'était pas flatteur pour Alice.

— Où est-elle ? s'enquit-il d'un ton glacial.

— Suivez-moi, murmura l'homme à la cicatrice.

Michael avait récupéré la dame et ses malles, et un jeune homme à l'air très déterminé la surveillait, pistolet au poing, dans un petit bureau abandonné situé dans un entrepôt. Éclairé par quelques lanternes, l'endroit était plutôt sinistre. Il était meublé de quelques chaises et d'un bureau qui n'avaient pas été utilisés depuis très longtemps à en juger par l'épaisse couche de poussière qui les recouvrait. Alice Stewart ne parut pas surprise de les voir. Calme, ses cheveux sombres relevés en un chignon impeccable, elle affichait un sourire un peu condescendant.

— Où est mon fils ?

Madeline avait traversé la pièce crasseuse sans perdre de temps, les poings serrés.

— Où est Trevor ? répéta-t-elle d'un ton farouche.

Pour une dame d'ordinaire si bien élevée, elle semblait prête à se jeter sur la cousine de son mari.

— En sécurité pour l'instant, répliqua Alice avec un sang-froid assez remarquable, compte-tenu de la rage de Madeline, de la présence de Michael et de Luke, et de l'arme braquée sur elle. Je suis ravie que vous soyez venue si vite, Madeline. Je craignais qu'il ne vous faille beaucoup plus de temps, or mon bateau lève l'ancre à l'aube.

— Comment avez-vous pu faire une chose pareille ? C'est le fils de Colin.

— L'héritier. Oui, je sais, fit Alice avant d'éclater d'un rire sans joie. Le bel enfant que vous avez consciencieusement mis au monde en épouse exemplaire que vous êtes. Quelle parfaite petite vie écœurante vous aviez avant que Colin décide de passer l'arme à gauche.

Cette haine palpable fut un tel choc pour Madeline qu'elle tressaillit comme si on l'avait giflée. Elle fixait la femme assise devant elle comme si elle ne l'avait jamais vue.

Et peut-être était-ce le cas, songea Luke en remarquant la petite grimace sardonique d'Alice.

— Et si vous voulez récupérer votre précieux petit vicomte, il est temps de marchander.

Luke s'avança, s'efforçant de s'interposer entre Madeline et cette créature venimeuse.

— Que voulez-vous ?

Le regard hostile se riva sur lui.

— Lord d'Altea. Quelle surprise de vous découvrir si prévenant envers une seule femme. Madeline doit être tout ce que mon cousin a dit d'elle et peut-être plus encore, qui sait ? Son journal était... fascinant. Elle a l'apparence d'une dame, mais, semble-t-il, la liberté d'une putain. A-t-elle porté les bas et les jarretières pour vous ?

Luke n'avait encore jamais envisagé de faire usage de la force contre une femme, mais peut-être était-ce le moment de revoir sa position.

— De l'argent ? fit-il, les dents serrées.

Michael prit la parole pour la première fois. Comme s'ils ne se trouvaient pas dans un entrepôt abandonné en train d'interroger une meurtrière qui avait de surcroît enlevé un enfant, il déclara poliment :

— Je devine que vous souhaitez des fonds et une certaine clémence.

Alice Stewart se redressa sur sa chaise, mais sa voix demeura froide et suave lorsqu'elle répondit :

— En échange de l'enfant. C'est la seule raison pour laquelle je l'ai enlevé. Croyez-moi, je n'ai aucune envie de m'embarrasser de ce moutard.

Luke retint Madeline par le bras.

Michael, quant à lui, se contenta de dévisager Alice Stewart d'un air pensif.

— Je dois reconnaître que vous êtes habile. En confiant le fils de lady Brewer à votre complice, vous vous êtes offert une alternative. Soit notre agent vous suivait et vous disposiez d'un otage. Soit il suivait votre homme, et vous vous échappiez. Oui, le plan était habile.

— Je ne sais pas comment elle a pu découvrir que je la filais, maugréa le jeune homme au pistolet. Je vous jure, monsieur, que...

— Nous en discuterons plus tard, le coupa Michael sans élever la voix. Pour le moment, il semble que nous soyons dans une impasse. La confiance est toujours un problème dans une situation telle que celle-ci. Par exemple, si j'acceptais de vous laisser partir, madame Stewart, comment pourrais-je être certain que vous m'avez indiqué le véritable endroit où se trouve le fils de lady Brewer ? Revers de la médaille, si je vous promets la liberté, comment pourrez-vous être sûre que je ne changerai pas d'avis une fois que j'aurai eu ce que je désire ? C'est un sacré dilemme.

— Roget m'a parlé de vous, milord, fit Alice Stewart en fixant Michael droit dans les yeux. Je ne négocierai qu'avec Madeline. Dans la mesure où son amant est un de vos meilleurs amis, je présume que vous répugneriez à ce que sa traînée perde son fils unique ? Vous aurez Trevor après la marée du matin, mais pas avant. Mon ami a des instructions. Si vous tentez de récupérer le gamin avant, cela pourrait s'avérer *malheureux*.

— Colin était bon envers vous ! Vos pères étaient frères !

À nouveau, Madeline donnait l'impression qu'elle allait se jeter sur la cousine de son mari... au point que Luke l'attira à lui.

— Frères jumeaux même, et tout ce que j'ai eu en raison de cette différence de quelques minutes à leur naissance, c'est une modeste dot que mon mari s'est empressé de dilapider en boisson et en femmes. Curieusement, cet imbécile est mort jeune, fit-elle en éclatant d'un rire moqueur qui faisait froid dans le dos. Je me demande bien comment c'est arrivé.

La stupeur de Madeline était totale : non seulement, elle ignorait l'existence de ce ressentiment, mais elle découvrait qu'Alice était une meurtrière. Elle parvint cependant à demander avec calme :

— Mon mari vous a donné de l'argent avant de mourir. Pourquoi ?

— Ma situation commençait à devenir intenable ici. Certains, fit Alice en glissant un regard en coin à Michael, nourrissaient des soupçons. Il était plus prudent de quitter l'Angleterre. J'ai informé mon cher cousin que j'attendais un enfant. C'était faux, bien sûr, mais la seule perspective d'un scandale l'a convaincu de mettre à ma disposition des fonds suffisants pour un départ précipité.

Elle se permit une vilaine grimace avant de poursuivre :

— Il était scandalisé. Dites-moi, Madeline, que penserait Colin de votre passade avec lord d'Altea ?

— Ce n'est pas une passade. Je l'aime. Où est mon fils ?

Prononcé d'un ton aussi neutre, c'était une déclaration stupéfiante, surtout vu les circonstances. Madeline l'aimait. Luke se rendit compte qu'il n'en était pas surpris. Il avait plongé son regard dans le sien et goûté à ses baisers, et il avait assez d'expérience pour faire la différence entre le simple désir et quelque chose qui allait bien au-delà.

— Comme c'est… pittoresque, ironisa Alice, mais ses paupières se plissèrent.

Luke sentit Madeline se raidir contre lui, mais elle resta de marbre sous le sarcasme.

— Où est mon fils ?

— Où est ma promesse de liberté ?

— Combien ? intervint Luke. Dites votre prix.

— Disons… vingt mille. C'est une somme que vous aimez, je crois.

— Ils sont à vous.

Il était prêt à aller tirer son banquier de son lit.

— Mais cet argent ne me servira à rien si vous ne persuadez pas lord Longhaven de me relâcher afin que je puisse embarquer.

Que Michael demeure silencieux en disait long. Luke savait que le temps était la clé de voûte dans ce genre de situation.

— Je vais vous donner cet argent, répondit Luke, mais j'ai le sentiment que Michael a besoin que vous fassiez aussi une concession, madame Stewart. Un échange de bons procédés, en quelque sorte. Lui donner Roget pourrait être un bon début.

— Et signer mon arrêt de mort ? ricana-t-elle. Vous plaisantez ? Si Roget décide que je vaux la peine d'être retrouvée, le monde ne sera pas assez vaste pour que je puisse m'y cacher.

Comme si cela n'avait aucune espèce d'importance, Michael murmura :

— Si vous êtes sur un navire en partance pour une destination inconnue avec vingt mille livres dans vos bagages et qu'il croupit en prison avec pour seule perspective le nœud coulant du bourreau, il me semble que vous pourriez en réchapper, madame Stewart.

Elle éclata d'un rire sans joie.

— Je pensais que vous le connaissiez. Même ainsi, je n'aurais aucune chance. De toute évidence, vous n'êtes pas aussi intelligent qu'on le dit.

— Non ?

À la différence d'Alice Stewart, Luke connaissait Michael, et quand il souriait comme il était en train de le faire, c'est que la situation était sur le point de basculer.

— Dans ce cas, reprit-il, vous pouvez sûrement m'offrir quelque chose… une minuscule information à propos de Roget pour m'inciter à accepter le marché que vous proposez. Puisque, selon vous, je ne suis pas assez intelligent pour l'attraper, je veux dire.

— Vous accepterez mon marché sans que je vous donne la moindre information supplémentaire.

— Vraiment ? répliqua Michael, et il y avait dans sa voix une intransigeance nouvelle. N'en soyez pas si sûre.

Madeline se raidit, et Luke resserra son étreinte.

— Chuut, lui souffla-t-il à l'oreille. Aie confiance en lui.

— Très bien, fit Alice en relevant le menton. Roget se trouve en Angleterre.

— Tss, tss, il faudra faire mieux que cela.

— À Londres.

Le regard d'Alice s'arrêta brièvement sur le jeune homme muni d'un pistolet, glissa sur Lawrence, ignora Luke et Madeline avec dédain pour revenir se poser sur Longhaven.

Qui ne paraissait nullement impressionné par cet aveu. Il jeta un coup d'œil à Lawrence, et hocha la tête. L'homme quitta la pièce et revint peu après, tenant un petit garçon par la main.

— Maman ! s'exclama-t-il en apercevant Madeline.

S'arrachant aux bras de Luke, elle travers la pièce en courant, se laissa tomber à genoux sur le sol crasseux et étreignit son fils, murmurant son nom encore et encore en lui caressant les cheveux.

La scène était si poignante que Luke avait la gorge serrée. Quelque chose dans sa poitrine se relâcha, comme si un poids venait de lui être enlevé, et pour la première fois, il s'autorisa à imaginer un petit frère ou une petite sœur pour Trevor… une famille.

Sa famille.

S'il acceptait d'en prendre le risque.

Il commençait à penser que c'était déjà trop tard. Le risque avait été pris malgré lui. Il ne remplacerait pas ce qu'il avait perdu, ni ne pourrait rendre à Madeline ce qu'elle avait perdu, mais l'idée de bâtir une nouvelle vie ensemble devenait de plus en plus tangible, ses contours de plus en plus nets alors que son existence avait été une image floue ces dernières années, et le futur un concept abstrait auquel il avait refusé de penser jusqu'à présent.

Jusqu'à Madeline.

— Peut-être aimerais-tu raccompagner lady Brewer et son fils chez eux ? suggéra Michael en croisant son regard. Il semble que Mme Stewart n'ait plus besoin de fonds après tout. La Couronne prendra ses dépenses à sa charge jusqu'à son procès. À moins, bien sûr, qu'elle ne souhaite répondre à certaines questions sensibles.

— Je ne veux même pas savoir, répliqua Luke. Merci pour ton aide.

Alice Stewart demeura silencieuse. Son visage était blême et son regard celui d'une bête prise au piège. Luke rejoignit Madeline.

— Je suis sûr que tu n'as aucune objection à ce que nous partions, ma chérie.

— Non, approuva-t-elle avec ferveur.

Trevor, qui n'avait visiblement pas été maltraité, semblait comprendre qu'il venait d'être mêlé à une aventure assez extraordinaire, car il ne cessa de parler tandis qu'ils quittaient l'entrepôt et remontaient le long du quai, non sans adresser des regards emplis de curiosité à Luke. Ce manège dura pendant tout le trajet jusque chez Madeline.

Quand Luke aida la jeune femme à descendre de voiture, ses mains s'attardèrent une seconde sur sa taille.

— Ce soir, je reste. Je veux être à tes côtés.

— Voilà qui est bien arrogant de votre part, Altea, répondit-elle, mais son sourire était doux et plein d'espoir.

— Trevor et toi aurez peut-être besoin de moi.

Elle se tourna vers son fils qui avait gravi les marches en courant pour être accueilli par un Hubert visiblement soulagé et, apparemment, tout le personnel de la maison.

— Il ne semble pas du tout affecté par ce qui vient de se passer, Dieu merci.

— Il n'empêche, je pense qu'il vaut mieux que je sois là, au cas où tu aurais besoin de moi ce soir...

Madeline dut percevoir l'inflexion singulière dans sa voix, car elle écarquilla les yeux.

— ... et, disons, pendant les cinquante années à venir ou à peu près, enchaîna Luke avec calme, comme s'il n'était pas en train de lui proposer de l'épouser sur un trottoir humide. Si tu es prête à courir le risque. Ma première femme est morte.

— Je suis tellement désolée.

— Ma famille ne le sait même pas. Elle était Espagnole… Nous nous sommes rencontrés après Talavera, j'étais convalescent et mon service était allégé, je me contentais de rencontres avec nos alliés.

Il s'interrompit, prit une brève inspiration avant de poursuivre de la voix la plus neutre possible :

— Nos chemins se sont à nouveau croisés après Badajoz. Quand elle m'a annoncé qu'elle portait mon enfant, nous nous sommes mariés. Mais c'était la guerre, et elle était très engagée dans la résistance… Elle a été tuée. J'ai cru que je ne m'en remettrais jamais.

C'était une explication volontairement succincte. Un jour, il lui raconterait toute l'histoire, mais pas maintenant. Il voulait penser au futur, pas au passé.

Les beaux yeux de Madeline étaient de nouveau brillants de larmes.

— Oh, Luke, murmura-t-elle.

— Tu me terrifiais, avoua-t-il honnêtement, la voix rauque. Après cette première nuit que nous avons passée ensemble, je me suis dit qu'il ne fallait même plus que je t'approche. Devant la tombe de Maria, je m'étais juré de ne plus jamais reprendre un tel risque.

— Quand Colin est mort, dit-elle, moi aussi, j'ai cru que je ne m'en remettrais jamais. J'avais peur. Nous avons beaucoup trop de choses en commun.

Sa voix était sourde, avec ce petit frémissement qu'il aimait.

Parce qu'il l'aimait, *elle*.

— Je ne peux qu'être d'accord, Madge chérie.

Il l'embrassa, sans se soucier des voisins, des voitures qui passaient dans la rue, de la pluie qui tombait et, sans nul doute, de tous les domestiques réunis sur le seuil.

— Je t'aime, murmura-t-il contre ses lèvres. Je t'aime.

— Je t'aime, aussi. Et j'aime même que tu m'appelles Madge, dit-elle avant de se libérer de son étreinte en rougissant. Mais tu ne trouves pas que nous avons beaucoup trop de conversations personnelles et importantes dans la rue ?

Il se pencha vers elle et lui murmura à l'oreille comment, où et quand il souhaitait poursuivre cette discussion, et elle devint positivement écarlate.

Un grand sourire aux lèvres, il l'escorta jusqu'au perron.

Épilogue

Trois mois plus tard

Le soleil couchant inondait le ciel de flaques magenta et indigo tandis que les ombres s'épaississaient sous les arbres.

— Cela t'ennuierait de me dire où nous allons ?

Elizabeth sourit et jeta un coup d'œil à son mari par-dessus son épaule. Il était particulièrement séduisant en gris anthracite, une superbe rose rouge épinglée au revers de sa veste.

— C'est un secret.

— Elizabeth, nous avons des invités.

Mais elle connaissait ce ton, la protestation n'était pas très sincère. Il était amusé… et curieux.

Tant mieux, elle voulait qu'il soit intrigué.

Le jour de son mariage, elle avait bien le droit d'être un peu spontanée, non ? Et, puisqu'elle avait attendu Miles toute sa vie, un peu impatiente aussi.

— Ce sont surtout les invités de ma mère, riposta-t-elle, foulant l'herbe d'un pas léger, sa longue jupe bleu glacier frôlant les feuillages tandis qu'ils quittaient les jardins. Ils dansent, ils boivent et ils prennent du bon temps. Ils ne remarqueront même pas notre absence.

Le sentier n'était pas aussi dégagé que dans son souvenir, mais elle aurait retrouvé son chemin les yeux bandés. Après les buissons de chèvrefeuille, les aulnes au fond du parc...

— La rivière ? devina Miles qui lui tenait la main et n'avait aucun mal à la suivre bien qu'elle marchât vite.

— Notre coin secret.

Qui n'était sans doute pas aussi secret qu'elle le croyait, mais n'en demeurait pas moins un lieu à part dans la propriété, un peu sauvage et à l'écart. Le cours d'eau apparut, ruban argenté qui s'écoulait paresseusement, charriant de délicieuses odeurs automnales pleines de souvenirs poignants. Elizabeth s'arrêta dans une petite clairière dont ils avaient autrefois décidé qu'elle était la leur.

— Tu veux nager ? demanda-t-elle en tournoyant sur elle-même.

Il l'attira contre lui.

— Plus tard, peut-être.

— Plus tard ?

— Après, dit-il, le regard intense. Puisque tu m'as attiré ici et forcé à abandonner nos invités...

— Les invités de ma mère, rectifia-t-elle en riant tandis qu'il l'attirait dans ses bras.

— Si tu le dis, ma splendide épouse.

Épouse. Elle était sa femme. Elle avait épousé *Miles*.

Et qui aurait pensé que cela ferait d'elle la femme la plus heureuse du monde ?

Eh bien, quiconque aurait eu la chance de savourer un de ses baisers, décida-t-elle un instant plus tard, quand sa bouche réclama la sienne. Ses mains, aussi, semblaient éveiller des sensations aussi merveilleuses qu'inconnues tandis qu'il lui enlevait sa robe. Puis ce fut sa façon de lui murmurer à l'oreille qu'il la désirait quand il dénoua le ruban de sa chemise et lui dénuda les épaules.

Enfin, lui aussi se débarrassa de ses vêtements, qu'il jeta au hasard, si bien que sa cravate finit dans la rivière et s'éloigna au fil de l'eau.

L'herbe était fraîche sous son dos quand il l'allongea sur le sol pour lui butiner le cou, la faisant frissonner.

— Tu avais raison, chuchota-t-il contre sa peau. C'est ici qu'il faut le faire, là où nous avons vécu tant d'aventures ensemble.

Et celle-ci était la plus téméraire de toutes, découvrit-elle à chacun de ses baisers enflammés, à chacune de ses caresses interdites. Quand il lui pétrit les seins, elle poussa un petit cri, et sentit les pointes durcir comme jamais et une excitation inconnue palpiter au creux de son ventre. Lorsqu'il lui écarta doucement les jambes et s'installa entre ses cuisses, son érection nichée à l'orée de son sexe, elle était déjà dans un tel état qu'elle se contenta de murmurer son nom et de se cramponner à ses épaules.

Et ils s'embarquèrent pour une nouvelle aventure.

Ensemble.

— Quel beau mariage.

Luke émit un petit bruit qui ressemblait fort à un ricanement. Il s'était assis au bord du lit pour enlever ses bottes.

— Je suis surtout content que ce soit terminé.

— Elizabeth était radieuse, commenta Madeline en dégrafant ses jarretières. Et Miles était si séduisant.

— Ils ont bien réussi leur coup en disparaissant ainsi.

Son mari semblait mécontent.

Madeline se contenta de sourire ; pour sa part, elle trouvait leur attitude très romantique. Elle les avait surpris filant à travers le jardin, main dans la main.

— Un jour comme celui-ci, ils ont bien le droit de prendre quelques libertés.

— Pour être franc, j'ai préféré notre mariage. Pas trop d'invités, pas de cérémonie interminable. Juste une lune de miel spectaculaire.

Sa cravate alla rejoindre sa veste sur le sol et son regard se riva soudain sur les jambes de Madeline qui ôtait ses bas.

— Nous sommes restés à Londres et nous n'avons pas quitté notre suite, lui rappela-t-elle en riant.

— C'est bien ce que je disais : c'était parfait. Laisse-moi t'aider avec ta robe.

— Commencez par vous déshabiller, Altea.

— Je préfère *te* déshabiller, Madge chérie. Tourne-toi.

Toujours aussi autoritaire, nota-t-elle, amusée mais néanmoins obéissante. Il était habile et efficace, et en un rien de temps, elle se retrouva sur le lit, son grand corps recouvrant le sien, sa bouche effectuant des choses délicieuses au creux de son cou.

Bien plus tard, éperdue de bonheur, elle laissa ses doigts courir sur le dos nu de Luke jusqu'à ce qu'il la déleste de son poids tout en laissant la main sur son ventre.

— J'espère ne pas avoir été trop exigeant. N'es-tu pas épuisée après toutes ces festivités ?

En fait, elle se sentait merveilleusement bien, heureuse à la pensée de cet enfant qui grandissait dans son ventre, pourtant elle savoura son inquiétude. Pour un homme à la réputation aussi scabreuse, c'était un mari très attentionné qui deviendrait un père merveilleux. Un lien très fort s'était déjà tissé entre Trevor et lui.

— Je vais bien, le rassura-t-elle avant de murmurer : Que t'a dit Michael quand il t'a pris à l'écart tout à l'heure ?

Son mari haussa ses formidables épaules.

— Que toute l'affaire s'était terminée de façon « satisfaisante ».

Madeline fronça les sourcils.

— Qu'est-ce que cela signifie ? Nous n'avons plus entendu parler d'Alice après que nous l'avons laissée dans cet entrepôt cette nuit-là.

— Je n'ai aucune idée de ce que cela signifie, mais j'ai confiance en Michael.

Madeline aussi, il n'empêche, certains faits demeuraient peu clairs.

— Que pensait-elle trouver dans le journal de Colin selon toi ?

— J'y ai beaucoup réfléchi. Ma théorie est que Colin a dû la surprendre en mauvaise compagnie. Dans une circonstance très banale sans doute : en la croisant par hasard dans la rue ou en lui rendant une visite inopinée. Il n'en a sûrement rien pensé de particulier, mais elle, en revanche, a dû redouter qu'il ne l'ait noté dans son journal.

— Roget ?

Elle ignorait qui était cet homme, mais elle avait deviné qu'il jouait un rôle essentiel.

— Je suppose, admit Luke. Donc, elle a volé le journal, s'est rendu compte que son inquiétude n'avait pas lieu d'être et a commis une erreur fatale. Au lieu de le remettre à sa place discrètement, elle a décidé de s'en servir pour t'humilier.

— Je n'imaginais pas qu'elle me haïssait à ce point.

Luke lui prit la main et lui embrassa tendrement les doigts.

— Ce n'est pas toi qu'elle haïssait, ma chérie. Comment pourrait-on ne pas t'aimer ? Non, elle détestait ce que tu représentais. Une femme heureuse, mariée à un homme épris d'elle, mère d'un fils superbe et en bonne santé, et qui jouit d'une place éminente dans la société. L'envie est peut-être le pire des péchés. Du peu que j'ai entendu, je pense que son père avait conçu une immense rancœur de ne pas avoir hérité du titre. Tel père, telle fille, sauf que cette rancœur a poussé Alice aux pires extrémités.

— Si elle n'avait pas cherché à se venger…

— Tu n'aurais pas flanqué un coup de tisonnier à Fitch et tu ne m'aurais pas envoyé ce message. Et je serais peut-être encore en train de me convaincre que cette première nuit que nous avions passée ensemble était une erreur, acheva-t-il à sa place, une lueur dans le regard.

Une lueur qu'elle connaissait bien et qui, chaque fois, la faisait frissonner. Vraiment, cet homme était insatiable… et elle aussi, à vrai dire, quand elle était dans ses bras.

— Mais tu as changé d'avis ? demanda-elle en se coulant contre lui, provocante.

— *Tu* m'as fait changer d'avis, répondit-il d'une voix rauque. Dois-je te le prouver encore une fois ?

— Mais je t'en prie.

Découvrez les prochaines nouveautés des différentes collections J'ai lu pour elle

AVENTURES & PASSIONS

Le 3 juillet

Inédit ***Les Frazier - 2 - Que serais-je sans ton amour ?***

Jade Lee

Kit Frazier est un homme détruit et hanté par le passé. Il vient de passer sept ans loin de son pays dans des conditions effroyables. À son retour, il découvre que la femme qu'il aime vient de se marier. Il va alors trouver du réconfort auprès de la splendide Maddy Wilson...

La ronde des saisons - 5 - Retrouvailles

Lisa Kleypas

Rafe Bowman vient de débarquer des États-Unis pour rencontrer Christine, la très digne et jolie fille de lady et lord Blanford. Certes, il a un physique agréable à regarder, mais pour pouvoir impressionner la dame il doit apprendre les bonnes manières londoniennes. Nos quatre anciennes célibataires endurcies jouent alors les entremetteuses. Et convaincre la jeune femme de l'épouser se révèle plus difficile que prévu...

Inédit ***Les célibataires - 3- Secrets intimes***

Emma Wildes

Michael Hepburn, espion pour la couronne britannique, n'avait jamais pensé se marier. Et pourtant, lorsque son frère aîné, le marquis Longhaven meurt, il va devoir le remplacer dans ses fonctions de duc mais aussi auprès de sa jeune fiancée Julianne Sutton. Dès lors, il va tout faire pour dissimuler à sa femme ses activités.

Le 10 juillet

Inédit

Comment conquérir son épouse ?

Ashley March

Charlotte, duchesse de Rutheford fait tout pour provoquer son mari : elle joue, jure et flirte avec de nombreux hommes. Elle cherche à divorcer afin d'échapper à un mariage désastreux. Mais voilà, Philip l'aime encore et cherche à la reconquérir...

Inédit

La saga des Bedwyn - 1 - Un mariage en blanc

Ashley March

Aidan Bedwyn est colonel dans l'armée. Sur le champ de bataille il promet à un de ses soldats de prendre soin de sa soeur : Eve Morris. Cette dernière n'accepte sa protection que pour pouvoir garder son domaine. Un mariage qui va totalement bouleverser la vie d'Aidan.

Inédit

Les trois grâces - 3 - Séduit par la grâce

Jennifer Blake

Lady Marguerite, la plus jeune des sœurs Milton, cherche le grand amour. Jusqu'au jour ou elle est kidnappée par le Chevalier d'Or. Ce dernier se revèle être David, celui qui s'était engagé dix ans plus tôt à être son chaste chevalier servant. Mais la vie de David est menacée par les diaboliques plans du roi Henry VII...

La saga des Montgomery - 3 - Une mélodie de velours

Jude Deveraux

Après avoir résisté à l'immonde Pagnell, Alyx est accusée de sorcellerie et doit s'enfuir pour échapper au bûcher. Elle se fait alors passer pour un garçon et rejoint la bande de hors-la-loi du noble renégat Raine Montgomery. Commence alors entre Raine et Alyx un jeu de séduction dont seul l'amour sera vainqueur.

Le 10 juillet

CRÉPUSCULE

Inédit **_Dark-Hunters - 14 - L'astre des ténèbres_**

Sherilyn Kenyon

Dans le monde des Dark-Hunters, il n'est de place pour le mélange des espèces. Chaque créature vit dans la communauté qui lui est propre et nul n'oserait défier cette règle fondamentale. Excepté deux êtres : Fang Kattalakis, membre du clan des loups, et Aimée Peltier, l'héritière du trône des ours. Tout les oppose et pourtant, ils vont braver les interdits...

Romantic Suspense

Le 3 juillet

Mister Perfect **Linda Howard**
Un soir, Jaine dresse avec ses amies le portrait de l'homme idéal : honnête, fidèle, stable, drôle, friqué, beau gosse... Une liste qui, par une indiscrétion, se retrouve bientôt à la une de tous les journaux. Et voilà les quatre copines sous les feux des projecteurs ! Mais l'aventure tourne au cauchemar quand l'une d'elles est assassinée. Terrorisées mais en quête de vengeance, les trois autres enquêtent...

Le 10 juillet

Inédit

Regards mortels **Allison Brennan**
Malgré des preuves évidentes, Julia Chandler, la substitut du procureur, ne peut croire que sa nièce est une criminelle. Comment imaginer qu'Emily a assassiné le juge Victor Montgomery, son beau-père ? Julia ne peut s'y résoudre, et elle veut prouver l'innocence de la jeune fille. Or pour l'aider à résoudre l'affaire, une seule personne peut l'aider : Connor Kincaid. Connor, détective privé hors-pair, qu'elle aurait souhaité de ne plus jamais revoir...

Passion intense

Des romans légers et coquins

Le 3 juillet

Séduction en ligne ꟹ **Erin McCarthy**
Kindra Hill et son collègue Mack, Jared Kincaid et la très sexy Candy Appleton, Halley Connors et son ami Evan...
Trois duos, un point commun : Internet. En amour comme en matière de sexe, le web recèle de mille et une promesses... Derrière leur écran, ils vont livrer leurs secrets les plus intimes et entamer le plus voluptueux des jeux, celui de la séduction en ligne.

Le 10 juillet

Inédit ***H.O.T. - 1 - Divins plaisirs***

ꟹ **Lacey Alexander**
Pour les habitants de Turnbridge, Carly Winters est une jeune femme des plus respectables. Or personne ne sait ce qu'elle fait à des kilomètres de là, lorsqu'elle devient Désirée... Une séductrice qui entraîne avec elle des hommes pour des nuits enflammées. Loin de Turnbridge, elle peut se livrer à des expériences inédites, à ses rêves les plus fous. Jusqu'à ce qu'elle rencontre Jake Lockhart...

PROMESSES

Le 3 juillet

L'amour par petite annonce ☙ **Debbie Macomber**
Débordé par ses trois neveux dont il a désormais la charge, Travis Thompson n'a pas vraiment le choix : il lui faut trouver une épouse. Alors sans trop y croire, il publie une annonce et finit par sélectionner la lettre de la douce et solitaire Mary Warner. Mais peut-on réellement trouver l'amour par petite annonce ?

Et toujours la reine du roman sentimental :

Barbara Cartland

« Les romans de Barbara Cartland nous transportent dans un monde passé, mais si proche de nous en ce qui concerne les sentiments. L'amour y est un protagoniste à part entière : un amour parfois contrarié, qui souvent arrive de façon imprévue.
Grâce à son style, Barbara Cartland nous apprend que les rêves peuvent toujours se réaliser et qu'il ne faut jamais désespérer. »
Angela Fracchiolla, lectrice, Italie

Le 3 juillet
Un duc à vendre

10418

Composition
FACOMPO

Achevé d'imprimer en Italie
par GRAFICA VENETA
le 6 mai 2013.

Dépôt légal : mai 2013.
EAN 9782290055113
L21EPSN000853N001

ÉDITIONS J'AI LU
87, quai Panhard-et-Levassor, 75013 Paris

Diffusion France et étranger : Flammarion